オリジナルチャート発動!

ORIGINAL CHART

俺が現代ダンジョンで求めるのは
の秘密!!

中文字

ILLUST. ニシカワエイト

TOブックス

プロローグ 004

一章 オリジナルチャートはイキリ探索から 008

二章 オリチャーは新武器と新防具と共に 082

三章 予想してない新スキル 144

四章 オリジナルチャート≒ガバガバチャート 229

五章 新防具は岩珍工房で 311

書き下ろし番外編　合衆国大統領　357
書き下ろし番外編　稼げる探索者の振舞い方　367
あとがき　378

イラスト：ニシカワエイト
デザイン：小林美樹代＋ベイブリッジ・スタジオ

プロローグ

従業員十数人しかいない、社長と一般社員が同じフロアで働いているような、とある中小企業。

三月がもうすぐ終わる時期、時計が午後五時を指し、時計に繋がった昭和製の機械が退社の音楽を鳴らす。

このとき、俺――小田原旭《おだわらあきら》は、確固たる決意を込めて社長の前へと進み出た。

社長は俺の顔を見て、困り顔に変わった。

「小田原君。本当に退職を撤回する気はないのかね?」

社長に慰留されたが、俺は首を横に振る。

「夢の実現のために退職する気は変わりません。俺は、迷宮探索者《ダンジョンウォーカー》になります!」

「とはいってもねえ、迷宮――現代ダンジョンだっけ? あれは命の危険があるのだろ。その危険を冒してまで、叶えたい夢なのかね?」

「はい。叶えたいです」

俺がキッパリと告げると、社長は漸く諦めた顔になった。

「君の、そのハッキリ言う態度。私だけじゃなく、付き合いがある他の会社の社長さんたちにも好評だったんだけどねえ」

「言うべきことは言うべきであり、喋る相手には敬意をもって接するべしと、そう学んで育ってきたので」

「そう教わったということは、良い親御さんだったんだね」

「両親からではなく、教わったのはアニメとゲームからです」

俺の返答に、社長が少し間を置いた。

「……えーあー、うん。物語から学びを得るということもあるな、うん」

社長の顔には、俺にオタク気質がなければもっと良い人物なのに、と言いたげな表情が出ていた。アニメやゲームなどのサブカル文化を生きる指針にしちゃ、そんなにダメなのかな。

社長は、俺の不満な気分を察したようで、表情を取り繕った。

「ともあれだ。退職の気持ちは固いと分かったよ。とても残念だ。その夢とやらを叶えたら、また会社に戻ってきてくれ。歓迎して雇い直してあげるからさ」

「ありがとうございます。その未来が来たら、お世話になろうと思います」

これで、俺は正式にこの会社を退職した。

そして無職になって二日後には、事前に契約していた東京都内のワンルームアパートに入居した。

このアパートは、入居の際にリフォームも清掃もしないし前住人が残した物もそのままという、大家がいい加減に管理する物件で家賃がとても安かった。

今後の大半の時間はダンジョンで過ごす予定だしと、住環境を犠牲に節約を優先した形だ。

でもアパートには古いエアコンと冷蔵庫が残置物としてあったので、寝るための毛布とエアマットと少量の衣服だけを運び入れるだけで生活基盤が整った。その他の家電や日用品は必要に応じて買えばいいから、後回しだ。

「さて、早速行くとしますか。数多有る現代ダンジョンの中で、日本政府が主導して攻略を推奨する、東京ダンジョンに！」

俺はダンジョンに入ると決めた一年前から、ネット媒体を中心に情報収集に明け暮れてきた。

未だに全容が解明されていないため、ダンジョンの情報は確定情報以外にも憶測や誤情報が混ざった真偽が怪しいものも多い。

そんな情報を取りまとめ、俺の目的である不老長寿の秘薬をダンジョンで入手するために作った、独自の攻略法《オリジナルチャート》。

その情報とチャートをまとめた付箋だらけのノートと、チャートを元に作成したダンジョンTODO《やること》リストを入れたスマホが、俺の新たな生活の指針だ。

俺はノートはエアマットの下に隠し、スマホは上下一体の黒いツナギに着替えた際に内ポケットに入れ、そしてリュックを一つ背負う。

これで出立準備が整ったと、アパートから出て最寄り駅へと歩いていく。ダンジョンがある東京駅へと向かうために。

◇

地方都市の中に作られた、昭和の時代から細々と続いている中小企業。

その企業の社長は、先ほど退職していった小田原の働きぶりを思い返していた。

「高校卒業の彼を雇ったんだっけ」

大学進学が当たり前な昨今において、高卒で働きに出る人物にしては真面目で人当たりの良い青年だった。

多くの持論や拘りを抱えている様子はあったが、現実の前にそれらを変化させることも厭わない柔軟さもあった。

一方で、目上の人であろうと言うべきことを言う、人との軋轢《あつれき》を恐れない性格もしていた。

それらの特徴が、小生意気だが素直な好男子という古き日本の青年像を思い起こさせ、年嵩のある会社社長を中心に受けが良かった。

「とはいっても、現代に現れたダンジョンっていう、今どきの若者が熱中しているものに挑もうっていうんだから、小田原君も感性は少しズレていても現代の子だったってことかねえ」

社長は、どうして小田原が現代ダンジョンに挑もうとしているのか、その理由を知らない。知るつもりもなかった。

ただただ社長は、優秀な社員が退職したことを嘆きつつ、新年度から入社する新入社員に期待を寄せることにしたのだった。

一章　オリジナルチャートはイキリ探索から

今から二年前、世界各地でダンジョンと呼ばれる、モンスターを生み出す地下迷宮が現れた。

ダンジョン内では、とある法則が働いていることが、帰還した先遣隊から知らされることになる。

その法則とは、現代武器である銃火器がダンジョンのモンスターに効き難いこと。そして、手作業で製作された武器が大変に有効なこと。

手作りの武器といえば、その種類の大半が近接武器である。

そのためモンスターを倒すには、必然的に危険を冒して接近戦を行うしかない。

そんな、日常生活を送るうえで冒す必要のない危険。

しかし世界の各地で、人々はダンジョンに入っていく。

どうしてか。

それは、ダンジョンのモンスターを倒すと、現代の科学技術からしても摩訶不思議な物品が入手できるから。

現在確認されている物でも、飲めば傷をたちまち治す水薬《ポーション》、食べれば軽い毒や弱い病気が消える丸薬《タブレット》、熱源不用で常に湯を沸かし続ける薬缶。他にも様々、現代科学技術では再現不能の品物がダンジョンから齎されている。

未だ確認はされていないものの、欠損した四肢を復元したり、重篤な病気を治したり、若返ったり、不死になったりできる薬も、実在は確実と目されている。

それら摩訶不思議な物品の仕組みの一端でも解明できれば、人間の科学技術はさらに飛躍するであろうことは間違いない。

つまり政府も企業も、ダンジョンから出てくる物品に大変に興味があり、色々なものが高値で取り引きされている現状がある。

こうして高額で物品が取り引きされていれば、大金を稼ごうと夢見る人も大勢現れてくるというものだ。

億万長者になるためなら、命を賭け金にモンスターと戦うことも厭わない人々。

現代に現れた新たなゴールドラッシュに挑む者たちを、ダンジョンを歩き進む者――迷宮探索者《ダンジョンウォーカー》と呼ぶようになった。

そんなダンジョンに対する認識が書かれたパンフレットのPDFファイルを、俺は暇つぶしがてらにスマホの画面で見ていた。

なんのための暇つぶしかといえば、東京ダンジョンの出入口近くに作られた、迷宮探索者用の役所建物内での迷宮探索者登録の待ち時間のだ。

呼び出し番号が灯る掲示板の数字と俺の整理券番号を見比べ、まだまだ呼ばれそうにないので、次はスマホに入れた俺独自のオリジナルチャートを簡便化したTODOリストを確認することにした。

今日からしばらくの予定は『冒険者登録をする』『他者を寄せ付けないためイキリになりきる』『ホームセンターで武器を作る（鈍器）』『ダンジョンに入って最弱モンスターを倒す』『初期スキルに次

元収納を選ぶ』『ダンジョンで魔石を手に入れて使う』となっている。

このリストは、政府が探索者用に作成したホームページ上で公開している、既存のダンジョン攻略法《チャート》とは全く違っている。

そして俺のオリジナルチャートは、不確定情報や俺の予想展開も込み込みなため、必ずしも正解とは言えない内容であるはずだ。

でも俺は、不老長寿の秘薬を入手して自分に使うという目的のため、このチャートを進めると決意する。

ちょうど決意が固まったところで、俺の整理券番号が呼ばれた。

『お次、番号４３９番の方』

呼ばれたからには、すぐにでも窓口に行くべきなのは重々承知している。

しかし、いまこのときから、俺はオリジナルチャートを始める。

まず行うことは、誰もがパーティーを組みたいと思われる好人物とは真逆な、自分の実力も分からないのにイキった態度の馬鹿を演じること。

俺は演技に集中するために目を閉じ、そして開ける。その後で、スマホをツナギのポケットに入れ、ゆっくりと窓口へと向かった。

『番号４３９番の方』

再度のアナウンスを合図に、俺はイキリ探索者を演じ始める。

「何度も番号を呼ばなくたって分かってるってんだよ！」

俺は顔を顰めて苛立った声を作りながら大股でズンズンと歩いていき、そして手にある整理券を窓口のカウンターに叩きつけた。

窓口の向こうに座っている女性職員が、表情を消しても消しきれなかった様子で、薄っすらと嫌な客が来たと言いたげな顔つきになった。

その職員は数秒かけて表情を改め、半端なビジネススマイルに変わる。

「今日はどのような御用件で――」

「ああ⁉　迷宮探索者の登録に決まってんだろ！　早く登録証を寄越せよ、なあ！」

俺が拳で窓口のカウンターを叩きながら脅し言葉を吐くと、職員のビジネススマイルに怯みが現れる。

「と、登録ですね。では、こちらの端末で、登録情報を記入して――」

「チッ。おら、貸せよ。ちゃっちゃとな」

職員が差し出したA４ノートほどの電子タブレットを奪い、むっつりと黙って必要事項を記していく。

記入欄全てに手早く記入し終えると、見直して記入漏れがないことを確認。

そしてイキリっぽく、手荒な手つきで電子タブレットを職員に突き返した。

「おらよ。これでいいんだろ？　早く確認しろよ、なあ！」

「は、はい。確認させていただきますね」

職員が端末情報を確認中、苛立った様子を装うため、俺は腕組みと貧乏揺すりをしながら待つ。

足を上下に動かす貧乏揺すり、意識してやると、足の筋肉に結構効くな。無意識でやっている人の足、実はムキムキだったりしないか？

そんな益体もないことを考えていると、職員のチェックが終わったようだ。

「では、この登録情報で、探索者登録いたします」

職員が端末に指を当てると、直ぐ近くでガガガと機械が動く音がし始めた。

音の元を確認すると、職員が座っている場所の横にあるプリンターのような機械が動いているのが分かった。

その機械から、免許証のような大きさのプラスチック板が出てくる。

職員は、機械から出てきたプラスチック板を取ると、首から掛けるストラップに組みつけてから、差し出してきた。

俺はそれを、奪い取るようにして手に入れる。

「これがあれば、俺はもう探索者ってことでいいんだな？」

「はい。ですが、ダンジョンには注意すべき点がありまして」

「そんなの調べ済みだ！　普通の武器じゃ、ダンジョンモンスターには効かないってんだろ！　知ってんだよ！」

「えっとその、ごく浅い階層なら、銃器や普通の武器でモンスターを倒せるんですけれど……」

「ああんッ⁉　俺みたいなド底辺は、弱っちいモンスターを倒してればいいっていいたいのか、オオゥ⁉」

「そ、そんなこと、言ってません！」

職員が涙目になったのを見て、演技とはいえ、ちょっと脅し過ぎたと反省する。

「チッ。他に何かあるのか？」

「い、いえ、ありません」

俺が窓口から離れると、散々脅されたというのにも拘わらず、職員は「ご安全に」と見送る言葉をかけてくれた。

オリジナルチャートでイキリ探索者になる必要があったとはいえ、普通に職務をこなしているだけの職員に涙目になられて、罪悪感が凄い。

しかし、これから先の展開に備えるためには必要な事だったと、自分自身を無理矢理納得させる。

俺は探索者用の役所建物を出て、次にホームセンターへ向かう。ここで武器の調達をするためだ。

東京ダンジョンとは、その名前の通りに、二年前に東京駅近くに現れたダンジョンのこと。

より詳しく何処にあるのかといえば、皇居の坂下門の直前にダンジョンの出入口——真っ黒な渦がある。

そして、こんな天皇の御所にダンジョンが存在し続けることは問題だと、政府や天皇崇拝者たちが主導し、ダンジョンが現れて十日という猛スピードで役所の仮建物や探索者制度が整備された、なんて背景がある。

つまり東京ダンジョンは、国内で最初にダンジョン周辺が整備された場所というわけ。

ダンジョンが現れて二年経ったいまでは、東京ダンジョンの近くにはダンジョン攻略に必用な建物や物資や人員が配置されているので、東京ダンジョンが日本で一番探索者にとって挑戦し易い場所となっていたりする。

日本には東京ダンジョンの他にもダンジョンがあり、北海道の五稜郭、青森の恐山、佐渡の旧金鉱山、富士山の火口、奈良の東大寺、四国中央、広島の厳島神社の鳥居、鹿児島の桜島の麓にそれぞれある。

日本ぐらいの国土の国で、九個もダンジョンがあることは珍しいようだ。世界有数に国土の広い中国とアメリカですら十個ずつと言えば、日本のダンジョン数の多さが分かることだろう。

それはさておき、俺は武器を手にするために、かつて皇居外苑と呼ばれていた場所に建てられた、ホームセンターの建物に入る。

この東京ダンジョンに入る探索者のために建てられたホームセンターで、素材を買って武器を製作するために。

俺はオリジナルチャートを作った際に、ホームセンターで買うものは決めてあるので、すいすいと買い物を揃えていく。

まず手に取るのは、自分の身長の半分ほどの長さがある、鋼鉄の単管パイプ。径は、金属バットの持ち手ぐらいの太さのもの。

続いて、鉄パイプの端に接続できる、鋼鉄製のL字ジョイントを一つ。そのパイプとジョイントを固定するための、パイプ径より長いボルトと締めるためのナットを一組。

武器として使うためにパイプの先端に重さを増やす必要があるので、釣り具用の大型の鉛の重りを三つ購入することにした。

こうしてホームセンターを買い物して歩いていると、探索者らしき装いの客たちとすれ違うこともある。

その様相はというと、剣道着のようなものを着ている人もいるが、多くは防具として日本鎧を身に着けていた。それこそ戦国時代から持ってきたんじゃないかという武者鎧だ。

この鎧姿もまた、ダンジョンにある特殊な法則――手作りの防具の方が防御力が高いという特性からでき上がった格好だ。

なにせ機械的に作った戦車装甲は簡単にモンスターに裂かれてしまうのに、手作業で作った日本鎧でなら同じモンスターの攻撃でも完全に防げるし、手製の布の剣道着でさえ軽傷で済んでしまうんだからな。

ダンジョン内の安全性を高めるためにも、ああした手仕事で作った防具は必要不可欠なわけだ。

そんなダンジョン事情を思い返しつつ、俺はレジで会計していく。

代金が確定する直前に、俺は店員に声をかける。探索者に関係する場所なので、イキリ探索者の演技は忘れずに。

「なあ、製作室を使いたいんだけどよお。空いてるよなあ？」

威圧的な口調で問いかけると、店員は慣れているといった感じでマニュアル対応をしてきた。

「製作室の使用料の支払いですね。どんな工具を使う気でいますか？」

「パイプとジョイントに穴を空けて、ボルトとナットで固定してから、鉛を溶かしてパイプの中に入れる予定だ。出来るよなあ？」

「はい、その為の工具は取り揃えてますよ。電動工具と手持ちバーナーを使うことになりますので――ベーシックプランで大丈夫みたいです」

店員はレジ横にあったファイルを開いて、製作室を使う際のプラン料金を見せてくる。

そのファイルに記載されているベーシックプランの内容が、俺の目的に合致していることを確認してから、使用料を追加で払った。

製作室を使用する許可証代わりのタグを受け取ってから、買った物と共に製作室へ。

製作室は、物品を売る建物とは別棟にある。

金属の引き戸を開けると、中に籠った熱気が外へと出てくる。

製作室の中には、色々な作業をしている人がいて、様々な音と熱を放っていた。

据え置きドリルで木や金属に穴を開けていたり、ディスクグラインダーで金属板を削っていたり、小型のコークス炉で熱した金属を叩いて伸ばしていたり、大きな砥石で刃物を研いでいたり。それらの作業で出る熱と、作業する人が発する体温とで、製作室には熱気が満ちている。

製作室の上には業務用のエアコンが何台かあるけど、それでも部屋内の冷却が追いついていないみたいだな。

そんな製作室の中に入り、係員に使用許可のタグを見せてから、俺は据え付け式の回転ドリルがある一画へ向かった。

既に何人かがドリルを使う作業をしていて、削れた金属が放つイオン臭さと摩擦熱で温められた潤滑油の臭いで満ちていた。

俺は空いているドリルを確保し、ドリルの刃が減っていないことを確認する。減っているようなら、ドリルの交換を係員に伝えないといけないからな。

幸いドリルの刃は十分残っていたので、武器の製作作業に入ることにした。

パイプにL字ジョイントを押し込んでから、製作室に備え付けてある油性ペンで、パイプとジョイントの境に沿ってぐるりと線を書き入れる。

パイプとジョイントを外し、ジョイントの真ん中と、それに対応するパイプの位置にペンで黒丸を書き入れる。この丸の部分が穴を開ける予定の場所だ。

ドリルでパイプとジョイントの印の場所に穴を開けた後、パイプとジョイントをくっ付けて開けた穴が合うように位置を調整してから、ボルトとナットで接合する。

軽く振って、ジョイントがパイプから外れないことを確認すると、ドリルの場所から移動して金切り鋸《のこ》がある場所で、ボルトの余分な部分を切り飛ばした。

次に防火と消化用の設備がある一画——小型のコークス炉や手持ちバーナーを使用できる場所へ行き、係員から手持ちのバーナーを貸してもらった。

パイプに繋がったジョイント部分に釣り具の鉛を詰め込んで、バーナーで熱していく。

バーナーの熱によって、パイプが赤くなっていき、その中にある鉛も溶け始める。

鉛が完全に溶けるまで熱しながら待っていると、唐突に横から声をかけられた。

「おいおい、そんな簡単に作れる武器で良いのか？　簡単に作るとしても、刃物とかにした方がいいだろ？」

声の方を見ると、三十代後半の見た目の厳つい男性がいた。

男がいる場所は、小型のコークス炉と金属の叩き台のある、鍛冶のブース。その手には、作りかけらしい、大ぶりの鉈に見えなくもない鉄の塊を持っていた。

素人作りの刃物は逆に危ないいんじゃないかと危惧してしまう。

しかし、俺は探索者に関係しそうな人相手にはイキリ探索者を装うことを決めているため、忠告してきた相手に悪態を返すことにした。

「うっせえなあ！　何を武器にするかは、俺の勝手だろうが！　作業の邪魔すんなよ、オッサン！」

「お、おっさん⁉」

男はオッサン呼ばわりに衝撃を受けた様子になっていると、また別の場所から声がきた。

「お節介はほどほどにしとけって。探索者になろうって馬鹿は、他人の助言なんか要らねえってヤツの方が多いんだからよ」

別の人から諫《いさ》められて、鉈を作っているオッサンは意気消沈した様子になる。

「そ、そうだよな。邪魔して、悪かった」

鉈を持ったオッサンは肩を落とすと、自分の作業に没頭し始める。熱した鉈にハンマーを振るう姿は様になっているので、もともと趣味か仕事で刃物を作っていた人なんだろうなとわかった。

ともあれ、これで五月蝿いことを言ってくる人はいなくなった。なので、俺も自分の作業に集中することにした。

バーナーの熱で鉛が全部溶けたことを確認すると、バーナーを消してから、備え付けのドライヤーで冷風を送って冷やしていく。

パイプを見ると、ボルトとナットを入れた場所から、ちょっと鉛が漏れていた。しかし、出てきた鉛が冷えて固まって穴を塞いだようで、漏出は程なくして止まったため問題ない。

そのままパイプを送風で冷やし続け、鉛が完全に固まったのを確認して、これで自作武器の完成だ。

さて、自分の手製の武器を手にした感触を確かめよう。

ヘッドに鉛を詰めて重くしたことで、振った際に先端に威力が乗るようにした。けれど鉛の溶かし方が悪かったのか、振った際のバランスが悪い感じがある。

でも、この鉄パイプのような既製品を流用した手作り武器だと、せいぜいダンジョンの第一階層のモンスター相手なら問題ないってぐらいな性能だ。バランスどうこうと拘り過ぎる必要はない。

俺は使用した道具とタグをホームセンターに返すと、製作した先端にL字のジョイントを付けた鉄パイプを手に、早速東京ダンジョンに挑むことにした。


ダンジョンができてから二年の間に、ダンジョンに関することが少しずつ判明してきている。

まず、人がダンジョンに初めて入ったとき、何処からともなく『身体強化、気配察知、次元収納。一つを選べ』という声が聞こえてくること。そして一つ選ぶと、選んだ内容の通りの超能力――『スキル』が入手できること。

身体強化は身体能力が一時的に向上し、気配察知は見えない場所の存在に気付くことができるようになり、次元収納は何もない空間に物品を仕舞うことができるようになる。

ダンジョンができて最初に突入した世界各国の軍隊の軍人達が、その誰もが口を揃えて語ったことから、全世界で真っ先に周知された現象だった。

そして、この謎の声とスキルの付与、さらにスキルがダンジョン内でしか使えないことから、ダンジョンは常識が違う別空間であるという認識が一気に広まった。

このスキルの次に分かったことは、軍の弾丸がモンスターに効き難く、階層を進むにしたがってより効かなくなっていったこと。

銃弾の場合、第一階層の奥の方に現れるモンスターですら、アサルトライフルの弾倉を一つ使い切るぐらいに連射して、やっと倒せるぐらいなのだそうだ。

銃弾が効かないと分かったのと同じく、モンスターに効く武器も判明した。

東京ダンジョンが現れてすぐに、自衛隊の精鋭が内部調査に乗り出した。その際、モンスターに跳びかかられた隊員の一人が、鍛冶師の祖父が作ったという護り刀を牽制目的で振るった際、モンスターを楽々と切り裂いてしまった。それどころか、弾丸を耐えきるモンスターを試しに刀で斬りつけたところ、一撃で倒せてしまった。

この現象を元に検証してみたところ、原理は分からないものの、人間の手によって作られた武器であればモンスターに大ダメージを与えられることが分かった。

手製の武器が有効ならばと、機械的に作った鉄板と糸紡ぎから縫製まで手製で作った布を持ち込み、どちらの方が防御力が高いかも調べられた。

結果は、モンスターの攻撃によって鉄板に穴が開いたのに、手工業で編まれた布は攻撃を受け止めきった。

これらのことから、ダンジョンでは手製の武器防具こそが有用で、機械的に作られるものは通用しないという法則が発見された。

通用する武器が分かったならと、次は最初に選ぶ三つのスキルのどれを選ぶのが正解なのかの検証が行われ、ダンジョンの進み方が探されてと、そうして検証と経験が蓄積されていった。

いまでは日本政府が、判明した事実と経験とをまとめて誰もがダンジョンのイロハを学んで攻略に参加できるようにした、ダンジョン攻略方法《チャート》なるものが大々的に流布されている。

俗に既存チャートと呼ばれるソレは、日本政府の公式ホームページを中心に、テレビニュース、新聞など、様々な媒体で広報されている。

ちなみに、この既存チャートは、世界各国で翻訳されて使用されている。

もちろん国ごとによって、情報が使える使えないが出てくるので、国ごとの政府がチャートをマイナーアップデートしたものを出していたりもしているようだ。

それはさておき、日本の既存チャートに曰く――

最前線で探索者をやる気でいるのなら、玉鋼作りから焼き入れ焼き戻しまで総手作業の日本刀を武器として選び、身に纏う防具も紐から鉄片まで手製で作られた日本甲冑《にほんかっちゅう》にすべし。

探索者で稼ぐ気でいるのなら、初期投資を抑えるためにも玉鋼は使いつつも機械の補助を用いて作った日本刀を選んで装備し、鎧もほどほどに手作業で作られた物を選ぶべし。

軽く探索者を体験するだけなら、工業的な鋼材かつ機械補助がある手仕事で鍛造した数打ち品の武器と、手で縒《よ》り縫《ぬ》われた布の服でよい。工業製品で作った自作武器や、藁で編む蓑《みの》や笠などでも、ダンジョン内を歩くだけなら十分に実用に耐えうる。ダンジョンで得たものを武器防具にするのも良い。

――というのが、装備にまつわる忠告だ。

ちなみに、日本刀と日本鎧という、手製の武具の本職の職人が現代でも多く生き残っていたことと、それらが手に入り易い環境があったため、日本が世界で一番ダンジョン攻略で先んじている。

要するに、モンスターに通じる武具を素早く揃えられたから、スタートダッシュを決めることが出来たってわけ。

喝采《ビバ》、日本刀愛好者と端午の節句に鎧を買う文化というわけだ。

そんな、日本政府が公表した攻略チャート。

お陰で、いまじゃ東京駅からダンジョンの出入口前までの場所は、日夜鎧武者だらけな光景が続いている有り様だ。

それこそ、いま俺が立っている東京ダンジョンに入るための列だって、鎧、鎧、鎧、と日本鎧が連続しているぐらいだ。

日本鎧姿同士が顔を突き合わせて攻略チャート表をスマホで確認しながら戦い方を議論していたり、日本鎧の一団が忘れ物がないかを攻略チャートが薦める持ち物一覧をプリントした紙を見ながら確かめていたり、傷だらけの日本鎧姿の一団が攻略チャート表を読む人たちに優しい目を向けていたりする。

もしこの場にダンジョンが現れたと知らない人が現れたら、この日本鎧だらけの光景はギャグにしか見えないだろうな。

まあ、待機列には日本鎧の人だけしかいないというわけじゃない。

既存チャートは、ちょっとダンジョンに入ってみたいだけという、ライト層に向けたものもあったのだから当然だ。

俺の一つ前で談笑する男女は共に手縫いの剣道着姿だし、いまダンジョンに入ろうとしている人たちは虚無僧姿に槍を持っているし、陣笠と脚絆に蓑を着ている人もいる。攻略チャートにはないけど、アニメ作品のコスプレをしている人たちだっている。

事前に収集した情報から推察するに、剣道着はダンジョンの一、二階層程度、虚無僧と陣笠たちは五階層未満へ向かう人達だろうな。アニメのコスプレの奴らは、ダンジョンになにしにきたのか知らん。

そんな待機列の中にあって、俺のツナギと鉄パイプという恰好は、コスプレ衣装に並んで周囲から浮いていた。

ダンジョンの特殊な物理法則に則ったＲＰＧ風に言うなら、俺はひのきの棒だけを装備したような状態でしかない。何の縛りプレイかと思われるような、雑魚装備以下な状態なわけだ。

だから日本刀と日本鎧というガチ装備な人達からは『何だコイツ』『チャートを知らないのか』という目を向けられてしまう。

だが俺は、そんな目なんかには、狼狽えない。

ダンジョンが現れてからの二年間、独自に情報収集した結果、既存のチャートでは攻略が行き詰ると予想がついた。

事実、世界を牽引してきた日本のダンジョン攻略も、一ヶ月ほど前から東京ダンジョンの十五階層で足踏みが始まったしな。

いまこそ、俺が情報収集の果てに作り上げた、独自《オリジナル》のチャートが火を噴く場面だろう。

このオリジナルチャートに従うのなら、日本刀や日本鎧を身に着けてはいけない。既存の武具を使わないリスクを負うことで、今までにない地平へ踏み出すことこそが、俺のチャートの真骨頂だからな。

俺がイキリ探索者を装うのにも、れっきとした理由があるんだけど——もうそろそろ、ダンジョンの出入口に入る番だな。

視線を列の先へ向けると、真っ黒な渦のようなものが空中に浮かんでいる光景が目に入った。

あの黒渦がダンジョンの出入口。

列に並ぶ探索者たちが渦の中に入り、入ったのとは違う探索者たちが黒い渦の向こう側から出てきている。

「一度に入れる人数は四十人までです！　列を区切ります！」

列整理の職員が、待機列の先頭から四十人選び取る。探索者パーティーの人数によって入れる数人も多少融通が利くようで、数えてみると今回は四十二人がダンジョンに入っていった。

約四十人が入ってから、三分ほど時間を置いて、新たに四十人が出入口へ。

三分毎に入れるのなら、一時間で八百人がダンジョンに入れる計算になる。これだけの人数がスムーズに入れるのなら、待機列が解消されるのも早いだろうな。

さて、いよいよ俺が入る番になったところで、列整理の職員が俺に声をかけてきた。

「お兄さんは一人だけで入るの？」

「そうで――」

問いかけられて、ついうっかり普通に答えそうになった。

チャートを思い出し、イキリ探索者を装って返答をする。

「――当たり前だ。俺は強いからな。他の仲間なんて必要ねえんだ。ソロで行くぜ！」

「……そうなんですか。頑張ってくださいね」

職員はビジネススマイルを浮かべて去ったが、その目が馬鹿を見るものだったことは見逃さなかった。

やっぱりラノベと同じく現実でも、イキった存在は周囲から嫌われるものなんだと確信した。

そして、目的があって単独でダンジョンに入ると決意している俺としては、イキリ探索者になり切るだけで他人が近寄ってこなくなることは願ったり叶ったり――つまりは俺の思惑通《チャート》りというわけ。

もうダンジョンに入る前から効力を発揮しているオリジナルチャートに、俺は間違いないという確信を深めながら、他四十人に交ざってダンジョンの中へ入っていった。

黒い渦の中に入って直ぐ、俺はいつの間にか東京ダンジョンの中に立っていた。

ダンジョンの第一階層の床を踏んだ感触を得つつ背後を見やる。

背後には壁があり、その前に大きな白い渦が一つだけある。

事前に情報収集しているから知っているが、この白い渦がダンジョンから外へ脱出するための出口になっている。

いままさに、第一階層を探索し終えた人たちが、白い渦に入って消えた。黒い渦に入ったときのことを考えると、いま白い渦に入った人たちは一瞬にして東京ダンジョンの入口付近に出現していることだろう。

「それで、これがダンジョンの中の光景か……」

東京ダンジョンに限らず世界中のダンジョンは一様に、昔のローグライクゲームにあるような、石造りの回廊になっている。

天井にはＬＥＤ電球のような光が点々とあり、通路を見渡すには十二分な光量が注がれている。

石の回廊は横幅と高さが共に五メートルほどの四角い形で、石畳でできた通路が真っ直ぐ伸びていた。

俺以外にも、初めてダンジョンに入った人がいたようで、数人が足を止めて周囲を眺めている。

そこに、ダンジョンの中で勤務する職員が注意を告げてきた。

「出入口に止まらないで、先へ進んでください」

三分で次の四十人が入ってくるので、この場所を空けないといけないのだから、職員は優しい口調ながらも必死に退けと告げてくる。

俺は忠告に従い、風景を眺めることを止めて、通路を歩き出す。

ダンジョンを進みながら、俺がダンジョンに入る目的が、不老長寿の秘薬で自分を長命化することだと再認識しておく。

どうして俺が長生きしたいのかは――おっと、分かれ道だ。

真っ直ぐな道か、左に曲がる道かの選択。

俺以外の人たちは、当たり前のように通路を真っ直ぐに進んでいく。

ダンジョンで稼ぐのにも、ダンジョンの次の階層へ向かうためにも、ここで真っ直ぐ進むことが正解の順路だから、彼ら彼女らの行動は当然なもの。

しかし俺は、オリジナルチャートに従い、ここで左の道を選択する。

しばらく進んでも、俺の前にも後ろにも、誰の姿もない。

この場所は既存チャートでは省かれている道なので、俺以外に入ってくるような人は居ないのは当たり前だ。

そして周囲に他の人がいないんだからと、俺はイキリ探索者の演技を止めることにした。

「さて、ここから先はモンスターが出る場所だ。この通路には最弱モンスターしか出ないらしいが、気を引き締めないと」

わざと言葉を口に出すことで、気を引き締める自覚を強く促す。

こうして気持ちを入れ直したところで、ここまであえて無視し続けてきた、脳内に響く声に注意を傾ける。

『身体強化、気配察知、次元収納。一つを選べ』

俺の頭の中に響く、男性とも女性とも言えず、老人とも子供とも言えない、不思議な声。

耳を塞いでも聞こえることから、聴覚で感じているわけではない。恐らくテレパシー的な感じで、脳内に直接声が届けられているんだろう。

この通路まで無視し続けてきたけど、無視する時間が長くなれば長くなるほど、この声が強くなっている感じがある。

「ネットの情報によると、声を無視し続けると、どんどんと大きくなっていって、やがて頭痛を感じる強さになるんだったっけか」

そんな苦痛を与えてでも必ずスキルを選ばせようという、ダンジョンの強い意思を感じる。

現状、まだまだ耐えられる声の大きさなので、スキルを選ばないまま通路を先に進むことにした。

もしかしたら鉄パイプではモンスターが倒せないことが発覚して、俺のオリジナルチャートが早々に崩れる可能性もある。

そうなった場合に第二プランへ移行できる選択を残すために、スキル選択は保留にしておきたい。

まずは、この最も浅い層にある一本道に出る最弱モンスターを、俺が鉄パイプで倒せるかどうかにかかっていた。

慎重に一本道の通路を進んで行くことしばらく、視界の先になにかが見えた。

目を凝らして通路の先を見ると、とても小さな緑色の人型モンスターを発見した。

この場所とあの見た目から察するに、レッサーゴブリンだ。

現代ダンジョンは、ゲームのようにモンスター名が表示されるような親切設計はないため、探索者たちが見た目からモンスター名を勝手に付けている。

あのレッサーゴブリンも、緑色の体色をしていて、子供のような小ささの人型モンスターだから、ゴブリンに当てはめているだけ。

もしかしたら、本当はゴブリンじゃない可能性は残っているので、レッサーゴブリン（仮称）が正式な言い方になるんだろうな。

でも、体長はあっても五十センチメートルほどの矮躯《わいく》で緑色の肌なら、ゴブリンと言い表すしかないよな。

ちなみに『レッサー』と名前がついている通りに、ゴブリンとだけ名前が付いた存在は、この通路とは別の場所に存在する。

って、そんなことを考えている場合じゃないな。

「よし、よし、やるぞ！」

俺は声を出して覚悟を決めると、ここまで持ってきた鉄パイプを構え、ゆっくりとレッサーゴブリンに近づくことにした。

俺の接近に、レッサーゴブリン側も気付いた。

レッサーゴブリンは急に何も持っていない手を振り上げ、こちらに向かって走り始めた。

急な行動に思わず驚いてしまったが、俺は冷静さを取り戻して観察する。

レッサーゴブリンの走り寄ってくる速度は、意外と遅い。俺とレッサーゴブリンは、だいたい二十メートルほど離れているが、五秒待っても半分の十メートルしか距離しか縮まってないぐらいの足の遅さだ。

この遅さによる待ち時間が有ったお陰で、俺は鉄パイプを振ることに集中する心の準備を整えることができた。

「今だ！」

走り寄ってきたレッサーゴブリンの脳天に、俺は鉄パイプを力強く振り下ろした。振り下ろした鉄パイプを通して、卵を叩き割ったような感触が、俺の手に走る。

そして鉄パイプの殴打によって、頭がUの字にへこんだレッサーゴブリンが、バッタリとうつ伏せに倒れた。

人型のモンスターを倒した感触に、俺の心に何かしらの感慨が浮かびそうになる。

だけど自覚する直前に、レッサーゴブリンの死体が一気に薄黒い煙に変わり、そして消えた。

この死体が消える不思議な光景に目を奪われて、心に浮かんだ感慨は吹き飛んでしまった。

俺は何の感情が浮かびそうだったかわからないまま、モンスターと対峙した緊張感から解放された。

そして最も浅い層に出るモンスターの、評判通りの弱さに安堵した。

「それにしても、ダンジョンのモンスターは倒せば何かしらドロップ品を残すはずなのに、この通路のモンスターは何も残さないんだな。情報通りだけど」

倒したレッサーゴブリンがいた場所を確認するけど、何もドロップ品はないように見える。

ドロップ品の謎については気になるが、俺が鉄パイプで最弱モンスターを倒せることは証明できた。

これでオリジナルチャートを、一歩先へ進めることができる。

俺は、レッサーゴブリンを倒した直後から、さらに五月蠅くなった頭に響く声に応えるべく、スキルを選ぶことにした。

『身体強化、気配察知、次元収納。一つを選べ』

「俺が選ぶスキルは、次元収納だ」

俺が言葉に出して宣言すると、頭の中に次元収納スキルの使い方が自然と湧いてきた。

使い方が理解できたところで、試しにスキルを使ってみることにした。

「次元収納」

俺が手を掲げてスキル名を宣言すると、俺の手の前に白い渦が現れた。

その渦の中に試しに鉄パイプを差し入れると、掃除機で吸われたような感覚がした後に、鉄パイプが手から消失した。

そして鉄パイプが消えた直後に、俺の頭の中に次元収納の中に鉄パイプが入っているという情報が自然と浮かんできた。

「おお！」

俺は初スキルの感触に感動の声を上げつつ、鉄パイプを受け取ると念じると、白い渦から鉄パイプがにゅっと出てきた。柄を掴んで引き抜けば、先ほど仕舞った鉄パイプが損なわれずに出てきた。

これで、ちゃんと次元収納スキルが使えるようになったことが証明された。

後は、通路の奥へと進みながら、最弱モンスターを倒し続けるだけだな。

そう意気込んで、俺は鉄パイプ片手に、一本道の奥へと向かって歩き出した。


一本道を歩きながら、思い返す。

どうしてオリジナルチャートで、初期スキルに次元収納を選択したのか。

その理由は、この次元収納というスキルは初期三つの中で一番の不遇スキルとして扱われているから。

それも、ダンジョンが出来た最初期は兎も角、二年経った今では誰も選ばないクズスキルという評価だ。

なにせ次元収納に入れられる物の量は、ダンジョンが現れた最初期に調べた際にスチール机の引き出し一つ分の砂を入れて少し溢れたことから、机の引き出し一つ分だという認識で固まっている。

でも実際は、俺の身長の半分ほどもある鉄パイプが丸ごと入ったことから、机の引き出しのような四角い形の空間があるというわけじゃない。

机の引き出しの寸法である縦横五十センチメートルに深さ十センチメートルの箱と同じ容量――合計で二十五リットルほどの容量まで、物体の形を無視して詰め込める空間になっている。

しかし二十五リットルとなると、小さめの登山リュック一つ分と同等で、俺の鉄パイプ一つで大半を占有してしまうぐらいに、容量が小さい。

探索者はダンジョン内で、モンスターと戦って倒し、倒したモンスターが残すドロップ品を拾って帰る。だから次元収納のスキルでリュック一つ分多くモノを持ち帰ることができるようにはなるため、有用性はある。

でも武器一つで容量が満杯になるようなスキルじゃ、確実に膂力《りょりょく》を上げる身体強化スキルや、離れた場所のモンスターを発見できる気配察知スキルという、明確な強みのあるスキルと比べると見劣りしてしまう。

それこそ、身体強化スキルで膂力を上げて荷物を多く持つようにした方が、普段よりもリュック一つ分以上、確実に多くの物を持つことができるだろうし。

更に言えば、気配察知スキルは先にモンスターの居場所を掴んで先制を取れるように動けるが、次元収納スキルは直接間接問わずに戦闘に一切寄与しない。

一人次元収納スキル持ちがいると、その分だけ戦力が下がると考えれば、探索者はモンスターを倒しにダンジョンに入っているからには歓迎されないのは当然のこと。

つまるところ、ダンジョンが現れてからの二年間で定まった初期スキルのランク付けは、基本は身体強化スキル一強で、戦闘が苦手な人は気配察知スキルを選び、次元収納スキルは誰も選ばないという形に落ち着いている。

だが俺は、この誰にも見向きされない次元収納スキルこそが、無限の可能性を秘める鍵だと考えている。

それはなぜか。

次元収納スキルは、ダンジョンが現れた初期に見捨てられたスキルだからこそ、研究されていない部分が多い。

例えば、探索者が身体強化スキルや気配察知スキルを使っていくうちに、新たに派生スキルを得ることがある。身体強化スキルからは斬撃強化スキルが、気配察知スキルからは動作看破スキルが良く派生すると、ネットのダンジョン情報にある。

では、次元収納の派生スキルは何になるのか。

先ほどの通り、次元収納スキルはダンジョン探索が始まった当初に見捨てられたため、派生スキルが一つとして分かっていない。

そして現在、未だに現実では発見されていないが、ゲームにはよくある類のスキル群が存在する。

それは魔法と、それに類するスキルたちだ。

分かっていない次元収納スキルから派生するスキルと、未だに見つかっていない魔法とそれに類するスキルたち。

この両者の関係に着目して、俺は次元収納スキルの派生で魔法スキルが手に入るんじゃないかと睨んだ。

だからこそ、初期スキルに次元収納を選んだんだ。

ちなみに、俺が得物に刀ではなく鉄パイプという鈍器を選んでいるのも、その取得情報のないスキル群に関係した行動だったりする。

だって魔法使いの武器といえば、ゲームなら杖などの刃のない武器なことが鉄板だ。

しかしファンタジーめいた杖は、モンスターを殴るのには向いていない。そこで俺は杖の代用として、鉄パイプを使うことにしたわけだ。


はてさて、通路を進んでいて新たに出会った別のレッサーゴブリン一匹を、鉄パイプで倒し終えた。

レッサーゴブリンは薄黒い煙になって消え、そしてドロップ品は見当たらない。

「情報通り、第一階層の最浅層域にある通路のモンスターは、ドロップ品を落とさないんだな」

再度の確認で気落ちしてしまうものの、最後の悪あがきだと、レッサーゴブリンがいた場所に次元収納スキルを使ってみることにした。

先ほど鉄パイプを入れた感触からして、次元収納スキルで生まれる白い渦は吸引力を持っている。

その吸引力で、レッサーゴブリンが倒れていた場所をさらってみることにしたわけだ。

「次元収納」

俺の言葉に応じて、俺の手の先に白い渦が現れる。

手を右左上下に動かすと、白い渦も追従する。

これなら大丈夫そうだなと、俺はダンジョンの床に手をかざし、白い渦を地面スレスレの場所で行ったり来たりさせる。

ひとしきり地面を撫でるように手を動かした後で、俺は次元収納に意識を集中。なにか吸い込んでいないかをチェックした。

すると、先ほど鉄パイプで実験した通り、次元収納が吸い込んだ物の情報が頭の中に浮かんできた。

「……砂？　それも微量だけ？」

果たしてこの砂は、ダンジョンの床に元々あったものだろうか。それともレッサーゴブリンが落としたドロップ品だろうか。

疑問に思ったので、少し移動して、別の場所で次元収納の白い渦で床をさらってみた。また別の場所に移動してみて、同じことを行ってみる。

都合四回ほどやってみたところ、最初の一回以外に砂が次元収納に入っていないという結果が得られた。

「ここのモンスターがなにも落とさないと思われているのは、目に見えないほど小さな何かを落としているからだって考察を見たことがあったけどさ。それにしても、砂だなんて」

試しに次元収納に入った砂を手の上に出してみると、小匙一杯分もない量だった。

レッサーゴブリンを倒して、この量の砂が石畳床に薄く広がったら、普通の人なら見落としてしまっても仕方がないだろう。試しに手にある砂を床に落としてみたけど、瞬きしたら何処に砂が落ちたかわからなくなったぐらいだし。

俺は撒いてしまった砂を次元収納の白い渦で回収し直しながら、考える。

ともあれ、この最浅層域と呼ばれる場所にいるモンスターにも、ごく僅かながらもドロップ品があることが判明したわけだ。

この事実は、ダンジョンが現れて二年間で誰も知らない新発見。

こんな誰でも入れる場所で新発見があるからには、まだまだダンジョンやスキルについて知らないことが潜んでいても不思議じゃない。

「例えば、攻撃魔法スキルが、次元収納スキルから派生するとかね」

その可能性はあると確信して、俺は通路の奥へ向かって歩みを再開させる。

事前収集した情報では、ここはずっと分かれ道のない一本道なので、地図を描かなくても迷わずに済むので移動が楽だ。

そう気分が楽になりかけたところで、またモンスターを発見。

またもや、レッサーゴブリン。

野球のバットを振るイメージで、鉄パイプを横に振ってレッサーゴブリンを殴りつける。

頭に当たった一撃で、レッサーゴブリンは薄黒い煙になって消えた。

やっぱり最も浅い場所に出るモンスターは最弱という評判だけあって、とても弱い。

俺は、レッサーゴブリンが居た場所に手を向けて、次元収納のスキルを発動した。

「次元収納」

白い渦が地面をさらい、次元収納に新たな砂が入った。

「再確認完了。レッサーゴブリンは砂をドロップすることで確定だな」

こんな微量な砂でも、ないと思っていたドロップ品が手に入ることで得した気持ちになり、気分も上向きになる。

その良くなった気分のまま、さらに道を進んでいくと、レッサーゴブリン以外のモンスターと出くわした。

この場所で出会う四つ足のモンスターは、ミドルマウスだ。

サッカーボール大の体躯で、毛並みがボサボサで、口を閉じていても上前歯が出て見えるという、あまり可愛くない見た目の灰色のネズミ。

名前に『中型《ミドル》』とついているけど、小型犬並みの大きさのネズミは大型に分類するべきじゃないだろうか。

このミドルマウスは、レッサーゴブリンよりも弱いらしい。それこそ、蹴りの一発で死ぬぐらいの耐久度だという情報だ。

俺が鉄パイプを手に観察していると、ミドルマウスは俺の存在に気付いて四つ足で駆け寄ってきた。

ミドルマウスの走力は幼児の全速力と同じぐらいなので、レッサーゴブリンより明確にスピードがある。

しかしこの程度の素早さなら、戦闘に慣れてない俺でも対処できる。

「タイミングを合わせて、いち、に、さん！」

ミドルマウスが俺の足に噛みつこうとしてきたところを、狙われたのとは逆の足で踏み付けて止める。

履いているのが大量生産品のスニーカーだからか、思いっきり踏みつけているのに、事前情報とは違って倒すことができていない。

「ちゃんと手製の武器や衣服、もしくはダンジョンで取れた物品じゃないと、モンスターへのダメージは期待できないってのは本当のようだ」

ダメージは与えられていないが、踏みつけたことで、ミドルマウスの身動きを止めることには成功している。

俺は、靴の下で暴れているミドルマウスの頭へ向けて、鉄パイプを思いっきり振り下ろす。

煎餅を割ったような手応えの後、頭を潰されたミドルマウスは薄黒い煙となって消えた。

前評判通り、レッサーゴブリンよりも脆い身体のようだ。

「倒したし、じゃあ次元収納」

ミドルマウスが消えた場所——俺の足元を次元収納の白い渦でさらってみた。

視覚では何もないように見えたものの、次元収納の中には新たなものが入っていた。

それは、耳かきの匙に乗るぐらいしかない、少量の塩だった。

「ゴブリンが小匙未満の砂、ミドルマウスが耳かき未満の塩か」

どちらもごく少量だが、ちゃんと実入りはある。

というか、次元収納スキルって、中に入れた物がなにか分かるんだと、今更ながらに気付いた。

これは多分、なにを入れたかわからなくならないための、安全措置なんだろうな。某ローグライクゲームみたいに、手に入ったアイテムが白い砂とか灰色の砂とかの仮称で表示されたら、なにがなんだか分からなくなりそうだし。

新たな次元収納の可能性を感じつつ、俺は最も弱いモンスターとはいえ、順調にモンスターを倒せていることに自信を深める。

ちゃんと探索者としてやれているという実感を得て、俺は更に通路を奥へと進んでいく。

最初の分かれ道以降、ここまでずっと真っ直ぐな道だったが、とうとう曲道が現れた。

右へ直角に曲がる道。だが、一本道なのは継続している。

「こういう曲がり角にモンスターが待ち構えていたりするってのが、ゲームでのお約束だよな」

俺は注意を払い、曲がり角とは離れた左側の壁に身を預けるように移動しながら、曲がり角の向こうを覗き込む。

すると曲がり角の壁に、へばりつくようにして存在する、緑色の粘液が見えた。

粘液は、俺の姿を確認して攻撃しようとしているのか、その緑色の液体の端を俺へと伸ばしてきている。しかし距離があるので、全く届いていない。

この場所に出る不定形の粘液は、メルトスライム。

打撃に耐性があるが、思いっきり叩けば、鈍器でも倒せるぐらいの弱さだって話のモンスターだ。

「一区域に出るモンスターは一律三種類。これで最弱モンスター三種類と全て出くわしたってことだよな」

メルトスライムの待ち伏せを食らわなかったことへの安堵から、思わず口が滑って独り言が出てしまっていた。

俺は口を噤《つぐ》むと、鉄パイプを大きく持ち上げる。そして、思いっきり上から下へと振り下ろし、壁のメルトスライムに叩きつけた。

鉄パイプを通して、まるで空気が詰まったゴムボールを叩いたような感触がしたが、ぐっと強く押し込んだ直後に手応えが軽くなる。

メルトスライムは、鉄パイプの攻撃に一瞬反発的な抵抗をしたが、打たれた衝撃に耐え切れずに身体が崩壊して薄黒い煙に変わったからだ。

では早速と、メルトスライムがいた壁とその下の床を、次元収納の白い渦で浚ってみた。

メルトスライムのドロップ品は何なのかというと、次元収納スキルの判定では、ごく少量のデンプン粉――つまりは片栗粉だという。量は小匙に満たない程度のようだ。

「このデンプンは、なにから作られているんだ？」

一口にデンプンといっても、カタクリから作られた高級片栗粉から、一般に片栗粉として流通するジャガイモデンプン、あとはトウモロコシのコーンスターチなど、植物から取れるデンプンの種類によって様々ある。

一応、メルトスライムから取れたデンプン粉だから、スライムスターチってことになるんだろうか。

「ともあれ、最も浅い層にでるモンスター三種とは、これで戦い終えた。はてさて、これだけ弱いモンスターだとレアドロップ品や、俺が求める魔石が出るのかどうか」

レアドロップ品は、モンスターそれぞれが通常で落とすモノとは別の、出現頻度が低いドロップ品のこと。

魔石は、モンスターを倒すと極低確率で出現すると言われている、レアドロップ品よりも希少な超レアドロップ品だ。

ちなみに魔石は、なんらかのエネルギーが有ると分かっているが、そのエネルギーを取り出す方法が未だに見つかっていない、綺麗な石のことだ。現状、宝飾に使う以外での唯一の使用法は、魔石を割ると出てくる光を武器や防具に吸収させて、武器や防具を存在進化をさせることだけ。

存在進化とは何ぞやというと、多量の魔石から出た光を得た武器や防具が、新たな武器と防具に形状を変化させることを指す。そして進化した武器は、素材から製作まで手作りな武器と同様にモンスターに大きなダメージを与えられるようになり、防具の場合はモンスターの攻撃を強力に防ぐことができるようになる。

ダンジョンが現れた当初、魔石は用途のないハズレドロップ品だと目されていて、探索者の多くが苛立ち紛れに踏んで壊していた。そんな日々が続いたあるとき、魔石を踏んで壊した際に、靴が存在進化した。この一件でようやく、魔石は武器や防具を強化するアイテムだという認識が広がり、そして物質を変化させる程の力をエネルギー源にできないかという研究が始まった。

そうして魔石の需要が高まったことで実証や検証が進み、現在発見できている全てのモンスターは魔石をドロップするということが分かっている。

この『どの階層のモンスターでも』というのが真実なら、最も弱いモンスターたちからでも魔石が取れてもいいはず。

そう考えた俺は、極低確率なドロップ品である魔石を得るために、ダンジョンの一階層の最弱モンスターを乱獲することをオリジナルチャートに組み入れた。

ソシャゲのガチャでも、低確率なアイテムやキャラでも、試行回数が多ければそれだけ手に入りやすいんだ。

なら楽に倒せる最弱モンスターで数を稼げば、魔石だって手に入るはずだ。

「まだ数匹しか倒してないんだ。魔石を引けるまで試行回数を稼がないとだ」

俺は鉄パイプを持ち直すと、モンスターを求めて先へと進むことにした。

道を進み、最も浅い層に出る最弱モンスターを次々に倒していく。

既存の製品を少し改造しただけの鉄パイプだと、ダンジョンの特殊な物理法則を考えると、あまり威力がでないはず。

それにも拘わらず一度殴れば倒せるのだから、その弱さが有り難い。

これで後はモンスターを倒し続けながら、魔石をドロップする機会が来るのを待つだけなんだが――

「――まったく、魔石がでてこない」

都合三十四は倒したのに、一度も魔石どころか、レアドロップ品すら出てこない。

モンスターを倒した後、次元収納スキルで地面をさらっているし、ちゃんと砂や塩や片栗粉は入手できているので、本当にレアが出てないことが確定している。

俺の運が悪いのか、最弱モンスターだとレアのドロップ率が悪いのか、そもそも最弱モンスターにレアドロップは設定されていないのか。

オリジナルチャート序盤に暗雲が発生している予感に、俺は焦りと疲労感から自分の腕を揉み始める。鉄パイプを振り続けて腕に乳酸が溜まってきた実感が急にしてきたので、その解消のためだ。

「身体強化のスキルをとっていれば、武器を振り回しても疲れを感じないって話だけど」

身体強化のスキルは、その名前の通りに肉体を強化するスキル。つまり体力と筋力を強化してくれるので、疲れにくくなる働きがあるというわけだ。

そんな戦闘力と継戦能力の向上が期待できるスキルだからこそ、国が推進する既存チャートでは、身体強化を初期スキルに強く薦めている。

けど、身体の疲れは身体を鍛え続けたら軽減されるもの。

身体強化のスキルは、力を即座に増やすことが出来るので探索者のスタートダッシュに優れているけど、肉体を鍛えれば覆せる凡庸なスキルだと言えなくもない。

ついでに気配察知のスキルにしても、スキルがなくても慎重に行動すればモンスターの不意打ちは防げるものだ。

そういう風に考えると、次元収納のスキルも、背負うのを大容量のバックパックにしたり、別に鞄を持ったりすれば代用できるスキルでしかない。

しかし俺が考えるに、次元収納スキルには他二つのスキルと明確に違う点がある。

「次元収納」

と俺が念じると現れる、この白い渦。

この渦は次元収納の出入口なわけだが、見方を変えれば、スキルが空間に出入口を生みだしているということ。

こうした何もない場所に何かを出現させることを、人間は魔法と言い表す。

そう、魔法だ。

ファンタジー作品なら定番でありながら、現代ダンジョンの探索者の誰一人として持っていない魔法を使うためのスキル。

そんな魔法スキルの片鱗を、俺は次元収納スキルに見出した。

だからこそ、身体強化スキルを推奨する既存チャートに背を向け、次元収納スキルを活かすチャートを組み上げたんだ。

「ふう。よし腕が楽になった」

腕のマッサージを終えたので、改めて鉄パイプを持ち直して通路を進むことにした。

真っ直ぐ続く一本道は、まだまだ終わりが見えない。

実を言うと、事前に調べたところ、この一本道の通路を最果てまで行った人の情報は一つもなかった。

一応、最初期にダンジョンに入った人の中には、興味本位からこの道の最奥へと向かおうとした人もいたそうだ。

しかし延々と続く道と、何も落とさない（と思われていた）モンスターとの戦闘が延々と続くことに、嫌気が差して途中で帰ってしまったらしい。

これがゲームなら、ウンザリするほど長い一本道の奥には、それなりに有用なアイテムや装備が入った宝箱があるものだ。

だから一人ぐらい奇特な人が調べていても良さそうなのだが、本当に情報はなかった。

では俺が、日本のゲームとラノベを愛するオタクの一人として、この道の奥を調べるべきだろう。

魔石を得るため、最弱モンスターたちを倒し続ける必要があるんだ。そのついでに奥まで調べるのなんて、さほど手間じゃないし。

なんて考えながら、モンスターが見えたら頭を戦闘に切り替えて、鉄パイプでモンスターを倒し、そして奥へと進む。

最弱モンスター相手だから、戦い方を工夫する必要はない。単純に近づいて、武器で攻撃するだけの、簡単なお仕事。

そんな感じで道を奥へ奥へと進みつつ、更にモンスターを二十匹ほど倒したところで、ようやく新しいドロップ品と遭遇することができた。

「これは、なんだ？」

いま倒したモンスターは、メルトスライム。そして倒されたメルトスライムの新たなドロップ品は、試供用の香水瓶のような小さな容器だ。

小指の頭から第一関節ぐらいの、小さい透明な容器。その中には、ほんの少しだけ液体が入っていた。

これがレアドロップ品なのは間違いないだろうが、最弱モンスターを倒しまくるような奇特な探索者はいないのか、メルトスライムどころか他二種の最弱モンスターのレアドロップ品についても情報はない。

試しに次元収納に入れてみると、メルトスライムの小瓶という情報だけが頭に浮かんだ。

中身じゃなくて見た目からの判別。次元収納から選び出すための情報なら、これで十分ということだろうか。

小瓶を開封して中身を次元収納に注げば、中身がなにかハッキリするかもしれないけど。

「それにしても、スライムからドロップした、水溶物が入った瓶ねえ……」

なにか思い出せそうだと頭を捻り、一つ思い出したことがあった。

ダンジョンの別の階層にでる、スライム。そのスライムを倒すと、瓶に入った溶解液が通常でドロップする。

王水には負けるぐらいの溶解性を持ち、水で薄めたら古い角質を溶かす美容液になるという、スライムの溶解液。

つまり、メルトスライムのレアドロップ品は、そのスライムの通常ドロップ品のミニチュア版の可能性が高い。

「そう予想がついても、この量じゃ無価値だよな」

ほんの十ミリリットルぐらいの量しかない水溶液じゃ、売り物にはならないだろう。

というかスライムの溶解液という上位互換があるんだから、メルトスライムのレアドロップに需要はない。

そんな残念レアなミニ溶解液を次元収納の中に入れて、さらに道を奥へと進んでいくことにした。


何時間もかけて奥へ奥へと進みながら戦い続けて、だいたい百匹のモンスターを倒した。

鉄パイプを振るのが億劫になるほどの腕の疲労と引き換えに手に入れたレアドロップは、レッサーゴブリンの爪が一つ、ミドルマウスから出た鉄の毛が二つ。メルトスライムの溶解液は、あれから一つも新しいのは出ていない。

やがて百匹を過ぎ、百五十匹を超えたと思ったあたりで、レッサーゴブリンから念願の魔石を手に入れることに成功した。

「やっと出た。出たけど、こんな小さいのか……」

次元収納で地面をさらってみて、ようやく入手したことが判明した魔石。

それはルビーのような深い赤色の石だったが、その大きさは米粒ほどしかなかった。

「これだけ苦労して手に入れて、この大きさかぁ〜」

最弱のモンスターからでも、魔石を得ることはできると証明はできた。

しかしこの小ささじゃ、鉄パイプを進化させるには心許ない。

俺は予想と違った現実に肩を落としつつ、魔石を地面に置いた。

米粒大の魔石に鉄パイプを押し付け、ぐっと体重をかける。ぱきりと魔石が割れる音がして、キラリとした光が現れ、その光は鉄パイプに吸収された。

「魔石で武器を強化する方法は、これでいいはずだけど」

光を吸収した鉄パイプを振ってみるが、違いがある感じはない。

次に出会ったミドルマウスの戦いで使用してもみたが、やはり違いがあるようには感じられない。

靴が進化した昔話でも何個も魔石を踏み壊したって話だから、やっぱり米粒魔石一つじゃ進化しないんだろうな。

骨折り損のくたびれ儲け、って単語が思い浮かぶ残酷な現実に肩を落としてしまうが、俺は道の奥を目指して進む。

こうなったら、せめて一本道の終わりを見届けないと、やってられない。

そんな思いで歩き進んでいくと、視界の先に壁が現れた。

もしかしてと壁まで歩いていくと、それは一本道の行き止まりだった。

「長いこと歩いて、単なる行き止まりかよ」

何時間も歩いて辿り着いた最奥は、宝箱すらない、ただの行き止まり。

まさに時間の無駄だったって言葉がピッタリな、奥まで進む価値のない通路のようだ。

仮に前に踏破した人がいたとしても、徒労感から『通路の奥にはなにもなかった』なんて情報を、わざわざ上げることを躊躇《ためら》いそうな結果だ。

「……けど待てよ。本当に行き止まりなのか？」

ゲームだと、こういった行き止まりは、なにもないように見せかけて、なにかしらの仕掛けが隠されているものだ。

どうせ徒労の後なんだから、一番奥の壁付近を調べてみても良いだろう。

そんな思惑から、俺は鉄パイプで行き止まりの壁を軽く叩いて回ることにした。

調べ回ってみて、行き止まり壁と左の壁の角が合わさった下側に、叩いた音が違う場所があることに気付いた。

これは恐らく、隠し部屋だ。

もしやこの部分の壁は壊せるんじゃないかと、試しに鉄パイプで思いっきり叩いてみた。けれど、壊れることはなかった。

叩いて壊れないってことは、どこかに開けるためのスイッチがあるんじゃないか。

しかし先ほど壁も地面も叩いて回ったが、音の違いがあったのは、あの角の部分だけしかなかった。

でも絶対、何処かに隠し部屋を開くスイッチがあるはずだ。

「調べてない場所となると、残るは天井だな」

俺は顔を天井に向け、なにかないかを探っていく。

慎重に探してみて、ようやく天井から通路を照らす光の近くに、周囲の石材とは少し色味の違う石があるのを見つけた。

隠し部屋のスイッチがあると疑って探さないと発見できないぞ、これは。

天井までは、床から測って五メートルほど。この距離では、人間はジャンプしてもスイッチには届かない。

では、どうやってスイッチを押すか。

「よっ、はっ。これで、どうだ」

鉄パイプを上へと放り投げること数回。ようやく鉄パイプを色違いの石に当てることに成功した。

直後、ゴリゴリと石が擦れる音がして、先ほど見つけた隠し部屋の場所が開いた。

鉄パイプを拾いつつ屈んで隠されていた場所の中を確認すると、床の直ぐ上に小型ロッカーほどの広さの小部屋が開いていて、その中に親指大の赤い魔石が入っていた。

「おお！　ラッキー！」

俺は何気なしに鉄パイプを使い、小部屋から魔石を取り出すことにした。鉄パイプで掻き出すように取ろうとしたのは、たまたま鉄パイプを拾ったばかりで手元にあったたって理由だけ。

だから鉄パイプを突っ込んだ直後に唐突に響いた金属音に、俺は耳を疑った。

明らかに、鉄パイプに金属物が当たった音がしたからだ。

けど先ほど見たときは、小部屋の中には魔石以外のものは入っていなかった。

不思議に思って改めて中を見てみると、先ほどまでなかったはずの小さな投げナイフが、魔石の隣に中に落ちていた。

その投げナイフが落ちている位置の近くの小部屋の壁には、よくよく観察してみると、巧妙に石の継ぎ目に見えるよう偽装したスリットがあった。

状況を分析するに、鉄パイプが魔石を動かしたことで罠が作動して、壁のスリットからナイフが射出されたんだろうな。

もし俺が手で魔石を拾おうとしたら、投げナイフの刃が手にぐさっと刺さっていたはずだ。

「怖⁉　唐突に罠が出てくるなんて！」

ここまでの道程は、一本道で罠のない、モンスターも弱くて、楽なものだった。

だから、こんな場所の小さな隠し部屋に罠が仕掛けられているなんて、そんな予想が立てられるはずがない。

いやまあ、低階層の宝箱にも罠があったりするとは収集した情報で知ってはいたけど、これは隠し部屋であって宝箱じゃないし。

ともあれ、ダンジョンは何処でも油断ならないとわかった。

その教訓を胸に刻みつつ、俺は隠し小部屋から魔石と投げナイフを回収した。すると、小部屋の開いていた隠し扉が自動的に閉じ始めた。どうやら中身を出したら閉まる設計になっているみたいだ。

隠し小部屋が閉まった後で、俺は鉄パイプを進化させるため、魔石を割ることにした。

鉄パイプで割った魔石からは、先ほどの米粒魔石の光の数倍は大きく輝く光が現れ、それが鉄パイプの中に入り込んだ。

これはと期待したが、しかし鉄パイプは見た目も振った感じも元のまま。

例の靴が進化した話から予想できたことだが、ちゃんとした大きさの魔石でも、一つ二つじゃ進化しないようだ。

「残念だけど、想定内ではあるしな。それで、この投げナイフはどうしようか」

人差し指ほどの長さと幅の刃があるナイフ。持ち手も五センチメートルぐらいと短くて、握るのではなく、摘まむという持ち方をするタイプだ。

ダンジョンの罠に使われていたからには、これもれっきとしたダンジョン産の武器——ダンジョン内の特殊な物理法則に従った、モンスターを傷つけることができる武器だ。

だから既製品を簡単改造しただけの俺の鉄パイプより、このナイフの方がモンスターに与えるダメージは大きいことは間違いない。

これを手に持って戦うなんてことは難しそうだけど、柄をバラして長柄をつければ、突き専門の槍として使えそうではあるしな。

ロクな武器を持っていない貧乏探索者なら、この投げナイフないしは投げナイフを穂先に使用した槍に間違いなく持ち替えるだろう。

だが俺は、このナイフでモンスターと戦う気はない。

鉄パイプという鈍器で戦うことが、俺が既存の探索者から一線を画すために必要な、魔法スキルを手にするためのオリジナルチャートの一部だからだ。

そもそも、モンスターとの戦闘で刃物を使う気なら、ダンジョンに入る前に日本刀を買っていたしな。

「使う予定のないナイフは次元収納に入れるとしてだ。隠し小部屋の中身の魔石が復活するかどうか。復活するにしても、どのぐらいの期間で復活するかだな」

鉄パイプの進化に、魔石が何個も必要なのは確定だろう。

そして事前に調べたところによると、宝箱の中身は復活するが、その期間はまちまちだという。一週間に一度だったり、一ヶ月に一度だったりする。

だから、この隠し小部屋の魔石も何日か毎に復活する、はずだ。

鉄パイプを進化させるには、復活する度に回収した魔石を、鉄パイプに何度も使うことが必須だから、一日でも早く復活して欲しくはある。

「いつ復活するか確認するためには、これから毎日通って確認するしかないな」

最弱のモンスターからレアドロップする魔石が米粒大だったという、悪い方の予想外れ。

一方で、隠し小部屋に小粒な魔石があったという、良い方の予想外れ。

俺が事前に立てたオリジナルチャートも、『最弱のモンスターを倒し続けて魔石を得る』から、『隠し部屋の魔石を復活する度に取る』に変えるだけで済みそうだ。

隠し部屋の魔石が復活する日数によっては、鉄パイプを魔石で進化させるという目的達成に時間がかかるかもしれないけど、仕方がないと諦めるしかない。

日本中の鍛冶師は誰もが売れる日本刀作りに終始して、俺が望む玉鋼で鍛造する鉄棒や鉄棍《てっこん》なんて作ってくれない。だから時間がかかってでも、鉄パイプを魔石で存在進化させて、強いモンスターにも通用する武器にするしかないからな。

「ともあれ、今日やるべき事はやったな」

最弱モンスターを倒し回り、魔石を得て、一本道の奥まで着いた。

あと今日で出来ることといったら、一本道を引き返して、ダンジョンの外に出るだけだ。

ふと、いまの時間をスマホを取り出して確認すると、ダンジョンに入ってから四時間以上が経過していた。

つまり行って帰るだけで、合計八時間か。

鉄パイプが進化するまでは、この道を行き来するだけで、毎日が終わりそうだな。

最も浅い層の一本道を戻ってきて、あと少しで探索者たちが行き来する順路に合流する場所まできた。

しかしながら、ダンジョンで倒した魔物は時間を置くと人知れずに再出現することは、少しでもダンジョンのことを知っている人なら常識として認識している。

もちろん俺も知っていたが、まさか帰り道に行きとほぼ同数のモンスターと戦い直すことになるとは思ってもいなかった。

「もしかしたら、あの一本道のモンスターは、最弱だからこそ再出現しやすいのかもしれないな」

そんな愚痴を零しつつ、俺は先ほどレアドロップ品として入手した米粒大の魔石を鉄パイプで砕き、出てきた光を鉄パイプに吸収させた。

これで鉄パイプが進化するなんてことは、もちろん起こらなかった。

行き帰りで小粒魔石が一個ずつ取れることは良い結果だけどと、俺は疲れ切った体を動かしていく。一本道の行き帰りで、八時間も歩き通し、モンスターと戦い通しだ。

つい先日までごく普通の会社員だった身では、筋力と体力と気力の限界が近い。

疲れから猫背になりそうになり、これから探索者たちが行き来する場所に合流するのに、そんな姿はいけないと思い直し、俺は背筋を伸ばして歩くことを意識する。

俺は、イキリ探索者。疲れている様子が透けて見えようとも、やせ我慢して振舞って見せてこそ、イキリってものだからな。

俺が胸を張って一本道から出てくると、ちょうど剣道着姿の探索者パーティーと出くわした。そして見も知らない彼らから、ギョッとした目を向けられてしまった。

彼らの様子は、誰も入らないはずの脇道から俺が出てきたことに対して、道の真ん中で幽霊に出会ったような驚き方だった。

別に驚かせたかったわけじゃないんだけどなと思いつつ、俺は『全然疲れてませんけど』って態度で第一階層の出入口——黒い渦に入って出てきたあの場所に戻ってきた。

出入りする探索者が多くいる、この場所で俺はやることがある。

俺が、ロクに準備もしてないイキリ探索者であるという認識を他の探索者たちに広めるために、一芝居打つ必要があるからだ。

「次元収納！」

俺が高らかにスキルを宣言すると、手元に白い渦が生まれた。俺はその渦に鉄パイプを差し入れて、俺の手から鉄パイプが消えた。

ごく普通に次元収納スキルを使った、ただそれだけの行動。

しかし、こっそりと周囲を確認してみると、この場に居合わせた探索者たちは驚きと嘲りの目で俺を見てきていた。

その目つきは、次元収納なんてクズスキルを選んだ間抜けを見る、事前の情報収集すらやってない馬鹿を嘲るものだった。

この反応を見るに、俺が想定した通りに、周囲の探索者たちは俺のことを無能な探索者だと思ってくれたようだ。

俺は更なる間抜けを演じるため、いかにも大冒険を果たして返ってきたと表現したげな態度——仰け反るほどに胸を張り、肩をいからせた大股で歩き、顔には満足そうな微笑みを浮かべてみせる。

今の俺は、態度はデカく見せているくせに、鎧もなく剣道着もなく、市販品のツナギを着ているだけ。更には、先ほど次元収納に鉄パイプを仕舞ったため、完全な手ぶら状態。

この姿を傍目から見たら、どう感じるだろうか。

ロクな装備も揃えてない無謀な馬鹿？　イキった態度だけの無能？　ドロップ品を持ってないってことは、モンスターを倒せずに逃げ帰ってきた負け犬？

そのどの評価でも、俺を敬遠する材料になるはずだ。

そこに先ほど出くわした探索者たちが、俺が最弱の魔物しか出ない場所から得意げに返ってきた、なんて後で言いふらしでもしたらだ。

最弱モンスターを倒して得意げな、馬鹿なイキリ探索者だって噂が、一気に広がることだろう。

だが念のため、ダンジョンの外に出てからも、俺が馬鹿で最低なイキリ探索者だって印象付ける最後の一押しの行動をしておく。

ダンジョンの出入口にある白い渦に入り、そして旧皇居外苑へと戻ってきた瞬間、俺は高らかにスキル名を大声で宣言する。得意げな顔で手を突き出して、あたかも周囲に見せつけるような態度でだ。

「次元収納！」

しかし、ダンジョンで得たスキルは、ダンジョン内でしか使えない。

だからスキルを宣言しても、次元収納の出入口である白い渦は現れない。

その事実を、俺は知っていないかのように演技する。

「次元収納、次元収納！　次元収納!!」

何度も声に出し、声を出す度に表情に困惑が増すよう演技する。そして最終的に、逆ギレっぽく聞こえる声色で大声を放った。

「次元収納！　おい、スキルが出ないじゃないか！」

俺が苛立った声を上げると、ダンジョンに入るための待機列にいる探索者たちから失笑が起こった。

「おいおい、スキルがダンジョンの外じゃ使えないってこと、知らないヤツがいるぜ」

「知らなくて当たり前だろ。なにせ情報収集していたのなら、次元収納なんて死にスキル、選ぶ馬鹿はいねえよ」

「しーっ。本人は至って真面目にやってんだろうからさ、笑うなって。ぷくくぅ」

くすくすと笑う探索者たちの反応は、俺が想定していた反応通り。

だからこそ、俺がイキリ探索者であることを一気に周知させる絶好の機会だ。

「なに笑ってんだ！　俺は探索者のトップになる人物だぞ！　笑って良いと思ってんのか⁉」

俺が大声で言い返すと、探索者たちの失笑具合が酷くなった。

「ぷふっ。探索者のトップ、だってよお！　次元収納のクズスキル持ちが！　あはははは！」

「すげえすげえ、ああもクズスキルを選んで自信があるなんて、俺は真似できねえっ！」

「あんなヤツがトップになれるなら、ダンジョン攻略は終わってるっての、あはははは！」

俺が望んでいた通りの、他の探索者たちの冷ややかな反応。

俺は内心では目論見通りという達成感を得ながらも、表面上は馬鹿にされた憤慨した姿を装う。更には馬鹿にされて不愉快だと表現するために、荒々しい足取りで場所を後にした。

しめしめ。これで俺のことは、次元収納を選ぶような馬鹿でイキリな探索者として、噂が広がることだろう。

そして噂が広まれば広まるほど、誰も俺のことを仲間にしようと誘う奴は居なくなるはずだ。

これでまた一歩、不老長寿の秘薬を入手するための下準備《チャート》——俺の目的を悟らせないために人を寄せ付けないという目的が達成できた。

俺は満足感を胸に秘めて、次の目的をこなすための場所へと向かうことにした。

ダンジョンを出た俺は、東京ダンジョンの入口近くにある、探索者のためのダンジョン専用の役所がある建物に入った。

探索者証明書を発行した際にも入ったが、今回用があるのは、役所の端末で確認できるモンスターのドロップ品の買い取り表とオークション出品物だ。

端末を操作して直ぐに現れたのは、本日の目玉とポップが付いた、モンスターのドロップ品やダンジョンから出た武器や防具の数々。

しかし俺が調べたいのは、ダンジョンに入っている目的である不老長寿の秘薬と、鉄パイプを進化させるために必要な魔石についてだ。

まず不老長寿の秘薬について検索するが、不老長寿の秘薬どころか若返りや寿命を伸ばす薬すらない。出品の事実すら存在していなかった。

これは予想できたことなので、続いて調べるのは、魔石の値段。

魔石は宝石と同じで、大きさによって値段が異なっている。

一時期はハズレ扱いで捨て値で売られていたのに、武器や防具の進化に必要な素材だと分かるや高値がつき始め、いまや武具を進化させる力を動力源に使えないかという研究が始まって更に高額で取り引きされるようになった。

いま端末で調べてみたところ、東京ダンジョンの攻略組が最前線で手に入れたという、顔ほどの大きさの魔石が日本円で兆の位がついていた。しかし既に売約済みで、どこの国や金持ちが買ったのやらだ。

こんな値段の魔石は手を出せないので、俺が買えそうな値段の魔石を探すことにする。

安値から見れるように並べ替えを行って、俺は目を疑った。

「はぁ?!　五十万円!?」

俺が思わず口に出してしまったのは、見たことのある大きさ——あの隠し小部屋から入手したのと同程度の魔石が、その値段で即決価格として記載されていたからだ。

しかも、この大きさの魔石がオークションに出品されている最小の魔石であり、つまりは最安値の魔石であることも、驚きに拍車をかけていた。

それの次に安いものとなると、最小より一回り大きいぐらいで、一気に倍額の百万円が取引価格として記載されていた。

しかしながら何処をどう探しても、最弱のモンスターがドロップした、あの米粒ほどの魔石はなかった。

スマホにてネットで調べてみると、小部屋の魔石より一回り小さい魔石だと個人間取引で売り買いする人が多いという情報はあった。

しかし、米粒大の魔石については何処にも情報はなかった。

あの魔石もまた、この二年の間で誰もが取りこぼしていたダンジョンの真実だったわけだ。

ともかく、いま問題にするべきは、五十万円の魔石を複数購入してでも鉄パイプを進化させるか否かだ。

当初のオリジナルチャートだと、最弱のモンスターを倒し回って魔石を集め、その魔石で鉄パイプを進化させる目論見だった。

しかし最弱モンスターの魔石は米粒大だし、あの隠し小部屋の魔石が復活する頻度も分かっていない。

こんな状態で少しでも早く鉄パイプを進化させようとするのなら、課金して魔石を集めるしか手立てはない。

だが俺は、少なくとも今日は、魔石の購入は行わないことにした。

俺は今日ダンジョンに入り始めたばかりだ。

そんな新人が、少しでも早く成果が欲しいからと、安易な道に突き進むのは止めるべきだろう。

あの隠し小部屋の魔石がどの程度の頻度で復活するのを把握して、それがあまりにも遅い頻度だと分かった際に、初めて魔石を購入するか検討すればいいんだしな。

「それにしても、一個五十万円か」

鉄パイプを進化させるために消費した魔石の値段に、俺は思わず唸ってしまう。

あの魔石を取りに一本道を行って帰るだけで、平の会社員の月収程度を稼げてしまうことになる。

そんな美味しい話を他に知られでもしたら、多くの人が押し寄せて、俺が隠し小部屋から魔石を取ることができなくなってしまう。

もしそうなったら、鉄パイプを進化させることが難しくなり、オリジナルチャートを大幅に修正することになってしまうだろう。

やっぱり俺が掴んだ情報を統制するためにも、一人で探索をすることがベストだな。

俺は魔石の購入を止めると、画面表示を最初まで戻し、端末から離れた。

用が済んだからと役所の外に出ようとすると、俺を指して笑う探索者たちの声が聞こえてきた。

「あのツナギ野郎のこと知ってるか？　笑えるヤツなんだぜ」

「服装からして、ダンジョンに遊び気に来たヤツだろ？」

「いやいや、それがよ。なんと初期スキルに次元収納ってゴミを選んだ馬鹿なんだとさ。しかもダンジョンの外ではスキルが使えないって知らない様子だった、大馬鹿だとさ」

「情報収集をしてなくて、スキルがダンジョンの外でも使えると思って、次元収納を選んだんだろうな」

「なるほど。その考えはなかったぜ。さらにアイツってば、職員に横暴な態度をとって、他の探索者にも暴言を吐いたって噂もあるんだぜ。馬鹿すぎるだろ」

「イキッて職員の反目を買ったなんてな。これで職員から有用な助言とかされなくなっただろうから、探索者として活躍する目は一切なくなったな」

どうやら、俺が馬鹿でイキリな探索者であることを吹聴してくれる暇人がいるようだ。

俺の目論見通りに噂を広げてくれて有り難いと感じながら、俺は役所の外に出ると東京駅へと向かい、家路につくことにした。


ダンジョン初探索の翌朝。

契約した安アパートで目覚めた俺は、両腕がかなりの筋肉痛になっていることに気付かされた。

「ううぅ、痛たたたた」

腕を持ち上げるのも、手を握るのにも痛みを感じる。

それだけじゃない。腕だけじゃなくて、背中や太腿や脹脛《ふくらはぎ》も、とにかく全身が筋肉痛になっている。

これは明らかに筋肉強度を超えて、鉄パイプを振り過ぎ、ダンジョンを歩き過ぎた所為だった。

「うぐっ。昨日の夜はストレッチしてから寝たんだけどなあ……」

握力の乏しい手で筋肉が痛む箇所を揉んだり、筋肉をあえて動かす動的ストレッチしたりして、どうにか痛みを和らげようと試みる。

十分ほど痛みを訴える体と向き合った甲斐もあって、ようやく普通に動かす分には痛みを無視できる程度に、筋肉痛を緩和させることに成功した。

ぐるぐると腕を回した後、マットの下に隠したノートを引っ張り出し、事前に収集したのと昨日体験したダンジョンの情報との差を精査していく。

鉄パイプを進化させる手段に変更は出たものの、その他はTODOリストを変更するまでの新情報はないと確認し終えた。

「さて、今日も東京ダンジョンに行かないとだな」

俺はノートをマットの下に戻し、出立する準備を整えることにした。

ツナギに着替え、スマホをポケットの中に入れる。そしてリュックを背負う――必要はないので自宅に置いておくことにした。

準備を終えたら安アパートを出て最寄り駅へ向かう。

その道すがら、スーパーで朝食と昼食分の食料と飲み物を購入した。

レジ袋の中から朝食分の食料を出して食べつつ最寄り駅に入り、電車に乗って東京駅へ。そして東京ダンジョンの入口へ。

役所に用事がない分、昨日よりも早い時間に待機列にやってこれた。

すると朝早くにダンジョンに入る熱心な人は少ないのか、ダンジョンの出入口に待機する列はとても短かった。

俺がレジ袋から出したペットボトルの水を飲んでいると、すぐにダンジョンの中に入れる順番になったほどだ。

俺は黒い渦に入り、ダンジョンの第一階層に到着した。

「次元収納」

さっそく次元収納のスキルを使い、白い渦から鉄パイプを取り出し、代わりに食料と飲み物が入ったレジ袋を白い渦に突っ込んだ。

俺が次元収納のスキルを使った瞬間、周囲の探索者が驚きの反応を見せた後で馬鹿を見る目に変わる。そしてコソコソと陰口を叩き始めた。

「なんだよ、あの恰好と武器とスキル選択。ダンジョンを舐め腐っているだろ」

「情報収集を怠った間抜けだろ。気にするな」

周囲の小声を耳に入れつつ、俺は鉄パイプを肩に乗せると、いかにもイキリ探索者で御座いという偉そうな歩き方で道を進んでいく。

そんな態度を披露しながら、俺は今日も最弱のモンスターしか出ない一本道へと入っていった。

筋肉痛のため、俺は動きに精彩さを欠いている。

しかし最弱モンスターが相手だし、昨日一日で戦い慣れたこともあって、危なげなく撃破数を増やしていっている。

むしろ運動していた方が筋肉痛が気にならないまであるので、積極的にモンスターを倒しまくっているほどだ。

そんな感じで四時間かけて、一本道の最奥に到着した。

「ここまでの道程で、米粒大の魔石は一つっきりか。やっぱり行き帰りで一つずつって感じの出現率なのか」

俺は米粒魔石のドロップ率の悪さを愚痴りつつ、鉄パイプで魔石を砕いて光を吸収させる。

そして進化しなかった鉄パイプを、隠し小部屋を開けるスイッチに投げつけて、ギミックを発動させた。

昨日の今日で魔石が復活しているとは思わないが、と期待せずに小部屋の中を覗き込んでみると、なんと魔石があった。

「……えっ？」

昨日の今日で復活しているなんて見間違いかと、俺が目を瞬かせても魔石は消えたりしなかった。

「マジでか！　よしっ！」

喜び勇んで鉄パイプで魔石を回収しようとすると、小部屋の罠が発動し、小部屋の壁のスリットから投げナイフが射出されて鉄パイプに当たった。

どうやら魔石も投げナイフも、一日経てば復活するみたいだな。

「そういえば、ダンジョンの罠って、どのぐらいの頻度で復活するんだ？」

通路上に罠がある階層は、かなり先の階層になる。

だから俺は、その階層の罠の種類については調べたものの、罠が復活する頻度という部分に考え至らず調べていなかった。

でも、人が行き来する場所に作る罠なら、最低でも一日に一度ぐらい復活しなければ罠の役割は果たせないんじゃないだろうか。

そう考えると、この魔石が人を罠にハメるための罠の一部と仮定するなら、この隠し小部屋の中身が全て一日一回復活することは道理が合う。

「仮定に仮定を重ねた、妄想の類の道理だけどな」

俺はつい自嘲してしまうが、とりあえず魔石が一日一回復活することが分かったのは好材料だ。

しかしながら、この魔石が一個五十万円か。

値段を考えてしまうと、子供時代から会社員時代にかけて培った貧乏性が、勿体ないと叫び出しそうだ。

俺は値段を気にしないようにして、小部屋から取った魔石を、鉄パイプに使用した。

これで、米粒大三つに親指大二つの魔石を、鉄パイプに与えた計算になる。

それでも鉄パイプは進化しなかったので、まだまだ魔石の量が足りないんだろうな。

「はてさて、何日通えば進化してくれるのやらな」

一日一回小部屋の中身が復活するのなら、無理して魔石を買う必要はないと判断し、俺は鉄パイプの進化を気長にやっていくことを決心した。

そして魔石の回収も終わったしと、俺はダンジョンの外へ出るべく、一本道を引き返すことにした。

道中の最弱モンスターたちを倒していったら、新たに米粒魔石が出てくれないかなと思いながら。

東京ダンジョンに入り、最も浅い層にある一本道を最奥まで進み、隠し小部屋と道中モンスターを倒して手に入れた魔石の光を鉄パイプに与え、ダンジョンの外まで戻っていく。

道中、正午頃になったら、自宅から最寄り駅までの道にあるコンビニで買っておいた昼食を、次元収納から出して食べる。包装紙やレジ袋などのゴミは、ある程度まとまった量になるまで、次元収納で保管しておく。

一本道の行きと帰りで八時間かけて歩き、更にモンスターを二百匹から三百匹近くまで倒す、そんな半日仕事。

長時間の運動に慣れていなかった俺は、三日連続で東京ダンジョンに通った後、四日目になって酷い全身筋肉痛が起こった。

特に痛むのは、鉄パイプを振り回すことで酷使する、肩と背中と大胸筋のあたり。太腿と脹脛も歩き過ぎで痛みがある。

それらの筋肉をストレッチして解すが、一向に改善されない。

どうやら誤魔化しが効かないほどに、筋肉痛が重篤化してしまっているみたいだ。

こうなると起き上がるのも一苦労だし、便意を感じて便座に座って用を足して立ち上がるのすら苦痛だ。

こんなに痛いとモンスターと戦っていられないと判断して、今日は東京ダンジョンに通うことを諦めることにした。

「ぐぎぎぎっ。鉄パイプの進化は、気長にやるって決めたんだ。無茶をしても、良い事ない」

俺はマットに寝転がり直すと、スマホを充電しつつ、サブスクのアニメチャンネルを鑑賞することにした。

生粋なサブカルオタクである俺は、今期アニメも全部視聴する気でいる。だが、単に物語を確認するための作品は倍速で、見ごたえのあるアニメは等速で見ていくことも決めている。

今回見るアニメは、仲良し女子たちが学校生活や部活を行う物語。

今期放送で第三シーズン目の、安定した面白さがある日常系アニメだ。

「ああー、疲れ切った身体に、日常系アニメの癒し効果が抜群だー」

笑い合う高校生の日常アニメを観賞し終われば、その後はガンアクションが派手なオリジナルアニメ、なろう俺TUEEEなアニメは倍速でと、続けて視聴していく。

その視聴の中で、俺は筋肉痛の存在が段々と我慢ならなくなってきた。

日常アニメのギャグで笑うと腹筋が痛いし、ガンアクションに驚くと背筋が痛いし、俺TUEEEを虚無顔で見ているだけですら四肢が痛い。

そう、体の痛みでアニメ視聴に集中できない。

俺はアニメ視聴を止めると、筋肉痛でギシギシと音がしそうな体を動かし、寝間着からツナギに着替える。そして自宅のシャワー室からソープボトルとタオルを確保した。

それらをリュックに入れると、俺はアパートの近くにある銭湯へ繰り出すことに決めた。

俺が住むことにしたアパートは、家賃が安い。

その安い家賃でしか暮らせない人を相手にした商売として、この場所近くには銭湯が現役で活動を続けている。

スマホの地図を頼りに、銭湯に到着。

門構えは古ぼけたタイル地の外壁と、男女に分かれた表記が白ボケている暖簾という、昭和の匂いがしてきそうな銭湯だった。

この銭湯の開店は十時で、俺がついたのはその五分後ぐらいだった。

そんな時間に中に入ったのに、既に何人かのお年寄りが脱衣所で真っ裸になっていた。

お年寄りたちは、初顔である俺にそれとなく視線を向けると、興味を失ったような態度で湯船のある場所へと進んでいった。

俺も脱衣すると、衣服とリュックを着替え棚に入れ、持ってきたソープボトルとタオルを手に湯船の場所へ入る。

開店直後だからか、湯気で先が見えないというようなことはなく、むしろ湯船の向こうの壁にある富士山の絵までくっきり見えた。

入って直ぐの場所の横に、椅子と桶が積まれている。

俺は、そこから一組拝借して、洗い場へと足を進めた。

ここで俺は、頭も身体もボディーソープとタオルを使って体を隅々まで洗った。洗い終えた後は、使った椅子と桶も綺麗にして元の場所に戻しておくことは忘れずに。

さて浴槽に入ろうとして、浴槽が三つに区分されていることに気付いた。

一番右には装置のようなものがあり、真ん中は先ほどのお年寄りが入っていて、左には誰もいない。

なぜ左には誰も居ないのだろうと思いつつ、一人だけで入れるのは有り難いしと、俺は左の浴槽に手を入れて温度を確認する。

うん。熱すぎも温すぎもしない、適温だ。

頭に畳んだタオルを置いてから浴槽に入って体を沈めると、湯の温度がじわじわと身体の中に入ってくる感触が伝わってくる。

広い湯舟に手足を全開まで伸ばせているからか、筋肉痛が徐々に湯に溶けだしているような気さえしてきた。

文句なしにいい湯を体感していると、先ほど真ん中の浴槽に入ったばかりのはずのお年寄りの一人が、ざばっと音を立てて浴槽から出ていった。

俺はなんとなくお年寄りに目を向け、その姿に驚いた。

なにせ老人の体は、まるで茹で蛸かのように、湯に浸かっていた場所が綺麗に真っ赤になっていたからだ。

俺が驚きで固まっていると、同じ湯船に入っていた他のお年寄りたちも立ち上がった。彼らもまた、身体が真っ赤になっている。

お年寄りたちは、その真っ赤な体を晒しながら、脱衣所へ。脱衣所にあるベンチに座り、扇風機の風を受けながら、全裸で談笑を始めている。

俺は驚きの光景から立ち直ると、湯船の中を移動し、お年寄りが入っていた真ん中の浴槽に手を入れてみた。

瞬間――

「あっっつぃい！」

――湯に浸かって十分に手が温まっていたのに、まるで噛みつかれたと思うほどの強烈な熱さが手を突き刺してきた。

俺は急いで湯から手を引き抜くと、熱湯で一気に赤くなった手を空中で振って冷ましていく。

こんな熱湯に入っていたのなら、老人たちの身体が真っ赤になるわけだよ。

今後、この銭湯を利用することがあっても、決して真ん中の浴槽には入らないと決めた。

俺は再び左の浴槽に首まで体を沈め直し、筋肉痛が良くなるように念じながら、骨の髄まで温まるまで浸かり続けることにした。


銭湯でさっぱりして、ソープボトルとタオルを置くため帰宅。

銭湯効果で筋肉痛が和らいだからか、四月の昼前らしい暖かくも清々しい陽気を感じる余裕が生まれ、心の中まで軽やかになった心地がする。

心が浮かれると同時に、余裕を取り戻した体は猛烈に栄養を欲しているようで、強烈な空腹を訴えてきてもいた。

そういえば、身体が痛すぎて朝食を取り忘れていたっけな。

俺は空腹に突き動かされて、外へ食事に行くことにした。

土地柄で、この周辺には安くて量が多くて美味い飲食店が多くある。

そこで俺は、今のアパートを内見しに訪れたときから、目星をつけていた飲食店に行ってみることにした。

俺の記憶通りの場所に、『唐揚げ定食』ってデカデカと書かれたのぼりがある定食屋があった。

店構えは、昭和から生き残ってきた感じの、白けた暖簾が風に棚引き曇りガラスで中が見えないという古臭い造り。

スマホのレビューサイトで店名と場所で検索して、ヒット。

どうやら唐揚げが一押しな店ではあるけど、定食屋だけあってトンカツ定食とか生姜焼き定食とかアジフライ定食とかの、定番な定食は提供しているようだ。

既に店の営業は始まっているようで、揚げ物らしき匂いが換気扇から店外へと吐き出されてきている。

三日間ダンジョン探索で酷使した俺の身体は、この揚げ物の匂いに敏感に反応。早く空腹を満たせと、胃や腸がぐるぐると動き始めていた。

よし、この店に入ろう。

今日は平日なのだが、店の中に入ると大半の席は既に埋まっていた。

何処に座ろうかと見回していると、配膳係らしき年配の女性が声をかけてきた。

「いらっしゃい。お兄さん一人？　ならあそこのカウンターに座って」

示された先、調理場の直ぐ近くに作られたカウンターには、幾つか席に空きがあった。

俺は大人しくカウンター席の一つに座り、メニュー表を確認することにした。

店外ののぼりに書かれてあった通り、メニュー表の一番上に、唐揚げ定食の文字が少し大きめのフォントで印字されていた。

ここまで薦めるからには、そして俺の胃が求めているから、唐揚げ定食の注文はマストだろうな。

そう決めて、問題が一つ起こった。

メニューによると唐揚げ定食は、平日限定で追加料金を支払うと、唐揚げお代わり自由な食べ放題にできるのだ。

これは栄養とカロリーを欲している自分の肉体からすると、とても有り難い制度だ。

しかし、単品で追加注文すれば、トンカツや焼き魚などの総菜系を食べることもできる。

思う存分に唐揚げを食べることにするのか、それとも唐揚げ以外のおかずも頼むことにするのか。

どちらにするべきかと悩みに悩み、そして決めた。

今日は平日だ。ならば平日限定の唐揚げ食べ放題を頼むべき。

俺は腹が決まったので、先ほど声をかけてきてくれた中年女性を呼び寄せる。

この定食屋はダンジョンや探索者と関係がない場所。イキリ探索者の演技はしなくていいので、素の俺のままでハッキリと丁寧な言葉遣いで注文する。

「すみません。唐揚げ定食に追加料金で、食べ放題にしてください」

すると店員は、俺の全身に目を向けると、ニッコリと微笑みを返した。

「はい、無限唐揚げ定食ね。お兄さんは食べそうだから、この定食がピッタリですよ。この食べ放題、時間制限は特にありませんけど、唐揚げの追加は一皿食べ終わってからの注文で、一度に三つまでだからね。ご飯も味噌汁もお代わり自由ですけど、どれも食べ残すと罰金が発生しますよ。いいですか?」

要は、お腹いっぱい食べるのはいいけど、食べきれる量にしろってことだな。

「分かりました。お願いします」

「では最初の一皿目の唐揚げの味は、なににしましょう?」

「ベーシックで」

「わかりました。少々お待ちくださいね」

なんて受け答えをしてから五分ほどで、早くも俺の前に定食が配膳された。

「お腹一杯になるまで、ごゆっくりどうぞ」

お決まりの言葉と共に店員が去っていき、俺は無限唐揚げ定食と向き合うこととなった。

大皿の上には敷かれたキャベツの千切りが少々と、一個が五十グラムぐらいありそうな巨大唐揚げが三つ。唐揚げと共に配膳されたのは、大盛りのご飯と常識的な量のワカメの味噌汁に少量の漬物だ。

肝心要の唐揚げは揚げたてのようで、シュワシュワと表面で油が弾ける小さな音を立てている。

「早速、いただきます」

箸を手に取りながら一礼し、即座に唐揚げに箸を伸ばした。

一つ箸で摘まみ上げてみると、箸から伝わる大きさと重さに驚く。唐揚げにしては予想外の重みに、思わず手の筋肉痛がぶり返すかと思った。

俺は箸を持つ手が唐揚げの重さで震え出さないうちに、唐揚げを口に運んで噛みついた。

ザクッという音を立てながら半分ほど噛み取ると、口の中にジワリと醤油とニンニクの匂いと鶏の脂の旨味が広がる。噛み合わせれば、ザクザクに揚がった衣に鳥の肉と油が混ざり合い、脳の芯を刺激するような官能的な味が生まれた。

そんな唐揚げを噛みくだいて飲み込めば、胃から全身へと唐揚げの栄養とカロリーが駆け巡るような感触が走った。

これは錯覚かもしれないが、筋肉痛——筋肉が再建されている痛みに、唐揚げのタンパク質と脂質がスーッと染み入っている感覚までしている。

人生で初めての感覚に戸惑いながら、二つ目の唐揚げを一噛みしてから、大盛りご飯から一口分の白米を口の中に投入する。

唐揚げの味が、淡泊ながらもしっかりとした甘さのある白米と合わさり、さらなる上等な料理に変貌した。

塩分、脂質、タンパク質、糖分に旨味。体が喜ぶものの詰め合わせの味だ。

口にあるものを飲み下せば、再び胃に入った栄養が全身を駆け巡る感覚がして、全身の細胞が受け取った栄養に活性化して体温が上昇する。

全身が喜びに打ち震える快感に従い、唐揚げと白米の組み合わせで食べ進めていくと、あっという間に三つの唐揚げがなくなってしまった。

俺の体は、まだまだ食べたりないと、もっと栄養を寄こせと叫んでいる。

ならば、お代わりだ。

俺は店員を呼び、追加注文できる上限の三個で注文。味はタルタルソースでお願いした。

味噌汁で唇を湿らせながら待っていると、唐揚げのタルタルソース添えが来た。

即座に食べようとして、少し唐揚げの衣が薄い気がするなと気になった。

そこで、まずは唐揚げをタルタルを付けずに口にしてみることにした。

すると唐揚げ自体の味が違っていることに気付いた。ベーシックにあったニンニクの風味がなくなり、その代わりにレモンの香りがある。

レモン汁が掛けられているのかと思ったが、唐揚げはカラッと揚がっていて湿っていない。不思議に思ってよく観察すると、衣の中に黄色の点がある。どうやら衣に細かくしたレモンの皮を入れているようだ。

謎が解き明かされたところで、レモンの香りのする唐揚げに、タルタルソースをつけて食べてみた。

レモンの香りとタルタルソースの酸味が合わさったことで、言葉に表せないような幸せが口の中に訪れる。

なるほど、このレモン唐揚げはタルタルソースにつけて食べるように工夫されたものなわけだ。先ほどの醤油とニンニクの唐揚げだと、こうもタルタルソースとの一体感は出ないだろうしね。

俺はタルタル唐揚げを食べきると、さらに追加注文。油淋鶏風唐揚げ二個と、ご飯のお代わりを茶碗半分ほどで頼んだ。そして五分も立たずにお代わりが来た。

酸味のある付けダレに浸された唐揚げは、しんなりして衣に元気はない。これは唐揚げに衣が弾ける歯ごたえを重視する人からしたら、許せない行為だろう。

しかし俺は、美味ければ良いというのが信条の男。

油淋鶏風唐揚げを口に運び、その甘酸っぱい味付けが、今まで食べてきた唐揚げの脂分を洗い流し、新鮮な食の味わいを復活させてくれる。

酸味で唾液腺と胃酸の分泌が刺激されたのか、大きな唐揚げ三皿目だというのに、スルスルと唐揚げとご飯が胃に納まってしまう。

しかし食べやすくても、ちゃんと唐揚げは腹に溜まっている。腹を撫でてみれば、食べたものでポッコリとしてしまっている。

食べ終わった後に食べ過ぎだと後悔しないためにも、あと一個か二個で終わりにするべきだろうな。ではどんな味付けの唐揚げを頼むかを悩み、辛味ニャンニョム風唐揚げとおろしポン酢唐揚げを一つずつ順番に頼むことにした。

こうして合計十個の唐揚げを平らげて、俺の昼食は終了となった。

俺は腹も気分も大満足で会計を済まして、店の外へ。

パンパンに張ったお腹を抱え、俺は帰路につくことにした。美味しい唐揚げを腹いっぱい食べたからか、筋肉痛はすっかり気にならない程度まで治まっていた。

有意義な休日を経て、俺は東京ダンジョン通いを再開した。

最も浅い層の道を奥まで進んで帰ってくる行動を連続で三日続け、その後に一日の休日を取る。

そんな四日で一つのサイクルを、十回繰り返した。

都合一ヶ月以上も最も浅い層を行き来する俺は、どうやら東京ダンジョンで活動する探索者の中で噂される人物となったようだ。

それも良い方ではなく、悪い方の噂で。

俺が次元収納スキルを選んだことと、演技でしていたイキリ探索者な様子も合わさって、『イキリ大間抜け』だとか『口先の大英雄様』なんて仇名《あだな》をつけて関わらないようにと忠告が回っているようだ。

なんとも不名誉なことだが、俺は目的のために仲間を作りたくなかったので、実は内心大喜びでこの状況を受け入れていた。

むしろ、もっと悪評を広めるべきだなと思って、噂の『英雄様』という部分だけ知ったという態度で、イキリ演技中に「俺は英雄様だぞ！」と言い放ってみたりしてみた。

この調子づいた様子が更に失笑を呼んだようで、他の探索者たちから『馬鹿英雄様（笑）』と蔑まれるようになった。

そんな風に、順調に俺の思惑《オリジナルチャート》通りで周囲の状況が進んでいたわけだが、ここで更に嬉しいことが起こる。

東京ダンジョンに通うこと、十五サイクル目。

隠し小部屋の魔石十五個と、モンスタードロップ品の米粒魔石を三十二個――上振れた何日かは行き帰りの道で三つドロップした――を捧げたところ、鉄パイプが進化するときがきたのだ。

魔石の光を鉄パイプが吸収した直後、鉄パイプ全体が輝き始める。

「これは、いよいよか！」

喜びながら見ていると、俺の手の中にある輝く鉄パイプの形が変化していく。

鉄パイプの先に付けたL字金具が変形して『凸』のような三方向に分かれる形へ。持ち手部分の革の感触も、天然革の紐らしき手触りのものが造形されていく。

手に感じる重量も、ヘッドが三又形状になったことを含めても、かなり重たく感じるように変わってきた。

そんな変化を見て感じていると、やがて輝きが納まり始めた。

輝きが全くなくなった後、俺の手にあるのは完全に鉄パイプではなくなっていた。

ヘッド部分に手持ち用の金槌を三つ組み合わせて凸の形に整えたような――簡単に言えば『十』の下棒部分を延長したような形の、鈍銀色の金属製の武器。

柄の長さは一メートルほどで、持ち手部分には手にしっとりと吸い付くような天然革が巻かれている。軽く振ってみると、手の内でずれることがなくなり、振り易くなっている。

「これは、大きさからして戦棍《メイス》だな」

大きさは以前の鉄パイプとさほど変わらないが、重量は二割増しと言った感じ。

大きさと重量に比しても、存在感といおうか迫力といおうか、そういう見た目と手に伝わる雰囲気が、明らかに鉄パイプよりも強いと感じさせるものがある。

果たして、この迫力がメイスの威力として伴っているのか否か。戦いで試してみるしかないな。

俺はダンジョンの出入口へ帰る道すがら、出会ったモンスターとの戦闘で使用してみることにした。

すると、ただでさえ弱かったモンスターだと、このメイスで撫でただけで倒せてしまった。

このメイスは、立派にモンスターを倒せる武器だと証明された。

さて目的通りに進化した武器が手に入ったからには、オリジナルチャートを一歩先に進めよう。

「これで、あと必要なことは、スキルのレベルアップないしは新入手だな」

スキルのレベルアップ。そしてスキルの入手。

身体強化のスキルを選んだ探索者に曰く——

レベルアップは、身体強化のスキルの効力が上昇すること。身体強化スキルならば、より重い物を持てたり、速く動けたり、疲れにくくなったりすることができるようになる。

入手の場合は、初期に選んだスキルと関連する新スキルを得ることができる。俗に派生スキルと呼ばれ、身体強化のスキルの場合だと、斬撃強化スキルや防御向上スキルが得られる。

そんなスキルのレベルアップと入手は、既存チャートだとモンスターと戦っているうちにできるので、あまり気にしないで良いということになっている。

でも俺の場合は、新スキルを強く欲している。

なにせ次元収納スキルは、進歩しても内容量が増えるだけで、モンスターとの戦いに全く寄与しない。

だから身体強化スキルのような、戦いに直結するスキルが手に入らないと、ダンジョン中を探し回って不老長寿の秘薬を得る目的がとん挫しかねない。

「モンスターを倒していれば自然と手に入るって話だったのに、最弱モンスターをもう千匹以上は倒したのに手に入ってないんだよなあ……」

倒したモンスターの数が条件なら、もう既に入手してもいいはずなので、思わず愚痴ってしまった。

でも、新スキルが得られていないってことは、最弱モンスターはカウントされないか、はたまたＲＰＧゲームよろしく経験値が足りていないか、それとも別の条件があるかだ。

「最弱モンスターじゃスキルが手に入らないのなら、一本道の奥にある魔石は収入的に惜しいけど、先に進まないとだよな」

明日からは、最弱モンスターを卒業して、普通の探索者が相手するモンスターへ戦いを挑むことに決めたのだった。

◇

現代ダンジョンへ入り、モンスターと戦う、探索者たち。

日本にいる彼らは、二つのグループに大別することができる。

一つは、政府の方針に従いダンジョンを攻略するべく働く、最前線に赴く攻略組。

もう一つは、モンスタードロップ品を集めて売って金を稼ぐ、利益重視組。

そして、攻略組が最前線で培った知識を後続のために放出し、その知識を利益重視組が金稼ぎに活用する。攻略組が膝を付き合わせて階層を突破しようとする間、利益重視組は少しでも換金率の良いモンスタードロップ品を狙って特定階層に集まる。

こんな図式が、現在の日本における探索者事情である。

金稼ぎを主眼とする利益重視な探索者たちは、ダンジョンで金を稼いだ後は豪遊することが多い。稼いだ金で、健全に食欲や物欲を満たす者から、国営ギャンブルに大金を突っ込む者や、性的な産業で肉欲を満たす者まで、遊び方は様々だ。

ダンジョンが現れて、未だ二年。市場が求める資材の量に対し、ダンジョンドロップ品の供給量は乏しい。そのため、未だに特定のダンジョンドロップ品の売値は高止まりしているため、稼げる探索者たちは遊ぶ金に困ることはない。

はてさて、東京駅から数駅離れた飲み屋街では、お疲れ様会と銘打って、食欲を満たそうという探索者たちが大勢集まっていた。

「「「かんぱーい！」」」

日本鎧姿のままで兜だけを取り払った一団は、大ジョッキを打ち合わせると、ジョッキの中の黄金色のビールを豪快に飲んでいく。

幾人かは途中で、他の面々は最後までビールを飲み干すと、机の上に並んだ料理に箸を伸ばし始める。

「いやー、今日も儲けたな。一日で平社員の月収程度稼げるんだ。これで探索者をやらないなんて、馬鹿な選択だよな！」

一人がネギ鳥炒めを突きながら、店の中にいる明らかに会社員だと分かる背広の人達に向けて、ガラ悪く言い放つ。

背広の人たちは一様にムッとした表情を向けるが、相手が鎧と刀を持つ探索者だと分かると、そそくさと自分たちの食事に戻っていく。

その腰抜けな様子に、暴言を放った男がニヤニヤと笑う。

探索者仲間たちは、軽く掣肘《せいちゅう》はするものの、強く発言を注意しようとはしない。

そんな我が物顔な探索者たちは、大いに飲み食いしながら、あのモンスターは強かっただの間抜けだのと言い合う。

そんな話題の中で、とある一人がこんなことを言いだした。

「なあ、知っているか？　最近現れた、間抜け探索者の話を」

「おいおい、探索者は誰もが、命を賭けに使って金を稼ぐ大間抜けだろうが」

「違いねえ——って、そういうことじゃなくてだ。その間抜けの中でも、飛び抜けた間抜けが現れたってことだよ」

どういうことかと首を傾げる数人と、なんの話題か知っている様子の数人の姿。

話題を切り出した方は、事情を知らなさそうな方に話を向ける。

「なんでもソイツ、初期スキルに次元収納を選んで、そのうえ鉄パイプで戦っているらしいぜ」

「なんだそりゃ。大ぼらを吹くにしても、そんな非現実的な話はないだろ」

なにせ日本の政府が、探索者に向けて攻略法を公開している。ここに居る探索者たちも、探索者をやると決めた際には、その攻略法の情報を元に装備を整えたのだから。

「ところがだ、ソイツは職員や他の探索者に高圧的にイキリ倒しているのに、なんにも探索者としての情報を集めてないみたいなんだと」

話題にした探索者の行動——ホームセンターの製作室での助言に耳を傾けない、ダンジョンの外でスキルを使おうとした、最弱モンスターの出る実入りのない通路へ連日通う、などなどを語って聞かせた。

それらの行動は、探索者としての情報を集めていれば、決してやらないことばかり。

話題の人物の間抜けっぷりに、酒場の探索者たちは大笑いする。

「ぎゃははは！　それで、自分は大物でございってやってんのか！　笑える！」

「他の探索者を寄せ付けないイキリなんだろ、もう誰も組みたいと思わねえな、そりゃ！」

「つーか、次元収納スキルってだけで、放置一択っしょ！」

「あははは！　馬鹿な新人に！」

「「馬鹿な新人に、かんぱーい！」」

馬鹿に対する馬鹿話を肴に、探索者たちは食べて飲んで一時の享楽を堪能する。

こんな光景が、ちらほらと他の飲み屋や打ち上げ場所でも行われ、明らかに地雷な新人探索者には関わらないようにしようという認識が広がっていった。

二章　オリチャーは新武器と新防具と共に

最弱モンスターを卒業すると決めた日。

俺の姿はダンジョンではなく、ホームセンターの製作室にあった。

どうして俺がここに居るのか。

その理由は、モンスタードロップ品にある。

などとカッコつけた台詞を考えてみたが、理由は単純な事。

鉄パイプないしはメイスを次元収納に入れる際、拾い詰めていた最弱モンスターたちのドロップ品の量が多いと、容量制限で入れられなくなってしまう。

だから俺は度々、昼食を入れていたレジ袋の中に、そのドロップ品たちを移し替えて、自宅に持ち帰っていた。

塩とスライムスターチは調味料として使えるが、レッサーゴブリンの砂の使い道はない。

でもレッサーゴブリンの砂は、単なる砂でもダンジョン産の物質だ。モンスターにダメージを与えられる、そのポテンシャルを持っている。

砂なんだからモンスターの目つぶしに使ってもいいんだろうけど、俺は違う道を模索するためにホームセンターに来たわけだ。

俺はいま製作室にて、レッサーゴブリンの砂を小型の坩堝《るつぼ》で溶かし、鋳型に流して鋳造ナイフを作ろうとしている。

本当は警棒みたいなのを作ろうとしたんだけど、それには砂の量が大幅に足りなかったんだよね。

ともあれ、耐火壷にレッサーゴブリンの砂を入れ、電気炉の中へ投入。炉の近くに、テーブルフォークを押し付けて作った砂の鋳型を設置すれば、あとは溶けるのを待つだけ。

その待ち時間で、メイスに進化する前の鉄パイプと同じものを製作することにした。

どうして進化してモンスターに有効なメイスが手に入ったのに、鉄パイプをまた作るのか。

それは、俺が情報収集もしない間抜けで無駄にイキっている探索者だという噂を保つためだ。

今日から俺は、最弱モンスターが出る一本道を卒業し、他の探索者たちも歩き回っている第一階層の通路にてモンスターと戦うことになる。

その場所で戦う際に、メイスというモンスターに有効な武器を持っていたら、最弱から普通のモンスターに戦うにあたって武器を新調したんだなと思われてしまうだろう。

しかし、それはいけない。

事前にモンスターに有効な武器を持ってくるなんて、そんな『当たり前』をしてしまったら、間抜けな探索者という悪評判にヒビを入れてしまうことになってしまう。

だから悪評判を守るためには、せめてあの場所に行くまでは、既存製品を改造しただけの武器で戦って苦戦してみせなければいけない。俺の戦いぶりを見かけた探索者たちが、俺のことを馬鹿な探索者だと侮り続けてくれるようにするために。

そうした思惑を思い返しながら作業を続けていき、ほどなくして新たな鉄パイプを完成させた。

見た目も同じな鉄パイプも出来たし、坩堝の中はどうなっているかな。

炉の蓋を開けると熱気が出てきて、思わず顔を背けてしまいそうになるが、我慢して電気炉の中を見る。

電気炉で真っ赤に熱された坩堝の中には、酸化膜が表面に浮いてはいるが、その下にはサラサラに溶けた物体があった。

どうやらレッサーゴブリンの砂は、完全に溶け切ったみたいだ。

俺は耐熱手袋と鉄鋏を装備すると、鉄鋏で真っ赤な坩堝を炉から取り出し、用意していた砂の鋳型に坩堝の中身を流し入れた。

型に注がれた電気炉で溶かされた物体は、型の通りの形に自然と整っていく。

真っ赤な液体が、段々と冷え固まっていくと、赤かった表面が黒っぽく変化し始めた。

やがて冷え固まって出来た、レッサーゴブリンの砂から鋳造したナイフは、金属とも鉱物ともとれる不思議な質感の黒色の姿。

くすんだ黒色の中に金属粒の輝きがあり、どことなく都会の夜空を思わせる見た目をしている。

ナイフだからとベルトサンダーで刃付けをしてみると、材質の柔らかさからみるみる削れてしまう。

この強度だと、武器として使うのは難しい。

ダンジョンの記念として、自宅に置いておくぐらいしか使い道はなさそうだ。

俺は目の細かいベルトサンダーを使い終わった後、持ち手部分に麻紐を巻き付けて接着剤で固めた。

いい加減な素人造りの鋳造ナイフだけど、自作で自宅に飾るためのものなら、むしろ作りが荒いほうが素人臭い趣きがあっていいはずだ。

こうして偽装と思い出作りが終わったところで、ＴＯＤＯリストをスマホで確認する。

最弱モンスターの通路を卒業した後の予定は、『第一階層のモンスターと戦う』『防具に使うドロップ品を得る』『スキルのレベルアップを目指す』『イキリ探索者は継続』となっている。

俺はやるべきことを確認し、鋳造ナイフと鉄パイプを手に、東京ダンジョンに向かうことにした。


東京ダンジョンに入り、鋳造ナイフは次元収納に入れ、鉄パイプを手に歩き出す。

他の探索者たちが歩く流れに従って歩いていき、昨日までは入っていた最弱モンスターが出る一本道を無視して直進する。

その俺の行動に、居合わせた探索者たちから意外そうな目が向けられる。

きっとあの探索者たちは、俺が一本道に日参していたことを知っていて、今日は最弱モンスターに会いに行かないことが不可思議って思っているんだろうな。

他に数組の探索者たちからも同様な目を向けられたので、どうやら俺が一本道に通っていたことは噂好きが知る程度には話題になっていたみたいだ。

それならと、イキリ探索者という噂を補強するために、ここで一芝居打つことにした。

俺は鉄パイプを自身の肩に乗せると、変顔をしながら周囲を睨みつける。

「んだ⁉　ああっん？」

威圧の声を出しながら顔を巡らすと、探索者たちの反応が割れた。

関わり合いになりたくないと目を逸らす人と、俺の行動を笑う人とにだ。

笑っている理由は分からないが、俺は自身へのイメージの補強のため、その笑いを増長させる行動をしてみることにした。

「な、なな、なにを笑ってやがる！」

人から笑われることに心当たりがあるような態度を装いつつ、言葉では威嚇をする。

そんな明らかに醜態を隠そうとするような態度を見て、探索者たちからの失笑具合が増した。

俺の思惑通りの反応にしめしめと思いつつも、表面上の演技では立腹した態度を取っていく。

「ちくしょう、不愉快だ！」

俺はへそを曲げたという演技をしながら、前にいる探索者を押し退けるようにして前に進む。

この馬鹿で自分勝手な姿を見れば、今以上に俺と関わろうとする人は出てこなくなることだろう。

これで、より安全に不老長寿の秘薬を入手するためのオリジナルチャートが進んだなと、嬉しくなる。

そんなイキリ探索者な演技をしながらダンジョン内を歩いていると、右に二方向、左に二方向の、計四方向の分かれ道が現れた。

この地点で、探索者たちの行き先が分かれる。

日本鎧姿のしっかりと戦う準備を整えた人たちは、ほぼ必ず左の奥側の通路にだけ進んでいく。

実は、その通路が第二階層へと向かうためのルート——通称『ダンジョン順路』だからだ。

つまり日本鎧姿の探索者たちは、第一階層を抜けて第二階層へと行こうとしているわけだ。

では順路以外の三つの道はというと、どの道を選んでも行き止まりに行き当たり、第二階層へ続く階段へ至ることが決してない道だ。

しかし必ず行き止まりに当たることから、剣道着や虚無僧姿などの、ダンジョンの第一階層で軽く楽しむ人達が進む道となっている。

俺も今日は行き止まりへ行く道に用があるので、三つあるうちの右手前の道を選択することにした。

他の探索者の後ろを歩くように道なりに直進し続けていくと、何度となく分かれ道に遭遇する。

何組かの探索者たちは、その分かれ道の先へと消えていく。

しかし俺は、直進することを選択し続けた。

こうやってダンジョンの中を歩き続けていれば、他の探索者たちがモンスターと戦っている場面を見かけることもある。

「きゃー！　ちょっと、ちゃんと止めておいてってば！」

「ごめんごめん。ほら、押さえておくから、バサッといけって」

剣道着を着た男女ペアの探索者を見かけ、男性がモンスター――イボガエルと名付けられた座布団ぐらいの大きさのカエルを足で踏んで押さえつけていた。女性は悲鳴を上げてはいるものの、楽しそうな様子で日本刀の脇差でカエルの頭を突き刺す。

一階層目の、最弱モンスターの次に出てくるモンスターだけあり、まだまだ弱い。

その脇差の一撃で、イボガエルは薄黒い煙に変わった。現れたドロップ品を女性が拾い、ドロップ品を初めて入手したのか、きゃーきゃーと歓声をあげている。

あれは、ダンジョンデートというやつだろうか。

ダンジョンの情報収集をした際に目にしたが、確かモンスターと戦う際のドキドキを利用したつり橋効果で狙いの女性の心を射止めるデート法、とかなんとか。

ダンジョンでデートなんて、ダンジョンができて二年しか経ってないのに、人間の順応ぶりが恐ろしくなるな。

その後も、恋人や友人同士で一匹だけ出くわすモンスターと戦う光景が、何度か続いた。

道の奥へ奥へと進んでいくと、段々と人影が少なくなってきて、やがて全く居ないようになる。

なにせ、軽くダンジョンを楽しむのなら、こんな通路の奥まで入る必要がない。もう少し歯ごたえのあるモンスターと戦いたい場合なら、第二階層への階段近く一帯に、この場所とは違ったモンスターが出るから、そちらへ行くだろう。

つまり、人気のないここからは、俺は人の目を気にしないで振舞うことが出来るというわけだ。

早速モンスターを探すとしようかなと考えていると、先ほど男女ペアが戦っていたモンスターと同じ、イボガエルが通路の先に見えた。

改めてイボガエルの姿を確認すると、座布団に四足が生えたような暗い土色のカエル型のモンスターで、名前の通りに背中の部分に大きなイボが何個もある。

収集した情報通りだと、攻撃方法は飛びついての圧し掛かりと長い舌を使った手足の拘束。

楽な倒し方は、男女ペアの男性がやっていたように、上から踏み付けてから攻撃すること。踏みつけると、口を開けなくなり跳びかかりもできないようになり、一気に無力化できる。

踏むまでが大変らしいが、その部分のコツも、俺は調べて知っている。

イボガエルは、接近してきた俺を見ると、ぐっと体を沈みこませてから四つの足を使って跳び上がった。

投げられた座布団が覆いかぶさってくるかのように、イボガエルは俺の上半身目掛けてゆっくり跳んでくる。

俺はスッと身躱すと、イボガエルは俺の近くの地面に落ちた。

この地面に着地した瞬間に、俺は足でイボガエルを踏みつける。こうして避けて踏むことが、イボガエルを無力化するコツだ。

ぐっぐっと、イボガエルは跳び上がろうとする力の入れ方をする。しかし成人男性の体重を跳ね除ける力はなく、俺の足下で藻掻《もが》くことしかできない。

こうして無防備になったイボガエルに向かって、俺は手の鉄パイプを振り下ろした。

「おら！」

最弱モンスターなら一発で絶命だった鉄パイプ攻撃だが、イボガエルは脳天にまともに食らったというのに平気そうな顔だ。

それならと、俺は何度も鉄パイプを振り折ろし続けることにした。

「この、このこの、このこのこのこの!!」

鉄パイプで滅多撃ちにしていくが、脇差の差し込み一発で倒されたモンスターとは思えないほどに、耐久力を見せる。

追加で殴る回数が十回を超えたところで、ようやくイボガエルは薄黒い煙に変わった。

どうやら、この鉄パイプのような簡易的な自作武器だと、第一階層の最弱より一つ強いだけのモンスター相手ですら苦戦してしまうようだ。

でも、あの剣道着の男女ペアの探索者は、脇差で簡単に倒せていた。

あの脇差の一撃と、俺の鉄パイプの攻撃十回以上が、ダンジョン内では同等のダメージなのか。

ダンジョンの特殊な物理法則は知識として知っていたけれど、既製品を改造しただけの武器とダンジョン向けに製造された武器とでは、これほどに攻撃力に違いがあるなんて。

「これは、探索者がこぞって日本刀を買い求めるわけだ」

俺は鉄パイプの振り疲れから、思わず愚痴が口をついて出てきてしまう。

思わぬ苦戦に額の汗を拭いつつ、イボガエルの通常ドロップ品である、イボガエルの革を拾う。

微小なイボが表面の所々にある革はハンカチ程度の大きさと厚みをしていて、手触りはビニールシートのようで、色味は暗い土色。

そんな質感を確かめた後で、イボガエルの革を次元収納の中へ。

俺が一連の行動を終えたところで、俺が来た道の方の遠くから探索者の声が聞こえてきた。

「見たかよ。あいつ必死だったぜ。イボカエルは刀ならサックリ倒せるのによ」

「鉄パイプだと、ああも苦労するもんなんだな。一つ賢くなったぜ。使う機会なさそうな知識だけどな!」

誰も近くにいないと思っていたが、わざわざ遠くから俺の行動を見ていた暇人がいたらしい。

そんな暇人たちの失笑の声に、俺はイキリ探索者演技を復活させると、肩を怒らせて大股で近寄るフリをする。

まさか俺が鉄パイプ片手に近づいてくるとは思ってなかったのか、剣道着の男性二人は泡を食った様子で道を引き返していった。

脅かされて逃げるぐらいなら、聞こえるような陰口なんて叩かなきゃいいのに。

俺は演技を止めると、通路の更に奥へと行くことにした。

通路の奥へと進み、後ろを見て探索者がいないことを再確認してから、次元収納から鉄パイプから進化したメイスを取り出し、手にある鉄パイプは次元収納へ。

「さて、真打ちの登場だ。進化した武器の威力はいかに」

メイスを素振りして感触を確認してから、モンスターを探して歩いていく。

新たに出くわしたのは、俺の腰の位置ぐらいの大きさがある、赤茶色のドグウ。

これもれっきとしたモンスターなんだけど、全身が素焼き土器の質感で、顔が糸目で、二の腕が膨らんだ両手で、下半身デブな胴体でと、見事なまでに『土偶』にしか見えない。

このモンスターのドグウは、胴体下の小さな足をちょこまかと動かして、こちらに走って接近してくる。

脅威を感じるというよりも、和む見た目に、俺の戦う意欲が萎える。

しかし接近してきたドグウが振るった短い手が、俺の太腿に命中した瞬間、和むなんてこと言っていられなくなった。

「痛ッ⁉」

まるでバットで太腿を殴られたかのような痛みに、俺は思わず跳び退る。

俺が着ているツナギは、大量生産品なので、ダンジョン内での防御は無きに等しい。

それにしても、第一階層の最弱の次に出てくるモンスターの攻撃にしては、もの凄く痛かった。

俺が叩かれた太腿を撫で摩っていると、ドグウは再び短い足でちょこちょこと突進してくる。

「あの見た目で戦意が削がれるなあ」

俺はドグウの見た目に困りつつも、殴られたお返しだと、メイスをドグウに叩き込んだ。

さきほど鉄パイプで戦ったイボガエルよりも、ドグウの方が見た目的に硬そうだ。流石に鉄パイプから進化したメイスでも、一撃じゃ倒せないだろう。

そんな予想とは裏腹に、振るったメイスは、ドグウを脳天から足先までを粉々にしてしまった。

予想外の光景に、ドグウの破片が薄黒い煙に変わり、そして粘土をドロップするまで、俺は呆然としていた。

「……えぇぇぇ？」

メイスの攻撃力が半端ない。

十回以上叩かなきゃイボガエルが倒せなかった鉄パイプから、一段進化するだけで、この威力になるなんて思ってもみなかった。

もしかしてドグウが殊更に脆いだけかと考えて、次に出くわしたイボガエルにメイスを使ってみたが、こちらもやっぱり一発ＫＯだった。

こうして既製品改造武器と進化武器の違いを体験してみて、やっぱりオリジナルチャートに従って鉄パイプをメイスに進化させて良かったと、俺は実感した。


通路を奥へ移動しながら、俺はメイスでモンスターを倒していく。

どうしてモンスターを倒すのかというと、初期スキルのレベルアップと、派生スキルを手に入れるには、モンスターを多く倒すことで出来ると証明されているから。

最弱モンスターをあれだけ倒してもレベルアップや派生スキルが来なかったので、改めて第一階層の他の区域にいるモンスターを倒すことで実証しようとしているわけだ。

ちなみにだが、ダンジョンの一つの区域に現れるモンスターは、一律で三種類と決まっている。

だから俺がいる場所では、イボガエル、ドグウ、そしてコボルドしかモンスターは出ない。

コボルドは、中型犬を無理矢理に二足歩行させているような見た目の、モンスター。

このコボルドは、この場に出る三種類のモンスターの中で、一番の強敵だという評価がされている。

理由は二つある。

一つは、犬の前脚っぽい形の両手で小さいナイフを握っていること。

もう一つは――

「――見た目が本当に犬っぽいのは、勘弁してほしいな」

いま出くわしたコボルドは、垂れ耳具合といい、白い線が入った鼻筋といい、ビーグル犬にそっくり。

ネット情報だと、コボルドは個体ごとに見た目に違いがあり、中型犬までの全犬種を網羅しているんじゃないかっていう、コボルド愛好家有志の研究発表があったりする。

つまり二足歩行という違和感さえ除外すれば、この愛らしい犬の見た目こそが、とても戦い難い理由なわけだ。

俺は猫派なんだが、それでも可愛らしい見た目の犬を殴るのに抵抗がある。

犬好きの探索者だと、コボルドを斬り殺すことに罪悪感を覚えて、探索者引退まで行くんじゃないだろうか。

「あれはモンスターだ。それも手にナイフを持った、危険な敵なんだ。あれはモンスターだ。手にナイフを持つ敵だ」

俺は繰り返して呟き、自分自身に暗示をかけて、忌避を感じないように努める。

これで戦えると覚悟が決まったところで、コボルドの奥にもう一体のモンスターがいることに気付く。

確認すると、それもコボルドで、しかし今度はボーダーコリーの見た目をしていた。

「モンスターが二匹。じゃあ、通路の終わりが見えてきたな」

現代ダンジョンの攻略法として、次の階層へ続く順路か否かを判別する方法がある。

それは、モンスターが複数匹現れるようになったら、それはハズレの道であるということ。つまりモンスターが一匹しか現れない場所を突き進めば、ダンジョンの先へと行けるということでもある。

でも俺が以前に通っていた一本道では、最奥まで最弱モンスターたちが一匹ずつしか出てこなかったよな。不思議だ。

ともあれ、いま俺がいるのは、順路から外れたハズレの道の奥。だからモンスターが二匹現れることは当然と言えた。

急な一対二の状況――しかし俺の手の中には、モンスターに大打撃を与えられる、頼もしいメイスがある。

怖気づく必要はない。

「でも一対一の状況には、持ち込ませてもらう！　次元収納！」

俺は宣言してスキルを発動。手元に現れた白い渦に右手を突っ込み、鉄パイプを引き抜く。

その鉄パイプを、思いっきり後方のコボルドへと投げつけた。それと同時に、先頭のコボルドへと走り寄る。

犬の体で二足歩行しているからか、後方のコボルドは鉄パイプの投擲《とうてき》を避け切れずに直撃。しかし既製品改造武器なため、ダメージはあまり受けていない様子。

それならと、俺は先頭のコボルドを手早く倒すことにした。

「食らえ！」

メイスを思いっきり振るった。

コボルドは両手で握るナイフでメイスの攻撃を防ごうとするが、勢いの付いた打撃武器はナイフごときで止まるもんじゃない。

俺の攻撃は頭から胸近くまでを叩き潰し、コボルドは薄黒い煙に変わり、パチンコ玉大のくすんだ金属球がドロップした。

手早く倒し終えることができた。後続のコボルドは鉄パイプを食らった衝撃から立ち直っていない。

それならと、俺は足早に近づいて攻撃する。

俺に狙われて、コボルドはしゃがんでから大きく後ろへ跳んで攻撃を回避した。

距離が開いて仕切り直しとなり、俺とコボルドは改めて対峙する。

様子見を選択した俺に対し、コボルドは積極的に攻撃を仕掛けてきた。

両足で走って接近し、両手で握ったナイフを上から下へと振り下ろしてくる。

犬の小さな体躯。小さい刃のナイフ。脅威な部分はない。ギリギリで避けて反撃すれば、倒せる敵だ。

俺の頭はそう冷静に判断するものの、天井から注ぐ光をナイフがギラリと危険な色で照り返すのを目にすると、前へ踏み出す気持ちが萎えてしまう。

俺はコボルドの攻撃を避け続けながら、タイミングを図り、決意して踏み出そうとする。

でも、刃物の光を目にすると、やっぱり足が竦んでしまう。

刃物は危険なものという常識が、俺の戦いの邪魔をしている。

「せめて、あと一つ。足を踏み出せる理由があったら」

俺は四度五度とコボルドの攻撃を避けて、必死に自分が優位な材料を探す。

その中で、はっと気付いた。

コボルドは、なぜか上下にしかナイフを振るってこない。しかも下から上へ切り上げるという真似もしてこない。

この気付きが本当か、もう一度攻撃させてみた。

コボルドは、やっぱり振り上げて振り下ろすという上下の動きしかしなかった。

その理由について、動物が美少女に擬人化したアニメの中で、リアルな動物飼育員さんが語った言葉を思い出した。

「そういえば、猫と違って犬って鎖骨がないから、物を抱えたりってするような、前足を横に動かす動作が苦手なんだったっけ」

コボルドが犬と同じ骨格をしていると仮定すると、ナイフを上下に動かすことしかできないのは当然だ。

つまりコボルドのナイフの振るい方は、上から下への一つに固定されているってわけだ。

だから振り終わりを狙えば、相手がナイフを斬り返してきたりする心配もせずに、攻撃をすることができるわけだ。

こうして勝利への方程式が揃ったところで、俺の足の竦みが解消された。

やるべきことを決めた俺は、足を止めてコボルドの攻撃を誘発させる。

コボルドがナイフを両手で振り下ろし始めたのを確認して、そのナイフが描く軌道の外に体を移動させる。

ナイフが俺の体の横を通過したのを見届けてから、俺は踏み出しながらメイスを振るって、コボルドの頭を殴りつけた。コボルドの頭は大きく潰れ、そして全身が薄黒い煙に変わって消えた。

こうして、二匹で来たコボルドを倒すことに成功した。

時間にしてみれば二、三分ぐらいの出来事だが、刃物を持った相手に勝ったという成功体験は、俺の今後の戦いへの決意の下支えになることだろう。

「それで、これがコボルドの卑金球か」

俺は二つの金属球を拾い上げる。

事前情報によると、コボルドの通常ドロップ品である小さな金属球は、卑金属に分類される物質が複数混ざった物体とのこと。

その大部分は鉄らしいが、現代社会に有用な希少金属も微量含まれているらしく、同量の鉄の球を売るよりかは高く売れるらしい。

ダンジョンに遊びで入る人が主な収集目的にしているのが、このパチンコ玉に似た卑金球だそうだ。

俺は手にある二つの球を次元収納の中へ入れた。

そして移動して、コボルドの一匹を怯ませるために投げた鉄パイプも回収した。

その際、鉄パイプに変化があることに気付いた。

「うげっ。切れ目が入ってる」

どうやら俺が投げつけた際、コボルドのナイフに当たっていたらしい。

鉄パイプの切れ目は、なかなかに深い。柄の方から中空の中を覗いてみると、漏れ入る光で傷が鉄パイプの内側まで達しているのが分かった。

鉄パイプは、名前の通りに鉄製品だ。通常なら小さなナイフの刃なんてはね返す強度はある。

しかしここは現代ダンジョンの中。特殊な物理法則により、手仕事が介在しない工業生産品の耐久度は、著しく低い。

その法則の結果を改めて目の当たりにして、俺はダンジョンが特殊な場所であることを再認識した。

「オリジナルチャートでは、しばらくは体防具はツナギのままで良いとしたけど、改めるべきかな？」

後にモンスタードロップ品で防具を作るつもりでいるので、その素材が集まるまではツナギで過ごす気でいた。

しかし、ドグウに殴られた際の痛みや、この鉄パイプの切れ込みを見ると、防具の必要性がヒシヒシと感じられてきた。

「うーん。身の安全のために、パッチワークアーマーでも作るか？」

手織りの布の端切れを購入し、服に縫い付けるパッチワークアーマー。海外の貧乏探索者御用達の、手軽に防御力がアップできる防具だ。

低階層のモンスター相手なら十二分の働きをするという触れ込みだけど、やっぱり布の服が防具というのは、どうしても頼りなく感じてしまう。

「ここは立てたチャートの通りに、ドグウのレアドロップのドグウの手甲の入手を目指すべきだな。幸いなことに、このメイスならモンスターは一撃だ。危険は少ない」

俺は攻撃こそ最大の防御だと決意を固め、鉄パイプを次元収納に入れてから、再び通路を歩き始めた。

心の中で、少しでも早くドグウの手甲がドロップしてくれと、つい願ってしまいながら。

道を進み、二匹一組で出くわすモンスターと戦い続けていくこと小一時間。

とうとう道の端についてしまった。

一本道のときみたいに隠し部屋がないかを探すが、今回は空振りのようだ。

こうして行き止まりに来たからには、帰るしか道はない。

でも道を戻る前に、俺は空腹を自覚した。スマホをツナギから取り出して確認すると、昼食より前の時間だけど仕方がないよな。

腹ごしらえすることにしよう。

次元収納に入れていたレジ袋を取り出す。袋の中には、スーパーで買った総菜パン三個と、水が入ったペットボトル一本が入っている。

それらで手早く飲食を終えると、包装ゴミを先に次元収納に突っ込み、レジ袋を空にする。その袋の中に、ここまでの道程で入手したモンスタードロップ——イボガエルの革、ドグウの粘土、コボルドの卑金球を入れていった。

「ここまでで、ビニール袋に半分か」

帰り道でもモンスターを倒してドロップ品が手に入ると考えると、ビニール袋は満杯になるだろうな。

このビニール袋を次元収納に突っ込み、来た道を引き返しながら、モンスターと戦っていく。

追加で四匹ほど倒し、そのドロップ品を次元収納に入れたところで、俺の脳内で次元収納の容量が満杯になったって実感が生まれた。

鉄パイプを中に入れている関係で、余剰容量が少ないからな。すぐに満杯になってしまう。

「これが中世風ラノベなら、容量の少なさから荷物持ちの奴隷を買うって場面かもな」

そして奴隷に隠された能力があって、主人の俺より大活躍してしまって、主の俺が困るって展開だな。

なんて妄想を広げるのを止め、次元収納からドロップ品を入れたレジ袋を出し、その中に先ほどのドロップ品も入れる。

これから道を戻りながらモンスターと戦い、ドロップ品を更に得ていくんだ。次元収納にこれ以上入れられないのなら、手に持って歩くしかない。

俺はレジ袋を片手に持ちながら、もう一方の手でメイスを振るいながら、通路を歩いていく。

メイスの性能もあり、片手しか戦闘に使ってないけれど、順調に帰り道を進むことが出来ている。

この帰り道の中で、すっかり刃物の対処にも慣れてしまい、コボルドなんて出会い頭に踏み込んでの一撃で倒せるようになった。

やはり人間は、何事でも、慣れてしまう生物なんだな。

そんな実感を得ながら通路を歩いていると、モンスターの出現数が一匹ずつになり、そして道の先に探索者の姿が見えるようになってきた。

ここで俺は、鉄パイプを出しメイスを次元収納に入れて、武器を持ち替える。

これで俺の見た目は、ツナギ姿で鉄パイプとビニール袋を持った姿——ステレオタイプなヤンキーかっていう感じに戻った。

この姿で他の探索者に近づくと、どうやら向こうは俺のことを知っていたらしく、俺の格好とレジ袋を視線や指で示しながら仲間内であざ笑ってくる。

「見ろよ、あの格好。ダセエにも程があるぜ」

「レジ袋にドロップ品を突っ込むなんて発想はなかったｗｗｗ」

「あの鉄パイプ、切れ目が入ってるぜ。きっとコボルドから逃げ帰ってきたんじゃね？」

高校生のような容姿の三人が、小声に抑えてはいるものの、言いたい放題に言ってくる。

ここで俺は、どう振舞うのがイキリ探索者っぽいかと思案する。

ここで「なに笑ってやがる！」と怒鳴りつけてみるか。はたまたモンスタードロップが詰まったレジ袋に視線を向けてニヤつくべきか。

そんな愚にもつかないことを考えていると、探索者たちと俺が進む道の先にモンスターのドグウが一匹いた。

前方の探索者たちの装備は、剣道着に脇差という典型的な既存チャート順守型。

あの装備なら容易く倒せるだろうなと見守っていると、探索者たちは俺の方を意味深に一瞥してきた。

どういう視線かと意図を疑問に思っていると、なぜか探索者たちは刀も抜かずにドグウへと走り出した。

その走り方は、ドグウに戦いを挑むというよりも、何かから走り逃げているかのよう。

もしかして俺の後ろにモンスターが現れたのかと後ろを振り向いたものの、モンスターの姿はない。

探索者たちの行動に不可解さが上がったが、時間が経るに従って、彼らの行動の意味が理解出来るようになった。

なぜなら彼らは、ドグウとは戦わずに、その横を通り抜けていきやがったからだ。

なるほど、モンスターは必ずしも戦う必要はないし、戦わずに避けることだってできるってわけだな。特にドグウは、あの短い足で移動速度が遅い。戦いを避けようと思えば避けられるわけだ。

新たな気づきをくれたことには感謝するが、あの探索者たちが居なくなったお陰で、ドグウの標的が俺に移ってしまった。

そしてドグウは、小さな足を動かして俺へと突撃してきた。

「他人にモンスターの標的を変える行動だけど、擦り付けとは違うし、なんて言い表せばいい行為なんだろうな」

そんな疑問を口にしながら、俺はレジ袋を地面に置き、鉄パイプをドグウへ浴びせた。

メイスでは一発で倒せたが、やっぱり鉄パイプじゃ殴る回数が必要のようだと、俺は殴られても無事なドグウへ鉄パイプで乱打し始める。

鉄パイプが複数回当たると、素焼き色のドグウの身体にはヒビが入り始めた。

しかしドグウも、ただやられるばかりじゃない。短くも太い腕を振るって、俺の太腿に攻撃してきた。

俺は攻撃される度にさっと足を引いて避けながら、鉄パイプでの攻撃を続けていく。

やがて十五発目が命中すると、ドグウの全身にヒビが行き渡り、そしてバキリと音を立てて全体が崩れ落ちた。

割れ崩れたドグウは直ぐに薄黒い煙になって消え、粘土ではないものをドロップした。

拾ってみると、手の甲から肘あたりまでを覆うタイプの手甲で、ドグウの身体と同じ素焼き色の装甲板が片腕分に三枚ついている。

左右一対のそれを装備してみると、手の皮膚に吸い付くように、ぴったりとフィットした。

手首を曲げ伸ばししたり回してみたりするが、うまい具合に装甲板を配置してあるようで、手の動きが阻害される感触はない。

「よし。欲しかったドグウの手甲をゲットだ。これで少しは防御面がマシになった」

試しにダンジョンの壁面を手甲で叩いてみると、かなり硬質な音が響いた。素焼き板のような見た目の装甲板だが、壁を叩いても傷一つないので、確かな防御力があるみたいだな。

防具とはいえどモンスタードロップ品なので、手甲の装甲板でモンスターを叩いてもダメージを与えられるはずだ。緊急時に使う武器としてなら、及第点の攻撃力はあるはず。少なくとも、鉄パイプよりかは攻撃力が上のはずだ。

このドグウの手甲という防御と攻撃に使えるものが手に入ったのなら、これで鉄パイプを持ち歩く必要はなくなった。

この鉄パイプは進化したメイスを隠すための代役でしかないので、その役割はこの手甲に引き継げば良い。

ドグウ手甲を腕に填《は》めて歩いていれば、俺を見かけた探索者たちが、勝手に鉄パイプから手甲に武器を換えたんだと納得してくれるはずだ。

そういう思惑から、たった一日でお役御免となった鉄パイプを、俺は通路の端に捨てた。

ここで俺は、先ほど走り去ったはずの探索者たちが戻ってきて羨ましそうな表情で見てきていることに気付いた。

俺はイキリ探索者っぽく、ドグウの手甲をはめた腕を掲げて得意げな顔を返しておくことにした。

彼らが『それは本当は俺たちのものなのに』とかの苦情を言ってくるかと思ったが、悔しげな顔のまま出入口の方へと走っていってしまった。

人にモンスターを擦り付けるような悪ガキどもだが、負け惜しみや難癖を言わない分別はあったようだ。

俺は少しだけ肩透かしを食らった気分になったものの、ドグウの手甲が手に入ったことで、また一つオリジナルチャートを前に進ませることができる嬉しさを実感していた。

俺はウキウキした気分で帰り道を進み、先へ進む探索者たちが倒してくれたのか、手甲をドロップしたドグウ以降は一匹のモンスターとも出会わないままに、ダンジョンから出るための白い渦がある場所に到着した。

中身が満杯なレジ袋を手に持って、東京ダンジョン近くにある役所に入る。

俺が役所に入った姿が物珍しいのか、周囲から視線が来る。

いやまあ、今まで最弱モンスターが出る通路にしか行ってなかったから、役所に来る用事が全くなかったんだよな。

最弱モンスターたちのレアドロップ品についても、売ったら他の探索者があの一本道に入ってくるかもしれないからと、おいそれと売ることはできなかったしな。

そのためそれぞれのレアドロップ品である、レッサーゴブリンの爪、ミドルマウスの鉄の毛、メルトスライムの微量の溶解液は、自宅の押し入れの肥やしになっている。

でも俺はあの一本道を卒業したんだから、今度あれらを役所で買い取ってもらってもいいかもしれない。最弱モンスターのレアドロップ品の情報はないはずなので、ドロップ品の売却代金の他に情報料を貰えるだろうしな。

いやでも、最弱モンスターがレアドロップ品を出すと知られたら、通路の奥にある隠し小部屋も見つけられてしまうかもしれない。レアドロップについては、黙ったままにしておくべきか。

俺はそんなことを考えつつ、役所の中を移動していく。

その移動の最中も、イキリ探索者らしく見えるよう無駄に堂々とした態度を保っているため、周囲の探索者たちからの後ろ指と嘲笑を集める結果を引き寄せていた。

俺は気にせずに大股で歩き続け、モンスタードロップ品を買い取る窓口に到着。待機列がなかったので、即座に買い取りが始まった。

俺は窓口のカウンターにレジ袋を乗せる。

「これ、買い取ってくれや」

端的に告げると、紺色の制服を来た女性職員がビジネススマイルを向けてきた。

「こちら、確認いたしますね」

職員はレジ袋の口を広げると、中に詰めていたイボガエルの革、ドグウの粘土、コボルドの卑金球を次々と取り出し、いつの間にやら用意していたトレーに並べていく。

それらのドロップ品は、無造作にレジ袋に突っ込んでいた関係で、色々と残念なことになっていた。

端的に言うと、ドグウの粘土がイボガエルの革やコボルドの卑金球にくっ付いてしまっていた。

そんなドロップ品の状態を見てか、職員の笑顔に陰りが生まれた。

「あのー。次からは、出来れば、せめて粘土は別の袋でお願いしたいんですが……」

申し訳なさそうに告げる職員に、俺は了承の位を示すため頷きかけ、イキリ探索者はそんな反応はしないなと途中で行動を止めた。

そこで俺は、頷く動きから顎を突き出す動きに変え、そして職員を睨むことにした。

「買い取れねえって言いたいのか、ああん!?」

しゃくれながら睨む俺の姿に、職員が思わずと言った感じに顔を横向かせる。その肩が震えているのは、脅かす俺への恐怖ではなく、俺の行動の滑稽さに対する笑いを堪えているためだろう。

職員は身体の震えを押し止めると、改めて俺に向き直った。

「買い取りは、できます。ですが粘土は量で値段が決まりまして。他の物にくっ付いた分は洗浄で失われてしまうので、買い取り額が下がってしまうのです」

あくまで探索者側に不利があるからという体裁での助言。

本音はどうか分からないが、表面的にはこちらを心配しての言葉なので、イキリ探索者としては誤魔化されてやるしかないだろう。

「そうかよ。じゃあ次は、より高く売れるよう、そうするわ」

チョロいイキリ探索者っぽい振舞いが効いたのか、職員の表情はビジネススマイルを深めつつ、買い取り代金を受け取るための整理券を渡してきた。

「査定が終わりましたら、あちら――売却代金を受け取る窓口にて番号が呼ばれますので、それまで少々お待ちください」

「おう、早くしてくれよ」

俺は窓口から離れて、示された次の窓口の近くに移動し、空いている一人掛けのソファー椅子に座った。

さて、ドロップアイテムの買い取り窓口で、イキリ探索者らしい言動はしておいた。

この場所でも、ウザい態度を取っておくべきだろう。

どんな行動をするべきか考えて、俺の腕にあるドグウの手甲が目に入った。

よし。イキリ探索者っぽく、ダンジョンで手に入れたレアドロップ品を見せびらかすとしようか。

俺はドグウの手甲を周囲に晒すように掲げると、これ見よがしにツナギの袖でドグウの手甲の表面を磨き出す。

右、左、また右と磨いていると、俺と同じように売却代を貰うために待っている探索者たちから失笑を漏らし始めた。

「見ろよ、アレ。レアって言っても、第一階層のだぞ。それを磨きに磨いているってのはな」

「日本鎧の籠手より防御力が低い、残念レアなのにな。そうとは知らねえんだろうな」

俺は、思い描いた通りの反応を得て、より気分よく手甲を磨いていく。それが更に失笑を呼ぶという循環が生まれる。

もはや受け取り待ちの探索者たち全員に嗤《わら》われているんじゃないかって状況になって、ようやく俺の整理券番号が呼ばれた。

窓口に行き整理券を差し出すと、引き換えに小銭を含めて五千円を若干超える程度のお金が渡された。

内訳表もついていたので、再び一人掛けソファーに座って、内容を確認することにした。

ドグウの粘土が一個二百円、イボガエルの革が一枚百円、コボルドの卑金球は一個五百円だった。

やっぱり卑金球は、レアメタルだのレアアースだのが含まれているから、若干だけど高値に設定されているようだ。

実働三時間ほどで五千円は、バイトをするより少し高いぐらいの収入だな。

俺は単独《ソロ》だから収入を丸々懐に入れられるが、複数人で組んでいる場合だと人数で割らなければいけない。

それを考えると、第一階層とはいえ、物足りない収入だな。

特に既存チャートに従って、日本刀や日本鎧はもとより、脇差と手作りの剣道着を購入した人ですら、装備品を補填するには長い時間が要りそうだ。

こういう実入りの部分で考えても、日本刀と日本鎧などの十分に戦える装備を整えた人は、さっさと第二階層や第三階層へ上がる方が良いんだろうな。

俺は一人納得すると、探索者となって初の収入五千円を何に使うべきだろうかと考えながら、役所を後にした。

俺は探索者として初収入を得た翌日からも、第一階層の手前側の区域で、ドグウを中心にモンスターを倒すことを続けていた。

今の俺の目標は、ドグウの手甲の追加入手と、次元収納スキルのレベルアップ狙いだ。

ドグウの手甲は、後に自作する予定の防具の素材に使うため。

次元収納スキルのレベル上げは、これから一人でダンジョン探索をするのなら、モンスタードロップ品を多く集めるために、容量の増加が必須だからだ。

スキルのレベル上げは、一段階だけなら一階層のモンスターを倒して回れば実現できることが、次元収納スキル持ちの場合でも既に証明されている。

「オラオラオラオラ！　ぶっ潰れろ！」

昨日と同じ道を辿りながら、周囲に他の探索者の姿がある場所なので、俺はイキリ探索者の演技をしながら手甲でモンスターを殴りつけて倒していく。現れるモンスタードロップ品は、次元収納へポイっとだ。

更に先へ進み、ドグウ、ドグウ。二匹一組の区域に入って、コボルド&イボガエル、コボルド&ドグウ、イボガエル&イボガエル——ここで周囲に探索者の姿が完全になくなったので、メイスを次元収納から取り出して使用し始め――コボルド&コボルド、ドグウ&イボガエルと次々に倒していく。

そうこうしている内に、昨日と同じ行き止まりまで到着。

しかし、スキルのレベルアップは果たせていない。

もう少しモンスターを倒して回るべきだろうと判断して、ここで俺はスマホを取り出して、とあるアプリを立ち上げる。

そのアプリとは、日本政府が探索者向けに配信している、日本にある全てのダンジョンの地図が入ったもの。探索者がダンジョンに入ってマッピングしたものを買い取り、製図しなおしたものを配布しているやつだ。

そんな地図の作られ方から、探索者が入った事のない場所は、未探索区域として『詳細不明』の黒塗りがされている。だが探索者が多く入っている場所や、危険度の低い低階層の地図は、大部分が明らかになっているから問題ない。

第一階層を例に出すと、あの最弱モンスターしかでない一本道は探索者が入ろうとしないため大部分が詳細不明の黒塗りになっていて、他の場所は探索者が行き来しているため詳細な地図が出来上がっている。

ともあれ、そのダンジョン地図アプリを開いたのには、ちゃんと理由がある。

東京ダンジョン第一階層の地図を呼び出し、俺が辿った通路を辿って、いま居る場所の区域を確定させる。

そして、いま居る場所から一番近くにある、とある場所を探していく。

「ここから戻って、二つ目の角を曲がり、そこから進んで曲がって、また進んで、二つ目で右に曲がるわけか」

場所が分かったので、地図で見た通りに移動しながら、モンスターを倒していく。

そうして辿り着いたのは、またもや通路の端。

しかし先ほどの場所とは違い、この場所には金属のフレームで補強された木箱が置かれていた。

ダンジョンにある箱といえば、そう『宝箱』だ。

現代ダンジョンでも、RPGゲームのダンジョンよろしく、宝箱が設置されている。そして通路の奥の方に置かれていることが多い。

俺がアプリの地図を見てここまで来れたように、あの地図には宝箱の位置が記載されている。でも探索者がマッピングしたものが地図データの元なので、探索者が宝箱の位置を隠匿してアプリの地図に載っていない場合も往々にしてあるという。

ともあれ、宝箱は無事に見つかった。そして蓋が閉まっているということは、中身が存在するということを示している。

ダンジョンの宝箱は一度中身を取っても、ある程度の期間を空けると、再び中身が獲れるようになる。しかし一本道通路の奥にあった隠し小部屋とは違って、宝箱の中身は復活する度に入っているものが変わるらしい。

RPGゲームのお約束通りに現代ダンジョンの宝箱も、階層が上の場所の方が良い物が入っているけど、中身に当たり外れもある。

では、俺が開ける最初の宝箱の中身は――麻布のハンカチが入っていた。

第一階層を含めて低階層の宝箱だと、大当たりはナイフや小盾などの武具、小当たりは銅貨や食料品、ハズレは布製品という情報だ。そしてハズレでも、様々な布が宝箱からでてくるのだけど、その中でも麻布かつ布面積が小さいハンカチは――

「――大ハズレじゃないか。まあ、昨日ドグウの手甲ってレアドロップが手に入ったばっかりだからな。運の揺れ戻しってやつだろうさ」

俺は残念に思いつつ、麻布のハンカチを次元収納に仕舞う。

残念な結果ではあるけど、俺がこの宝箱を開けたという事実が重要なのであって、宝箱の中身は今回は重要じゃないんだなこれが。

俺が宝箱を開けた目的は、鉄パイプから進化したメイスが、この宝箱から出てきたということに偽装すること。

低階層の宝箱でも、大当たりならメイスが入っていても不思議じゃないからな。

だから、俺がメイスを手にしながら戻る姿を他の探索者に見せれば、誰もがメイスを宝箱で見つけたと判断してくれるようになり、今日以降は大手を振ってメイスを持ち歩けるようになるという寸法なわけ。

さて、では副次目的も達成できたことだし、主目的のスキルのレベルアップに戻ろう。

俺は出入口に向かう道を地図アプリで調べ、その通りの道順で移動していく。

二匹一組で出くわすモンスターを倒しながら、ドロップ品を回収しながら進んでいく。

元気よくメイスを振り回して歩き、段々と身体に疲れが蓄積され始め、モンスターの数が二匹から一匹に戻り、他の探索者の姿が見えるようになってきた。

スキルのレベルアップを目指すのなら、二匹一組でモンスターが出る場所を巡るべきだろうな。

俺はいままで行っていない通路に入り直し、モンスターを倒し続け、ドロップ品を次元収納に入れていく。

そうこうしている間に、次元収納の中が満杯になったと直感的に理解した。

ここで、次元収納に入れてあるレジ袋にドロップ品を詰め直してでも探索を続けるか、それとも容量が一杯だから終わりにして引き上げるか。

どうしようかと悩んでいる間に、モンスターのドグウ二匹と出くわす。

俺が手早くメイスで叩き壊してやり、粘土が二つドロップした。

その粘土を拾い上げようとして、直後に俺の脳内に声が響いた。

『次元収納の容量が上がった』

端的なアナウンスに、俺は拾う動きを停止させて、周囲を伺う。

居合わせている探索者はいない。俺の次元収納スキルがレベルアップしたことを、他人に悟られたという心配はしなくて良さそうだ。

ともあれ、次元収納スキルはレベルアップした。

試しに容量がいっぱいだったはずの次元収納に、ドグウがドロップした粘土を放り込んでみる。するとすんなりと中に入ったので、容量は確かに増えているようだ。

あとはどの程度増えたかを確かめる必要あるのだけど——

「——今日のドロップ品は、売らずに残したままにしてみるか」

何日かかけてドロップ品を次元収納の中に貯め続けてみて、容量がどのぐらい増えたかを量ってみるとしよう。

とりあえず今日のところは、目的の一つだったスキルのレベルアップが終わったので、引き上げることにした。

俺はメイスを構え直し、第一階層の出入口へと向かって歩いていく。

いきなりだが、日数をかけてドロップ品を詰め込んでみて、次元収納の容量はレベルアップする前の八倍になったとわかった。

容量が上がり過ぎじゃないかと疑問に思ったが、よくよく考察してみると変なことではなかったとわかった。

次元収納を箱だと仮定すると、縦横奥行きの幅を二倍にすると、容量が元の八倍になる計算になる。

つまりレベルアップして八倍に容量が増加したことは順当で、『次元収納ＬＶ２』と言い表すのに相応しい容量なわけだ。

ちなみに、この理屈で次元収納がレベルアップするのなら、ＬＶ３では元の二十七倍、ＬＶ４では元の六十四倍となる。

もしかしたらＬＶ３はＬＶ２の、ＬＶ４はＬＶ３の縦横奥行き倍になるかもしれない。その場合だと、ＬＶ３で元の六十四倍、ＬＶ４で元の五百十二倍だ。

どっちが適応されるかは謎だけど、いずれにしてもレベルアップさえすれば、クズスキルという汚名を払拭できる容量になることは間違いない。

しかし、そんな皮算用は、実はちょっと難しいとされている。

なぜなら、今まで次元収納スキルを選んだ人たちは、レベルアップが一段階だけで終わってしまっている――つまり次元収納LV2で打ち止めというのが、現在の主流な考え方だからだ。

本当に次元収納はLV3に上がらないのかは、実は正確には証明されていない。その検証が行われる前に、次元収納スキル持ちは探索者として見切りを付けられたからだ。

次元収納スキルが探索者に普通に選ばれていたのは、ダンジョンが現れた最初期だけ。

その頃の探索者は、政府の意向でダンジョン攻略至上主義者ばかりだった。

そんな連中にしてみれば、階層を進んだ先に現れる手強いモンスターに挑むにあたり、荷物持ちしかできない次元収納スキル持ちは重荷でしかなかった。

当初からの仲間だからとダンジョン攻略に連れ歩いていても、次第と次元収納スキル持ちはパーティーから外されるようになっていき、パーティーを出された次元収納スキル持ちは探索者を引退して別の道へと向かっていった。

そういう諸々の事情が重なって、次元収納スキルはLV2まで上がることしか証明されていなかったし、LV2にしても容量がどれぐらいあるかの情報は現在に残ってなかった。

俺が考えるに、LV3に上がるまで育てるどころか、LV2の容量を正確に把握する手間すらも惜しまれるぐらいに、過去の次元収納スキル持ちは疎まれたんだろうな。

そうした次元収納スキルが疎まれて、身体強化スキルが持て囃《はや》される状況は、現代ダンジョンをゲームに置き換えて考えれば、当たり前だと分かる。

MMORPGゲームの最初期は、ゲーム攻略に即効性のある能力が重宝される傾向がある。

例えば、攻撃力や防御力が高い武器防具だったり、使用条件が簡単なスキルだったり、効果が単純な回復アイテムだったりが、有り難がられる。

能力が高いけどデメリット付きの武器防具や、限定条件で最強なスキルや、ステータスブーストアイテムなんかは、攻略法が考察されてきた後から重宝がられるようになっていくものだからな。

その例に従うのなら、身体強化は効果が分かりやすいタイプのスキルで、気配察知も補助的ながらも最初から実用性の高いスキル。スタートダッシュが大事な初期では、とても好まれる性能をしている。

だが逆に次元収納スキルは、容量の上がり幅から考えてみても、明らかな大器晩成タイプ。しかも戦闘に寄与しないという、ゲームですら研究が後回しにされても仕方がないスキルだ。

そんな次元収納スキルが、現実ではLV2までしか上がらないと考えられてしまったら、やっぱり見捨てられても仕方がないだろうな。

もっとも俺としては、証明されてないだけで、次元収納スキルはLV3にもLV4にも上がれると考えている。

現代ダンジョンが現れて、まだ二年しか経っていない。

使用人口の多い身体強化スキルですら、限界レベルまで達したという情報がない現在では、次元収納スキルの可能性だって見通せているはずがない。

そして、見捨てられてきたからこそ、次元収納スキルは確かめられていない可能性の宝庫だ。

その次元収納スキルを使っている俺は、その可能性に最初に触れられる位置にいる。

誰も研究していない部分に目を付け、誰も知らない情報を手に入れて、一気に他の人よりも上のアドバンテージを取れる可能性がある。

そのアドバンテージが確立できたのなら、ダンジョンで不老長寿の秘薬を手に入れる目的に、より近づくことができるはずだ。

「そのためにも、モンスターを倒し続けて戦いの経験を積んでから、次の場所へ活動場所を変えることが必須だよな」

俺は、レベルアップした次元収納の容量の検証作業後の休憩を終えると、再び第一階層の手前側の区域に存在する通路の奥にて、ドグウの手甲の入手を目指してモンスターを探し回ることにした。

もちろんドグウの手甲以外のドロップ品も、ちゃんと集めていく。俺にも生活があるので、ドロップ品の売却益は必要不可欠だからな。

メイスを振り回し、モンスターを倒して回り、良い時間になり、来た道を引き返しつつ、更にモンスターを倒していく。

そんな日々を繰り返していれば、ドグウの手甲以外にも、レアなモンスタードロップ品を入手する機会がやってくる。

イボガエルからは、持ち手を作れば短鞭《ショートウィップ》として使える、イボガエルの舌が。コボルドからは、コボルドが握っているのと同じナイフがレアでドロップする。

どちらもモンスターに通用する立派な武器なので、海外では貧乏探索者御用達のレアドロップ品として有名らしい。

つまり海外では、第一階層で短鞭とナイフに手甲という装備を整えてから、次の場所へと進むわけだ。

しかし日本では、イボガエルの舌もコボルドのナイフも、探索者ではない場所に需要がある。

イボガエルの舌は、長時間蒸して柔らかくしてから調味液と煮ることで、独特の歯ごたえを楽しむ珍味になる。

コボルドのナイフは、細かく折ってから玉鋼と混ぜることで、日本刀の嵩増しの材料として使われている。

片や食材として、片や武器の素材として需要はあるが、ライト層の探索者が大量にダンジョンに入ってモンスターを倒している関係で、一日に何個も役所に持ち込まれる。

そのため、需要と供給のバランスは、供給側に傾いているようで、売っても大してお金にならない。せいぜい数千円程度だ。

それでも、娯楽や小金稼ぎでダンジョンに入っているライト層からしたら、貰える金が増えるので歓迎されているらしい。

あとドロップ品といえば、極たまにだけど、魔石がドロップすることもちゃんとある。大きさは、あの一本道の奥で手に入る魔石の半分ほどの大きさだ。

俺は手に入ったらすぐにメイスの進化のために使ってしまうが、他の探索者は役所に売り払う。

買い取り価格は、どうやら一つ五万円ほど。

日本政府が買い取った魔石は、次世代エネルギーの研究機関に回されるため、研究素材として取り引きしかできず、どうしても安値になってしまうという。

一本道奥の魔石が五十万円なのを考えると、かなり安い売却価格だと俺なら感じるな。

それでもライト層の探索者にとっては、五万円でも破格の報酬なんだろう。通路で見かけた探索者が魔石がドロップしたことに大はしゃぎしている姿を見かけたことがあるし。

そんなことを思い返しながら、出くわしたモンスターを倒していく。

いまの俺は、三勤一休の連続で東京ダンジョンに通い詰めてきたため、もうすっかりこの辺のモンスターなら手甲の殴りつけで倒せるぐらいの実力になっている。

本来ならここまで実力を上げるつもりはなかったんだけど、目当てのドグウの手甲がドロップしないのだから仕方がない。

ドグウの手甲は、自分がいま着けているものを含めて、たったの二組しか手元にない。

あと三組は最低でも欲しいので、頑張ってドグウを倒し回っているわけだが、なかなかドロップしない。

ゲームでも物欲センサーが働くように、欲しいと思っているドロップ品ほど手に入らないものなんだろうな。

そして物欲センサーを突破するには、周回数を重ねることこそが秘訣だ。

だから俺は、日数をかけてドグウを探してダンジョンの中を歩き回っているわけだ。

ドグウだけじゃなくて、出会ったモンスターは極力倒すことにしているため、八倍に増えたはずの次元収納の容量は数日で満杯になるほどにドロップ品が溜まる。

そして集めたドロップ品は、役所の窓口で売り払うため、次元収納から別の入れ物に移し替える必要がある。

なにせダンジョンの外じゃスキルが使えないんだから、役所の窓口で次元収納から提出なんて真似はできないしな。

だから俺は、ホームセンターで大人がすっぽり入れるぐらいの大きな布袋を複数枚買い、それをダンジョン内で次元収納の中に入れておくことにした。

次元収納の中に程よくドロップ品が溜まったら、その布袋に移し替えて役所の窓口に売るようにしている。

大袋一つ分ともなれば、第一階層のドロップ品の一つ一つは安価とはいえ、数が集まるのでそれなりの値段になる。

以前にレジ袋一つ分のドロップ品を売り払って、だいたい五千円になった。

大袋の容量はレジ袋の十倍はあるので、だいたい五万円ほどを一度の売却で稼げるようになる計算だ。

もちろん大袋一つ分しか売ってはいけないという決まりはないので、大袋を二つ三つと用意できるほどのドロップ品が次元収納に溜まっていれば、より多くの収入を得ることになる。

その売却価格のお陰で、俺の懐はかなり温かい状態だ。

もっとも、それほど稼げてしまうほどに、ドグウの手甲が集まらないことを嘆きたくもなってくるけどな。

ともあれ、ドグウの手甲が必用数確保できるまで、モンスター討伐周回は続けるしかないと決めて、日々を過ごすことにした。


時間をかけてドグウの手甲を集め、ようやくあと一つで必用数に達するところまできた。

ここまで、俺がドグウを倒すようになってから、一ヶ月も時間を消費してしまっている。

予定以上の時間消費に、俺は焦り、早く必要数を確保しようと、モンスターを手早く倒すことに終始するようになっていた。

そんな焦りの気持ちが災いしたのか、悪運を引き寄せてしまった。

俺は、ドグウとコボルドの組み合わせと対峙し、早々にドグウをメイスで殴り壊し、ドロップ品が粘土であることに見て落胆していた。

落胆はしていたが、もちろん油断はしていない。

コボルドが両手で振るってきたナイフを、俺は何時もやっている通りに、余裕をもってナイフを避けた。

しかしここで、予想外のことが起こった。

コボルドが振るう手からナイフがすっぽ抜け、俺の顔面に向かって飛んできたのだ。

「なんッ!?」

俺は大慌てで顔を背けつつ、腕の手甲で撃ち落とそうとした。

しかし振るった手甲はナイフに当たらず、顔は背けたものの回避しきれなかった。

俺の右目下の頬の皮膚がスパッとナイフの刃で切れた感触があり、少しして熱された針を置かれたような熱さが頬に生まれた。

俺の頬からは血が流れ、顎先から滴る感触を感じる。

血が出るほどの怪我は、ダンジョンに入ってから初めてだ。

俺は思わず傷に手を当てようとするが、それよりも武器を失ったコボルドに止めを刺す方が先だと考え直し、メイスでコボルドの頭を粉砕した。

煙となって消えたコボルドがドロップした卑金球を次元収納に入れて、俺は手甲を脱いだ右手で、流血している頬を押さえて止血する。

「痛てっ。くそっ、俺の回避の出目が悪かったか、コボルドの攻撃クリティカルかだな、これは」

コボルドの手からナイフがすっぽ抜けて、そのナイフが顔面にくるなんて、どんな確率だよ。

俺は口と心で愚痴り続けながら、頬を圧迫止血し続ける。

俺の感覚としては派手に切れた感じがあったけど、手につく血の量と頬から滴る血の雫が少ないのを見ると、さほど傷は深くないみたいだ。

圧迫止血をすること数分。どうやら出血が止まったようだ。手を離しても、頬から流血することはなくなった。

「今日は運が悪そうだな。引き上げたほうが良さそうだ」

右手についた血をツナギの腹元で拭い、手甲をはめ直す。

頬の傷が開かないよう表情筋をなるべく動かさずに、第一階層の出入口を目指す。

結構奥まで入ってきたので、出入口まで遠い。傷もあることだし、あまりモンスターと戦いたくない。

そう願っていればいるほど、願いとは逆なことが起こるもの。

俺の道行きの先に、二匹のモンスターの姿が見えた。

ドグウが二匹。頬の傷がなければ、ドグウの手甲入手チャンスだと喜んだ対面だったのにな。

俺は頬の傷を気にしながら、メイスを両手で握って戦闘態勢に入る。

ドグウ二匹は、前後一列になった隊列になると、一斉に俺の方へ走ってきた。

「ジェットストリームしたいのなら、もう一匹連れてこいっての！」

傷を受けた苛立ち紛れのツッコミを入れつつ、先頭のドグウをメイスで粉々に破壊する。粉々になったドグウは即座に薄黒い煙に変わった。

その煙の中をもう一匹のドグウが突き抜けて、俺に肉薄する。

俺は、振り抜いた大勢からメイスを切り返して振り上げようとするが、ドグウの頭によるぶちかましが俺の腹に決まる方が早かった。

「ぐべっ。こ、この野郎！」

鉄球を食らったかのように重たいボディー攻撃に、俺は顔色が青くなっていると実感しながら、ドグウを蹴りつけて倒す。そして倒れたドグウにメイスを振り下ろし、戦闘に勝利した。

「くそ、くそ。今日は厄日だ！」

コボルドのラッキー攻撃も、ドグウの味方を犠牲にした突撃も、今までのダンジョン探索では起こってなかったのに、どうして今日に限って。

痛む頬と腹に、ウンザリした気分になる。

しかし気分が沈んでもいられないと気持ちを奮い立たせ、倒したドグウのドロップ品を回収しようとする。

そのとき、ドロップ品を見て、思わず笑ってしまった。

なにせドロップ品は、散々欲しがっていた、ドグウの手甲。それも倒した二匹から一つずつ出るという、無駄な幸運が発揮されていた。

「必用数はあと一つだったのに、二つ一気に出るなんて。まあ、必用数以上にあって困りはしないけどさあ……」

ここで二個同時に出るのなら、もう少し早く一個だけ出て欲しかった。

本当に、ゲームのガチャもそうだけど、確率の神ってのは意地悪に過ぎるよな。

ままならない現実に肩をすくませた動きで腹に痛みが走り、先ほど笑った際に頬の傷が開いて血が流れ始める。

体は痛みを訴えるが、不幸中にも幸いは起こったと幾分か気分は良くなり、俺はドグウの手甲二個を回収した。

ダンジョンから出た俺は、その足で東京駅から自宅の最寄り駅へ移動し、総合診療の看板がある医者にかかった。

ナイフで切れた頬と、突撃を受けた腹部の様子を見せると、白髪ばかりの老医師がにこやかに診断を言い渡してきた。

「どちらも軽傷だよ。頬の傷はちょびっとだし、軟膏《なんこう》を塗っておけば傷も残らないで治るよ。腹は打ち身だけど、薬が要るような酷さじゃないから、そのまま自然治癒に任せればいいよ」

「分かりました。ありがとうございました」

この医者は探索者と関係がない人なので、俺は素でお礼を言い、診察料を払って処方された塗り薬を手にしながら医院から出た。

自宅に戻り、スーパーで買ってきた弁当を夕食に食べながら考える。

いままで頑なに防具を着なかったのは、俺に思惑があってのこと。

初期に身体強化スキルを選んだ既存チャートの探索者たちの中でも、日本鎧を着た方は斬撃強化スキルを、剣道着の方は剣技スキルを次に得るという傾向の違いがあるとされていた。

その情報に行きあたった俺は、防具の差で得られるスキルが違ってくると考えた。その連想で所持する武器でも初期に選ぶスキルでも、次に得るスキルが変化すると予想した。

だから俺は、武器に鈍器を選び、鎧を着けずに手甲だけを防具にすることで、今までにないスキルが手に入ると考えて行動してきた。

「だから防具を製作するにしても、剣道着とは違った服にする気でいたし。実際に作るのだって、第二階層以降のドロップ品が手に入るようになってからで良いと思っていたんだけどなあ」

俺は、自分がモンスターによって傷つけられて血を流してしまったことで、すっかりと気分が慎重になってしまっていると自覚していた。

そして後ろ向きな考えで、オリジナルチャートに殉じて死ぬような危険を冒すぐらいなら、第二のプランに移行することを決断した。

第二プランとは、当初に立てていたオリジナルチャートだと二つ目のスキルを得た後で作るはずだった防具を、前倒しで準備すること。

当初のプランだと、ドグウの手甲にある装甲板と第二階層か第三階層で得たモンスタードロップ品の革を、ツナギに貼り付けて防具にする気でいた。海外の貧困国の探索者たちは、服に革を貼る防具で戦っているとダンジョンのニュース記事で見て、それを真似した形だ。

そこを前倒し――第一階層のモンスタードロップ品の革を使って、とりあえず体の防御力を上げることにした。

「防具の品質については、後でアップデートしたっていいんだし」

そんな言い訳を口にしながら、どういう風に製作するかを考える。

ドグウの手甲については、もともと防具を作るために必要数を確保していたから問題ない。

問題があるとするなら、俺がいま手に入れられるモンスタードロップ品の革は、イボガエルの革しかないという点。

カエルの革という、あまり防御力に信を置けそうにない素材だけど、他にないんだから仕方がない。

幸い、今日はダンジョンから病院に直行したため、役所に売却してないイボガエルの革が次元収納の中に大量に残っている。

「だけど、手甲もイボガエルの革も、次元収納の中なんだよなあ……」

スキルはダンジョン内でしか使うことができない。

そのため自宅に帰ってしまった俺は、素材が出せないので、防具を作ることができないでいる。

では、今からまた東京ダンジョンに行って素材を出しにいくのか、それとも今日はもう休んでしまって明日にするか。

正直、自宅の床に腰を落ち着けて夕食も取った後に外出するのは、とても気持ちが乗らない。

でもオリジナルチャートを前倒ししようとしているのは、俺の我が侭だ。

ここは気持ちを奮い立たせて、東京ダンジョンに行くとしよう。

あと次元収納からドグウの手甲五組とイボガエルの革を二十枚を出すから、それらを持ち運ぶためのリュックが必要だ。いつもドロップ品をダンジョンから持ち出す際は麻袋だけど、街中を麻袋を担いで歩いて目立つ気概は、いまの意気消沈している俺にはないしな。

ドロップ品の他にも、防具に作り替えるための新しいツナギと、そのツナギに手甲の装甲板や革を組み込む加工をするための道具や接着剤がいるな。そちらは、東京ダンジョン近くのホームセンターで一式揃えることにしよう。

幸いにして、ここ最近はモンスターを狩りまくる日々を送っていたから、狩って集めたドロップ品を売って得た資金が十分ある。ホームセンターで買えるものは、良いものを揃えることにしよう。

俺は気合を入れ直し、今日二度目の東京ダンジョンへと赴くことにした。

「よし、いくか！」

東京ダンジョンから、本日二度目の帰還を果たした。

俺の背には、ホームセンターで購入した大容量登山リュック。中身はパンパンに詰まっている。

俺は部屋の中央で、そのリュックを下ろす。

そして中から、ドグウの手甲とイボガエルの革を出し、続けて新品のツナギ、革切り鋏、布と革をくっ付けるためのボンドを二十本、革とセラミックをくっ付けるための強力ボンド二十本、あと纏め売りのタオルとハンガーと洗濯バサミを出して、並べて置いていく。

これで防具を作るための材料は揃った。

あとは海外の貧乏探索者がやるように、防具になるよう組み合わせるだけ。

俺は、いま着ているツナギの上に、新品のツナギを着こむ。オーバーサイズの作業用ツナギを買ったので、袖と裾が余る以外はちゃんと着込むことが出来た。

余った袖と裾は適切な位置にまで折りあげてから、折った布地にボンドを塗りたくって接着してしまう。

続けて、暗い土色のイボガエルの革を取り出し、裏面にボンドを全面に薄く塗り広げていく。

その革を、防具に改造するツナギの左右の脚部の足首から上へと貼り付けていく。このとき、折りあげた裾も革の裏にくっ付けて、動いても裾が戻り下がってこないための処置を行う。脚の裏側までは革地が届かないけど、それは仕方がないと諦める。

これで膝下から足首の上ぐらいまでを、イボガエルの革が守ってくれるようになった。

同じように、膝上から股の際ぐらいにかけて、イボガエルの革を貼り付ける。太腿の裏面もまた革地が届かないが、それも仕方ないで済ませる。

次は腕の防護の処置だ。

イボガエルの革を真半分に鋏で切り分ける。二つに分かれたそれを、二の腕に一つ、前腕に一つ貼り、肘の部分は空けるようにして接着した。貼る際には、革の合わせ目が手首側や脇の内側に来るように気を付けた。

続いて、胸元と腹部への革の接着だ。鎖骨から右の下にかけての位置に、右胸と左胸とに分けて革を貼り付けていく。終われば、新たな革を、腹部正面の左右に一枚ずつ、左右の横腹に一枚ずつ貼っていく。

この際、ツナギの中央にあるファスナーに貼り合わせたり、接着剤がかかったりしないよう気を付ける。ファスナーの目が接着剤で埋まると、ツナギが脱げなくなるからな。

革の貼り付けの最後は背中だ。

接着剤を薄く塗った革を、軽く丸めた背中へ回してから貼りつける。左右の肩甲骨の中央に一枚。腰骨から上へ一枚。

これで、まだ接着剤は乾ききってないけど、革を貼り付けて作る防具ツナギの完成だ。

接着剤を乾燥させるため、俺は貼り合わせた部分がズレないように慎重にツナギを脱ぎ、ツナギをハンガーと洗濯バサミで固定し、ベランダの洗濯物用の吊るし場にかけた。

防具ツナギの乾燥を待つ間に、別の作業に移る。

取り置いていたドグウの手甲、自分の腕に巻く一組を除いた五組を取り出す。そして手に巻く布地部分と攻撃を受け止める装甲板とを剥離していく。どちらも強力にくっ付いているので、布地を裂いたり鋏で切ったりして強制的に分離させていく。

そうして左右五組の手甲から、装甲版が三十枚取れた。

この装甲板は、防具ツナギの表面に貼り付けて、更に防御力を上げるために使うものだ。

しかし未だツナギの接着剤は乾いていないようなので、直ぐに付けることはできない。

そこで、予定では装甲板が二枚ほど余る予定なので、その内の一枚を使った別の防具を先に作ることにした。

イボガエルの革を二枚用意し、一枚は半分に折ってから俺の尻の下に敷いてしっかりと折りクセを付けて、もう一枚は親指の幅で細切りにする。

細切りにした革は、動画でテグス結びのやり方を見ながら一つずつ繋げていって、二本の細長い紐に変える。

折った革の内側に二本革紐を入れてから、その革を俺の額に当て、紐は後頭部に回す。紐の一本はコメカミから後頭部に回して結び、もう一本は生え際から一本目の紐に合流するようにして引き結ぶ。

どちらの紐も問題なく結べることを確認したら、革の折り目を開いて、その内側を紐ごと接着剤で塗り固めていく。

塗り終えたら、革を折り畳み直してから、その上にタオルを巻いて引き絞った。

これで、折った革が貼り合わされて、内に入れた紐の位置が固定される。

革の接着剤が固まるまでの間、スマホでアニメを見て、時間を潰していく。

今回見るアニメは、ある作品のスピンオフで、スライムが料理に冒険にと活躍する、危険な場面が一切ない安心設計の、スライムを愛でるためだけの物語だ。

ダンジョンという現実にモンスターと戦える世界になったので、この手のモンスターが活躍するアニメは昨今製作されないようになっている。

しかしこのアニメは、有名なアニメ化作品のスピンオフということで売り上げが期待できるためか、世論の波に消えたりせずに済んだという背景がある。

そんな運よく生き延びたアニメを視聴して時間を消化し、頭に巻いた革の形が固まる時間になった。

軽く頭から外しても形を保っているし、指先で革の合わせ目を広げようとしてもビクともしないので、製作は成功したようだ。

でも、これで完成じゃない。

俺はもう一度その革を頭に巻くと、ドグウの手甲から外した装甲板を一つ取り、革とセラミックを貼るための接着剤を出して塗り、額に当てている革の中央に貼り付ける。

ちゃんと装甲の位置が額の真ん中に来るように、洗面所に移動して鏡を見ながら位置調整を行って、あとは接着剤が乾燥すれば完成だ。

「これで、ひとまずドグウ装甲を付けたイボガエルの革の鉢金が完成だな」

人によっては、某ＮＩＮＪＡアニメに倣って額当ての方が通りがいいだろうけど、紐二本を後ろ頭で結ぶタイプだから、やっぱり鉢金が適切な表現だろう。

でも鉢金なら、本当は内に張る着け心地と吸汗を両立させる、布地を貼ることが必要だ。

けどその部分は、折ったタオルを先に頭に巻いてから鉢金を付けることで対応する気でいる。そうすれば、防具部分を水に漬けることなく、タオルだけを洗濯することができるからな。

さて、鉢金を作っている間に、防具ツナギの接着剤も半乾きくらいにはなったようだ。

俺は頭から鉢金を外して床に置くと、防具ツナギを丁寧に着こむ。

貼り付けた革がズレていないことを手で触ったり引っ張ったりして確認してから、ドグウの装甲板を各部に貼り付けていく。

使える装甲板の数は、鉢金に使った一枚を除いて、二十九枚だ。

左右の脛に上下二枚ずつ、膝に一枚ずつ。次に左右の胸の上に横並びで二枚ずつ、その下に一枚ずつ。さらに臍《へそ》の左右に上並びで二枚ずつ。左右の脇腹に一枚ずつ。肩、二の腕、肘に一枚ずつ。

これで、使用した装甲板は計二十四枚。

残り五枚は、防具ツナギを脱いでから、背中側の背骨の左右に沿うように上下に二枚、腰の位置に一枚ずつ貼り付けた。一枚余る予定だったけど、使い切れちゃったな。

この作業の際に、イボガエルの革にあるイボが装甲板を貼る邪魔をしているときは、革切り鋏で切り落としてから貼ればいい感じに接着できた。

そうして出来上がった防具のツナギを、洗面所の鏡を使って、全体像を見てみることにした。

「ダサいなあ。明らかに素人作りだと分かる革の貼り方だし。革も暗い土色で地味《モブ》っぽさを強めているんだよなあ」

上下一対のツナギに革と装甲を貼り付けた防具なんだから、ニチアサ特撮変身ヒーローのスーツと外見は同じジャンルのはず。それなのに、その番組の中盤辺りに出る劣化量産型ヒーローのコスプレにすら至っていない感じが強い。

さらに頭にタオルと鉢金を巻いてみたところ、特撮ヒーローから一転して、現場作業員な感じが強くなった。これでハーネスなんか付けたら、まんまになるんじゃないだろうか。

「やっぱり、ダンジョンの二階層以降のモンスターの革を使った方がよかったような——いやいや、身の安全優先で作ったんだから、これで良いんだ」

残念な気持ちは残るが、しっかりと防具ツナギと鉢金に使った接着剤を完全に乾燥させるべく、窓の外の洗濯物の吊るし場にかけておくことにした。

夜通し乾燥させれば、朝には接着が完全に終わるはずだ。

そんな夜風に吹かれる防具を見ながら、俺は思わず腕組みする。

このダサい素人作りの防具を、自信満々な顔で着ている姿を見せれば、周囲からの失笑を呼ぶことは間違いない。

でもそれが、イキリ探索者のイメージに合致しているかどうか、判断に迷うところだ。

「ラノベでは、イキリな登場人物がダサい装備を自慢げに見せびらかすシーンがあるから、変ではないよな？」

少なくとも、この格好をする人と仲良くしたいと思う探索者は現れないはずだよな。

俺の評判が覆ることはないだろうと納得して、明日から防具ツナギを着て東京ダンジョンに行くことを決めた。

さて、防具ツナギの製作作業が一段落したところで、俺は小腹が減ったと自覚した。

夕食はちゃんと食べたのだけど、まあ腹が減るのは仕方がないよな。

なにせ夕食後に東京駅へ行き、色々と買い物と用事を済ませて帰宅し、防具ツナギと鉢金作りをしたんだ。

ここで何か腹に入れておかないと、寝ている最中に空腹で起きかねない。

空腹を紛らわせようと考えたものの、自宅の冷蔵庫の中には食料がなかった。毎日の夕食の買い物は食べきれる分しか買わないし、ここのところ朝食は東京ダンジョンへの道すがらに買って食べるようにしていた。休日用の買い置きも、運が悪いことに全滅だ。

仕方がないので、ここは外に食べに行こう。

今の時刻は、二十三時になったばかり。

この時間に自宅近くで開いている飲食店はないかと、スマホで検索する。

意外と夕方から深夜にかけて開けている店がある。コメントを見ると、俺が借りたような家賃が安いアパートがある土地柄なのだろうか、夜に開いている店は安酒とツマミ料理を提供する、古い居酒屋が多いみたいだ。

ここは小腹満たしと寝酒に、この手の店に行ってみてもいいかもしれないと、俺は自宅から一番近い店を調べて行ってみることにした。

場所は住宅街の只中にある居酒屋で、建物は自宅と店舗を兼ねた古いもの。

より詳しく店の外観を見ていけば、焦げ茶色に染まった木をウロコ張りにした外壁と、開け放たれたままの絵柄付きの曇りガラスがハマった引き戸に、破れが目立つ暖簾がかかっている。

そんな、昭和感がバリバリな店の中に入ると、調理場とカウンターだけの、十人ほどで満杯になりそうな立ち飲み屋だった。

カウンターは端が擦り減って丸くなっていて、壁にはメニューが書かれた手書きの短冊がズラっと並んでいる、これまた昭和感が強い内装だ。

店主も白髪の薄毛頭と深い皺のある顔に、着古したステテコの姿。昭和から令和まで長いこと店を営業してきたことを窺わせる、そんな風貌だ。

「いらっしゃい」

店主は俺に言葉をかけながら、カウンター席の一つを指す。それは入り口近くの場所。

他にもカウンターは空いていたけど、俺は指示された場所に立つことにした。店主から割り箸と箸置き代わりの小皿は配られたが、おしぼりは出てこない。他の客の手元にもおしぼりはないので、経費削減のために止めたんだろうな。

それが店の流儀だというのなら、従うしかないだろう。

俺は壁に並んだメニューの短冊を見ながら、何を注文しようか考える。

今回は小腹が満たすことが目的で、時間は深夜近くだし、翌朝にまで残らない軽さのある物を食べたい。

その要求にあう料理を、壁に並んだ短冊メニューから料理を探し当て、注文しようとする。

しかし俺が口を開きかけたところで、店主からの忠告が入った。

「注文は金を出してからだよ」

一瞬、店主が言ってきた意味が分からなかった。

だけど、店に居合わせた他の客が金をカウンターに置きながら酒のお代わりを注文しているのを見て、先払い式なんだと理解できた。

　俺は財布から千円を出し、どうせなら千円分になるように料理を注文することにした。

「煮込み豆腐と味噌和えキャベツ、鶏チャーシューとビールの中瓶を」

「はいよ」

　店主は、俺が差し出す千円を受け取ると、即座にお釣りの小銭を出してきた。

　計算の速さも驚きだが、全てのメニューの金額が頭に入っていなければできない芸当に、俺は舌を巻く。

　料理の出てくるスピードも早く、三分も経たないうちに注文した料理が全て、俺の前に並んだ。

「いただきます」

　俺は食事の一礼をしてから、ビールの中瓶の蓋を栓抜きで開け、綺麗に磨かれた上に冷凍庫で冷やされた状態で出てきた小さなグラスに注ぐ。黄金色の液体に、白い泡が綺麗だ。

　その泡が消えないうちに、グラス半分ほどビールを飲む。

　舌から喉にかけて鋭く苦味が走り、炭酸の軽やかさに乗って麦とホップの香りが鼻に抜けてくる。

「くうぅぅ～～」

　唇に付いた泡を腕で拭いつつ一息。

　ビールをグラスに注ぎ足しつつ、もう片方の手と唇とで割り箸を割り開いた。

　さて何を食べようかと考えて、味が濃そうな煮込み豆腐に手を付けることにした。

　この店では豆腐は木綿を使っているようで、箸で割る際にしっかりとした手応えが返ってきた。

　ではと、箸で分けた煮汁が染みた豆腐を口に運び入れて、咀嚼。

この瞬間、どうして木綿を使っているかが分かった。

様々な食材の味が溶け込んだ味わい深くも塩気の強い煮汁には、木綿豆腐特有のずっしりと重たい大豆の味でなければ負けてしまうからだ。加えて、木綿豆腐ならではの食べ応えが、少量でも満足感を与えてくれる。

これは、チビチビと摘まみながら酒を飲むことに適した、良いアテだ。

煮込み豆腐を食べ、ビールを飲む。出汁と豆の味で飲むビールは、枝豆にビールに匹敵する、ベストマッチだ。

でも、煮込み豆腐をアテに飲むのなら、酒はビールじゃなくて焼酎か日本酒の方が良いかもしれない。事実、同じ煮込み豆腐を食べている常連っぽい客は、手元にグラスに入った日本酒を置いているしね。

ちょっと酒選びに失敗した感じがあるが、ビールだってド安定だよな。

なんて感想を頭の中で転がしながら、俺は味噌キャベツを一口。出汁で伸ばした味噌と、爽やかな新鮮キャベツの風味。これは手が止まらなくなりそうな味をしている。

飲んで空になったグラスにビールを注ぎ、次の狙いは鶏チャーシューだ。

鶏のムネ肉を使ったチャーシュー。その皿の端には、たっぷりの辛子味噌が添えられている。

まずはチャーシューだけを一口。チャーシューと名前はついているけど、低温調理された肉の艶やかな味わいの、コンビニで買えるサラダチキンとほぼ同じ味。微妙に鶏臭いあたりも似ている部分だ。

これはハズレ料理を引いたかと疑いつつ、今度は赤味の強い辛子味噌を付けてから食べてみた。

口に入れた瞬間、味噌の風味を追い越して、トウガラシの圧倒的な辛さがやってきた。そこに山椒

り ¥290
カリ ¥150
コン
さば
天 ¥180
ムレツ ¥350
生
6

の辛みまで登場する。

辛さのダブルパンチに、俺の体にある毛穴が一斉に開いた感覚がした。

急いでグラス半分ほどまでビールを喉に流し込んだが、炭酸の刺激で辛さが増強されて、逆に悶絶することになった。

そんな一気に目と体が覚めた思いをしたのにもかかわらず、辛子味噌の辛さを再び味わいたいという欲求が生まれていた。

今度は、先ほどよりも少量の辛子味噌を鶏チャーシューにつけ、食べてみる。

再びガツっとした辛さの衝撃が来るが、ごく少量にしたことで乗り超えられる辛さになっている。

そして辛さの衝撃を超えた先で、辛子味噌と鶏ムネ肉は口内で融合を果たした。

辛子味噌の強烈な辛さが鶏ムネ肉の淡泊さの奥に隠れている味わいを引き出し、鶏ムネ肉独特の臭いが味噌の香りと合流して良い香気に変わる。

ここまできてようやく、調味料を茹でた鳥肉に合わせただけというシンプルさに似合わない、見事な一品料理に仕上がった。

一通り注文した料理を堪能したけれど、辛子味噌と茹鶏でちゃんと料理になるのならと、ちょっと冒険心が沸き起こった。

俺は、辛子味噌を煮込み豆腐に付けて食べてみたり、辛子味噌をつけた鶏チャーシューとキャベツを一緒に食べてみたりと、料理を組み合わせて楽しみ始める。

人によっては行儀が悪いと怒られそうだけど、幸いなことに店主から小言がくることはなかったので、俺なりの楽しみ方で食べ進めていく。

こうして残りの料理を食べつくし、中瓶に入っていたビールも全て胃の中へ。

予想外に美味しいお店だったので、もう少し食べたい気分はあるけど、小腹は十二分に満ちた。

これ以上の食事は余分だろうと考えて、俺は店を後にすることにした。会計が先払いで済んでいるから、食べ終えてスッと外に出られるのは良い点だな。

こうして俺は、胃に感じる少しの重みと、アルコールが脳に引き起こしている少しの酩酊感《めいていかん》と共に、家路へとついたのだった。

◇

探索者支援場所として東京ダンジョンの近くに建設された、探索者たちからは『役所』とだけ呼ばれている、東京ダンジョン対策室。

ここは、防衛省、宮内庁、経済産業省、農林水産省、外務省が合同で運用しているという、少し変わった事情のある建物である。

各省庁の思惑も、防衛省と宮内庁は東京ダンジョンの攻略を、経済産業省と農林水産省はダンジョンからのドロップ品による日本経済と技術の発展を、外務省はダンジョン攻略情報を手札に外国との折衝を行うためと、様々。

そんな考えが違う各省庁からの出向で、役所で働くことになった職員たちは、それぞれの出向先から仲違いしているかというと、そうでもなかった。

上の方で様々な綱引きをしているようだけど、自分たちには関係のない話だよねと、同じ職場の仲間として和気あいあいと過ごしている。

職員たちの話題は、東京ダンジョンに関わる職場ということもあり、ダンジョン関連のものが自然と多くなっている。

食事休憩の時間の役所の職員しか入れない休憩室にて、女性職員数名が持ち寄った食事をしようとする中で喋り始めた話題も、そうしたダンジョン関係のものだった。

「本当、探索者って夢のある商売よね」

一人が切り出した内容に、他の面々が頷いて同意する。

「最前線で戦っている人だと、一パーティーが一日に百万円単位で稼ぐもんね。現金の受け渡し窓口で働いている身としては、札束の帯を一日何個も目にして、お金に対する価値観が壊れそう」

「最前線じゃない中堅どころでも、一日に数十万は稼ぐもの。命懸けとはいえ、羨ましいわ」

「そう思っているのなら、やってみたらどう。たしか貴女、引退した自衛官だったわよね？」

「この職場をクビになったら、やってみても良いかもね。でも現在、日本刀も鎧も需要が高過ぎて価格が高騰しているから、やろうと思っても貯金じゃ手が出ないわ」

「低階層向けの、製作工程の一部を機械打ちに頼った刀なら、製作数と流通量が多いから安く手に入るって聞くけど？」

「剣道着を着て、二階層までをウロチョロしながら小金を稼ぐつもりなら、それでもいいけどね。本格的に五階層以上で活動して稼ぐ気なら、やっぱり総手仕事で作られた刀と鎧は必須よ」

お金が欲しいのに、そのお金がないと装備が整えられないという、ジレンマ。

職員たちは一斉に世知辛さに溜息を吐き、そして一人が思い出したように言う。

「でもさ、一、二階層までぐらいなら、日本刀や鎧って要らないんじゃない。ほら、あのイキリ君。

彼って、鎧を着ないでダンジョンに入っているじゃない」

　話題に出た人物を一同は思い出し、揃って苦笑いする。

「あれの真似をしちゃダメ。単に無謀ってだけだから」

「自作武器でダンジョンに入る人もいるにはいるけど、あのイキリ君が使っていた既製品を組み合わせただけの鉄パイプじゃ、第一階層のモンスターでも苦戦するわよ」

「彼、運よく宝箱から鈍器を手に入れたらしいって、彼をダンジョンで見かけた他の探索者からの噂で聞いたわ。けど、そんな運任せじゃ生き残っていけないものよ」

「防具もないから、下手したら第一階層なのに死にかねないし」

　口々に散々な評価を下された、イキリ君と呼ばれている探索者。

　その弁明のためじゃないだろうが、また一人が話題を提供する。

「あのイキリ君って、本当にあんな性格なのかな？」

「それって、どういうこと？」

「前にドロップ品の買い取り窓口で、粘土と他のドロップ品を一緒にしない方が良いって教えたの。そうしたら次の日からは、ちゃんと分けて持ってきたんだよね。助言を素直に聞いてくれたことに、ちょっと驚いてね。あと、単独なのにドロップ品を大量に納品してくれるんだよね」

「本当にイキった性格なら、こちらの助言なんて聞くはずがないし、モンスターを倒すにしても程ほどで済ませそうって主張したいわけね」

　その主張は、職員たちにとって受け入れやすいものだった。

　なにせ探索者たちは、社会に根付いた真っ当な仕事に背を向けて、命の危険を軽視してダンジョンに入る無鉄砲者ばかり。

我田引水な性格な者も多く、その手の人物は勝手な持論を押し付けてくることも多々あり、他者の助言を聞かないのはザラだ。

モンスターの撃破数も、疲れたから今日は切り上げるなんてことをやるので、大して多くないこともよくある。ドロップ品を売った量が少なかったのにもかかわらず、前より受け取る代金が下がったとクレームを入れてくることすらある。

そういう毛色の人物と比べると、イキリ君は若干素直な部分が見えていた。

第一階層の手前側区域のモンスターだけとはいえ、かなりの数のモンスターを倒していることは、納入するドロップ品の数で推察できる。売却した際も、役所が付けた値段に文句を言ったりしないし、レアドロップ品を売った際も値段を気にする素振りすらなかった。

本当の面倒な人とは少し違った部分から、イキリ君は本当は真っ当な性格なんじゃないかと考察することはできなくはない。

「でもそれって、程度の差ってだけじゃない？　国が推奨している装備品すら整えず、自作武器とツナギ姿でダンジョンに特攻している馬鹿だよ。真っ当だなんて言えないでしょ」

「ホームセンターの方でも威圧的な態度だったたって噂も聞いたし、イキリな性格なのは本当なんじゃない？」

「それもそっか。私って、男を見る目がないのかなー」

「なになに？　新しい出会いでも求めているの？　大学の友人に声かけて、コンパでもしてあげようか？」

会話の取り掛かりだった探索者の話題から、女性なら誰もが気にする恋バナにシフトして、女性職員たちはワキャワキャと楽し気な声を上げながら休憩時間を過ごしていった。

三章　予想してない新スキル

防具ツナギと鉢金を製作した、翌朝。

俺は意を決して、自宅から防具ツナギと鉢金を装着し、手にドグウの手甲を填めた状態になった。

俺は最寄り駅に移動し、朝の通勤ラッシュが始まるより前の時間の電車に乗り込むと、電車内で居合わせた人達が俺の格好にギョッとした目を向けてくる。

そういう目で見られることは予想の範囲内だ。

けど不可解なことがある。同じ車内に日本鎧姿の探索者がいるのに、乗客はそっちに同じ目を向けてないのは、どうしてだ。

目立つという点では、俺の地味な色合いの格好より、日本鎧の組糸の派手さの方が目を引くと思うんだけど。

でも途中駅で乗車してくる人達も、俺の格好の方に目を向けるんだよな。謎だ。

不可解さを消化できないまま、東京駅に到着。

俺は、イキリ探索者は狼狽えないと腹を決め、堂々とした足取りで駅構内を歩いていく。

車内で人の目を集め続けていたからか、駅の外を歩く段階になると、もう他人の視線は気にならなくなっていた。

そのまま東京ダンジョンに入るための待機列へ。朝早めの時間なので、待機人数は少ない。

直ぐに俺が入れる順番になり、東京ダンジョンの中へ入ると、次元収納からメイスを出した。

今日は、まず自作防具の性能調査だ。

戦う相手として狙うのは、俺の頬に傷をつけてくれた、コボルド。

コボルドが使う小さなナイフを、防具ツナギがどの程度防げるのかを検証する。

「レアドロップのナイフを残しておけば――いや、モンスターが持っているのとドロップ品とでは、性能が違うかもしれないか」

ふと浮かんだ疑問を口にしつつ探していると、運よく直ぐにコボルドと出会うことが出来た。

俺が見つけたように、コボルドも俺を発見したようだ。両手で握ったナイフを振り上げて、こちらに走って寄ってくる。

俺は先ほど浮かんだ疑問が再び気になり、ちょっとした興味もあって、コボルドに蹴りを食らわせた。

すると、今まで蹴りは大したダメージにはならなかったのに、今回のコボルドは大いに吹っ飛んでくれた。

どうやら防具ツナギの脚部に、イボガエルの革とドグウの手甲の装甲板というドロップ品をつけたことで、モンスターにダメージが通るようになったようだ。

コボルドは蹴り飛ばされて倒れ、ナイフを手放している。

そこで俺は、通路の床に落ちているナイフを拾い上げてみた。

コボルドを倒すと、このナイフも一緒に薄黒い煙に変わって消えてしまう。しかし、こうして俺が拾い上げても、ナイフは消えることはなかった。どうやら所持者のモンスターが消えるまで、こういった武器とかはダンジョンに存在し続けるようだ。

ナイフを手に持った感触は、レアドロップの方のコボルドナイフと全く同じで、特別なところはない。

新たな知見を得られたところで、俺は手にナイフの刃を持ち替える。そして自分の胸元にある、ドグウの手甲から剥がしてツナギに移植した、装甲板に当ててみた。刃を少し前後させてもみたが、装甲板には少しだけ傷がついたものの、ちゃんと刃を防ぐ性能が確認された。

では次にと、コボルドナイフの刃でイボガエルの革を軽く撫でてみた。すると、ほんの薄くではあるが、確実に切れ目が入った。しかし、革の下にあるツナギの布地にまでは、まだ革の厚みに余裕がある。

これで、装甲板はしっかりと、革はちょっとだけ、防御性能があることが分かった。

「よしっ、検証は十分だ」

俺は手のナイフを床に放り投げると、コボルドはそのナイフに飛びついて回収しようとする。

ナイフを拾おうと床に顔を向けて俯く、コボルドの後頭部。そこに、俺はメイスを叩き込んだ。

コボルドは後頭部を粉砕されて、直ぐに薄黒い煙に変わって消えた。ドロップ品は卑金球だ。

この検証で防具ツナギには、ある程度の防御力があることが確認できた。

これで怪我を負う心配は減ったと安心し、次の段階に移ることに決めた。

スマホでＴＯＤＯリストを確認。

今後の予定は『第二階層で戦う』『実力が通用するなら第三階層へ』『通用しないなら第二階層巡り』『新スキルの入手（努力目標）』だ。

新スキルの方は、俺が他の探索者が選ばない次元収納スキルと日本鎧とは違う装備をしているから、今まで確認されていないスキルが手に入るはずだって予想している。

できれば攻撃魔法系のスキルが手に入ってくれたらいいなと期待しながら、第二階層へ進む順路に戻ることにした。

日本ではダンジョンを攻略することを政府が推奨していることもあり、ダンジョンの地図と先へ進むための道順が同梱《どうこん》されたスマホアプリが無料公開されている。

俺はスマホの画面を見ながら、アプリの第一階層から第二階層への順路に従って歩いていく。

その道中、俺と同じようにスマホ片手にダンジョンを歩く探索者パーティーがいて、同じようにダンジョンの奥へ行く道を進んでいるが、中には横着して地図を見ずに順路にある人の流れに合わせて進んでいる人もいた。

それぞれの進み方で行動し、道中に出くわしたモンスターは近くの探索者が倒し、さらに道を進む。

そうして進んでいると、今までに出会ったことのないモンスターと出くわした。

どうやら、第一階層の奥側の区域に入ったことで、出現するモンスターが切り替わったようだ。

出くわしたのは、骨格標本のガイコツがそのまま動いているような、スケルトンと名付けられたモンスター。

そのスケルトンを、日本甲冑姿の探索者が日本刀で切りつけて即座に倒した。薄黒い煙と共に消えたスケルトンは、人の大腿骨っぽいものをドロップする。

この骨。倒した探索者とそのパーティーは必要ないのか、床に放置して去っていってしまう。他の探索者たちも見向きもしない。

それならと、俺は拾うことにした。周囲に探索者の目があるので、イキリ探索者っぽい演技をしながらな。

「後で返せって言っても駄目だからな！　へへっ。儲けたぜ」

俺は拾い上げた骨を観察する。

俺の上腕から手指の先ほどの長さのある骨は、その片側に丸い関節がある。この見た目なら、人の大腿骨であることは間違いなさそうだ。

この骨は、ネットで収集した情報によると、海外だと棍棒として使ってモンスターと戦う探索者もいるという。

大昔の人間は、動物の大腿骨を棍棒にしていたって話があるから、骨の棍棒は先祖伝来の武器と言えるかもしれない。

ちなみに俺は、もしも最弱モンスターしか出ない一本道で鉄パイプを進化する予定が頓挫した場合、このスケルトンの骨を武器にする代替プランを作ってあった。

鉄パイプも骨の棍棒も、同じ打撃武器。ゲーム的な考えでいくなら、武器として大差はないと判断してのプラン作りだった。

ではなぜ、鉄パイプを進化させる方を第一プランにしたのか。

それはスケルトンの骨を使うためには、スケルトンを倒さないといけない。そして倒すための武器として、先に鉄パイプを作る必要がある。

鉄パイプを作ることが確定しているのなら、モンスターと戦い慣れるためにも、最弱モンスターと戦ってみて、進化する目があるかないかを見定めてからでも、プラン変更は遅くはない。

そんな考えから、鉄パイプの進化を第一プランに、骨棍棒は第二プランとしたわけだ。

幸運にも、一本道の奥で魔石が一日一度復活することが分かって、順調に鉄パイプを進化できた。

もしあの魔石がなければ、今頃の俺はスケルトンの骨棍棒を使うイキリ探索者になっていたことだろうな。

そんな辿ることのなかった道と決別するように、俺は拾ったスケルトンの骨を次元収納に入れる。

このとき、後続の探索者から白い目を向けられるのを感じた。人が捨てたものを拾って嬉しそうにするなんてという、批判の視線だ。

けど、この手の人の悪感情を集めることは、他の探索者を遠ざけたい俺にとって願ったり叶ったり。

当然、弁明なんてせずに、好きなように非難の目を向けさせておくことにした。

そんな他者からの反応はさておき、このまま人の流れについていくのもいいが、新しいモンスターを相手に自分一人で戦えるかの確認は必須だろう。

俺は順路から外れると、この場所のモンスターを探して通路をうろつくことにした。

少し歩くと、通路の先に早くも新たなモンスターを発見した。

それは床の上をぴょんぴょんと跳ねる、昆虫のモンスター。

緑色の体躯。大きく発達した後ろ脚。そして茶色い翅《はね》。その見た目は、まさしく緑色のトノサマバッタだった。

ただし、普通のバッタが掌で包める大きさなのに対し、ダンジョンのバッタ――トツゲキバッタと名付けられたモンスターは、腕で抱える縫いぐるみほどの大きさがあった。

「全長三十センチメートルって情報だったけど、実物を見ると、もっと大きい気がしてくるな」

俺がそんな観察をしていると、バッタの体勢がグッと沈みこんだ。跳びかかってくる前準備だと察知した次の瞬間には、こちらに跳んで突っ込んできた。

その速度は砲弾並み――は言い過ぎだが、渾身の力で投げたドッジボールぐらいの速さがあった。

俺は慌ててメイスで受けたが、トツゲキバッタの体当たりの衝撃に面食らう。

「重ッ！　中身が詰まったゴム球かよ！」

苦情を口にする俺に対し、体当たりを防がれたトツゲキバッタは二度後ろへ跳んで距離を取った。

そしてトツゲキバッタは再び、グッと体勢を低くした。

もの凄い速さで跳びかかってくるので、避けることは難しい。

しかし直線的に跳びかかってくることしかできないようだから、対処法はある。

思いついた対処法に従い、俺はトツゲキバッタが跳び出した直後に、その跳ぶ軌道上にメイスのヘッドを配置し、腕に力を込めて固定した。

トツゲキバッタは空中を跳び、そして位置が固定されたメイスに激突。

トツゲキバッタの頭とメイスのヘッド。どちらが硬いのかは、トツゲキバッタの頭が拉《ひしゃ》げたことで証明された。

頭が軽く潰れたことで、トツゲキバッタは脚を痙攣させて動かなくなる。しかし、薄黒い煙に変わらないってことは、致命傷ではないってことだ。

俺はトツゲキバッタが失神している間にと、メイスを振り下ろして止めを刺した。

トツゲキバッタは薄黒い煙に変わって消え、団扇ほどの大きさの透明な昆虫の翅をドロップした。

普通の探索者だと、手にしたときや運搬中に破損させてしまうため拾うことすらしないという、トツゲキバッタの翅。

俺なら手を触れずに次元収納に保管できるので、翅を拾わない手はない。

さて、トツゲキバッタを楽に倒せたしと、俺は更に通路を進んでいく、そしてスケルトンと出くわした。

カタカタと骨が打ち合う音を響かせながら、スケルトンは近づいてくる。その歩みはゆっくりで、手に武器もなく、あまり脅威には感じない。

しかし、スケルトンの手が届く範囲内に俺が入った瞬間、スケルトンの骨の手がもの凄い速さで翻った。

うっかりしていた俺は、その手の攻撃を二の腕の横に食らってしまう。幸い、防具ツナギの装甲板とイボガエルの革をつけた場所だったので、装甲板と革が攻撃を吸収してくれたお陰で痛みは少ししかなかった。

「クソッ。普通の動きは遅いけど、攻撃するときだけは動きが素早くなるタイプか」

俺は攻撃を食らったお返しだと、メイスを渾身の力で横振りさせ、スケルトンを打撃した。

先ほど日本刀の一撃で倒されていた通り、スケルトンの防御力は乏しいようで、俺の一撃で上半身の骨格がバラバラに吹っ飛んだ。

スケルトンの残りの骨は、操り糸を失った人形のように、その場にぐしゃっと崩れ、やがて薄黒い煙となって消えた。ドロップしたのは、先ほどと同じ、大腿骨っぽい見た目の骨だ。

その骨を次元収納に仕舞っていると、通路の先からゴロゴロと通路を転がっている音が聞こえてきた。

目を凝らして先を見てみると、十六ポンドのボーリング玉と同じぐらいの石が転がって来ている。

たしか、ローリングストーンって名付けられた、転がりながら探索者の脛を狙って体当たりしてくる石のモンスターだ。

ローリングストーンは、俺の方へと転がってくる。しかし石の球体だけあって、ごつごつとした面には出っ張りもあり、素早く転がることはできないようだ。

それならと、ローリングストーンが近づいてくるのを待ち、足に攻撃しようとしてきたところで、俺はメイスをゴルフスイングして振るい当てた。

メイスに殴られたローリングストーンは、少し後ろへと飛んだが、すぐに着地して転がってくる。

どうやら、トツゲキバッタやスケルトンと違い、石だけあって耐久力が高いようだ。

それならと、俺は重力を攻撃に活かすためにメイスを大きく振り上げて、ローリングストーンが転がってくるのを待つことにした。

殴るのに丁度いい場所にローリングストーンが来たところで、メイスを上から下へと力一杯に振り下ろした。

上から落ちてきたメイスのヘッドと、硬いダンジョンの床に挟まれた衝撃で、ローリングストーンは真っ二つになった。その直後、薄黒い煙に変わり、黒っぽい石をドロップする。

収集した情報通りなら、この黒い石は鉄鉱石だ。

石を拾い上げると、拳大の石にも拘わらず、ずしっとした重たさが手に伝わった。なるほど、鉄が含まれる鉱石っぽい重さだな。

少し前にニュースになっていたけど、第一階層のモンスターであるローリングストーンから鉄鉱石が手に入ると分かったことで、ダンジョンの件に農林水産省と経済産業省が嘴を差し挟んだんだっけ。

輸入に頼るしかなかった鉄鉱石が、待望の国産に切り替えることができるって。

「鉄は国家なり。ダンジョンからの鉄鉱石によって日本は真に自立した国家と成る、だっけ」

ニュースに映像で何度となく流れた、ダンジョンが出現した直後に多くの日本人をダンジョンに送り込もうとする首相の言葉。

当時は批判ばかりだった印象だけど、ダンジョンからもたらされるドロップ品によって日本経済と技術が上向いてきた現在では、先見の明があった名言扱いされているんだっけか。

その名言には悪いけど、この場所のモンスターのドロップ品たちは、ローリングストーンの鉄鉱石も含めて、大した値段にはならない。

翅は薄くて壊れやすくて持ち運びに不便だし、大腿骨は欲しがる先がないために無価値。

日本政府が期待した鉄鉱石も、他の階層に鉄そのものなドロップ品があるため、鉄鉱石だと溶かして生成する分の燃料ロスがあるため今では重要視されていない。

むしろコボルドの卑金球の方が、鉄の玉の中に希少金属やレアアースが極微量ながら含まれているため、鉄鉱石より重宝されている傾向すらある。

そんな風に通常ドロップ品は残念な結果だが、一方でレアドロップ品たちは高値で売れるものばかりだ。

それぞれのレアドロップは、トツゲキバッタの足肉、ローリングストーンの小宝石、スケルトンの長骨棒。

足肉はカニと鶏を合わせたような珍味で、料理研究家や美食家が高値で買ってくれる。

小宝石はリングトップに填めるぐらいの小さな石だが、ダンジョンでしか手に入らない宝石らしく、装飾品界隈で高い需要がある。

スケルトンの長骨棒は、名前の通りに一メートル半の白く真っ直ぐな骨の棒。木のように軽いにも拘わらず鉄並みの強度があるため、木製の柄よりもモンスターに対する打撃力が期待できると、探索者向けの薙刀《なぎなた》や槍の柄に改造される。たまに刀の鞘に使う人もいるとかいないとか。

どのレアドロップ品も需要が高いので、第一階層にしてはというか、第二階層や第三階層のレアドロップ品と遜色のない値段で売れる。

だから剣道着と脇差を装備するようなライト層の探索者は、この第一階層の奥の区域を主な稼ぎ場にしているらしい。

だが俺は、ダンジョンで不老長寿の秘薬を手にすることが目的で、金を稼ぎに来ているわけじゃない。そして第一階層には、そんな秘薬を手にしたという話は噂にすら聞かない。

だから俺は、ここのモンスターたちに楽勝なことが判明した瞬間に、もう第一階層は良いかなという気になった。

俺は来た道を引き返し、再び探索者たちが作る順路の流れに乗って第一階層の最奥へ。そこにある上へ続く階段へと向かう。


第一階層の奥にある、上へ続く階段。

探索者たちが飲み込まれるようにして入っていく階段に、俺も続いていく。

横に三人は並んで歩ける広い階段を上っていくと、やがて階段の先が壁になっている場所に来た。

しかし壁があるといっても、行き止まりというわけじゃない。

その壁の前には、東京ダンジョンに入る時に潜ったのと同じ、黒い渦が空中に存在しているのだから。

探索者たちは、階段に上る移動速度のまま、その渦の中に入っていく。

俺も流れに従って渦の中に入り、次の瞬間にはダンジョンの通路に出ていた。

階段から急に通路の光景になったことに混乱して後ろを振り返ると、ダンジョンから出るための白い渦があるのが見えた。

第一階層の出入口と同じ光景に、強制的に戻されたのかと思った。

しかし、この場所には「奥に進め」と声を張り上げる職員が存在しないことから、第一階層でないことが分かった。

「ここが、第二階層か」

思わず呟いてしまったが、感慨らしい感慨はない。

なにせ俺が見間違えてしまったように、周囲の光景は第一階層とほぼ変化がないんだから。同じ光景だ、以外の感想の持ちようがないもんな。

では早速と、第二階層を探索しようと足を踏み出し、やがて三方向へ分岐する分かれ道に来た。

第一階層では、最弱モンスターの出る一本道があり、手前側と奥側の区域でモンスターが切り替わっていた。

それと同じように、第二階層から先の階層では、モンスターの種類が変わる区域によって、浅層域、中層域、深層域と三つに分かれる。

名前の通り、階層の手前、真ん中、上への階段近くの奥側で、現れる三種のモンスターが切り替わるわけだ。

どうして第一階層ではそういう区別じゃなかったかは、最弱モンスターが出る一本道は区域の一つと認識されていなかったからだろうな。モンスターを倒しても何も得られないと思われていたぐらいだし。

ともあれ、この分かれ道から先が、第二階層の探索が開始となる。

その分岐点に俺が立った瞬間、俺の脳内でアナウンスが流れた。スキル選択を迫り、次元収納の容量の増加を知らせてきた、あの声だ。

『新たに、治癒方術を覚えた』

突然のアナウンスの直後、俺の頭の中には、治癒方術の知識が独りでに湧き出てきた。

唐突な新スキルの入手に驚いていると、俺と同様に驚いている他の探索者がいた。

「うおッ!? なんか、初めて二階層にきたら、剣術スキルを得たってさ!」

「えぇー! いいなー。俺たち、ダンジョンでいつも連《つる》んでいるのに、どうしてお前だけー」

剣道着を来た男性二人組。その片方も、俺と同じく、新しいスキルをこの場所に来て得たらしい。

しかしもう片方の探索者は、入手できていないようだ。

俺は、この場所のモンスターと戦うために、あの二人の探索者とは違う方向へ行く道を選んで進む。

そして移動しながら、スキルのことについて考えていく。

たぶん、第二階層の最初の分かれ道に来たことが、新スキル取得のための鍵の一つであることは間違いないはずだ。

ということは、スキルの取得や成長は、ダンジョンの中で行ってきた実績によって解放されるタイプな可能性が高い。

俺が他の探索者とは違う点は、俺が狙ってやっていたことも含めて、数多ある。

ダンジョンに入った当初から、単独で続けていること。最初から打撃武器を使っていること。最弱モンスターを千匹以上倒していること。武器が魔石で進化していること。鎧は着けてなく、最初は服のまま、今は自作の革と布と装甲板の防具でいること。

ぱっと思いつくのはこのぐらいだが、俺が気付いていない行動実績もあるはずだ。

それらの実績がスキル解放の鍵となって控えていて、第二階層に踏み入るという実績をクリアしたことで、治癒方術スキルなんてネット情報にないスキルを取得できる全ての鍵が揃った。

そう考えれば、色々と辻褄《つじつま》が合う。

「それにしても——」

——治癒方術か。名前からして回復魔法の類だよな。

俺の予定では、攻撃系の魔法スキルが手に入るんじゃないかと考えていたから、予想が外れた形になったな。

オリジナルチャートでも、攻撃魔法スキルが手に入ったのなら、人がいる場所ではメイスを使い、いない場所では魔法をバンバン使って楽に成長する予定にしていた。

でも回復魔法では、そんな戦い方はできない。

しかし、こんなこともあろうかと、新スキルが攻撃魔法じゃなかった場合も考えて、俺は分岐チャートを作ってある。

その分岐チャートは、補助魔法スキルだったらとか、打撃強化スキルだったらとか、幾つか設定していた。その中で回復魔法への分岐は、攻撃魔法に次いで良いルートだという位置づけだ。

攻撃魔法でなかった点は残念だけど、次善と言っても良い治癒方術スキルに、俺の気分は上々《アゲアゲ》になった。


さて、俺が使えるようになった治癒方術は、現時点で二つだけ。

疲れを取る『リフレッシュ』と、傷を治す『ヒール』だ。

では早速、効果のほどを試してみよう。どうやら人気のない通路に入っていたようで、幸いにして周囲に人影はない。

世界でも稀なスキルだ。使用している場面を見られて注目されてしまったら、今後の探索者活動に支障が出るだろうから、人目がないかはちゃんと確認しておかないとだ。

「治癒方術、リフレッシュ」

俺が宣言すると、リフレッシュの効果が発動。ふわりと俺の全身を撫でる風が起こり、その風に吹き散らされたかのように、体の疲れが一気に霧散し、心持ちも軽くなった。

この効果から分かるように、リフレッシュは体と心の疲れを払い去ってくれるようだ。

「では、ヒール」

俺は自分の頬の傷にヒールをかける。すると頬の傷に光が灯ったと思ったら、一秒も経たずに光と共に傷が消えた感触があった。手指で頬を触ってみても、何処が傷ついていたか全くわからないぐらいに完璧に治っている。

これでヒールは、薄い傷を治せることは分かった。では、どのぐらいの傷まで治せるのだろうか。

実地検証が必要だけど、流石に自分の体を痛めつけて実証する気にはなれない。

どうしたものかと悩んでいると、おあつらえ向きにモンスターがやってきた。

灰色の毛並みの、大型犬ほどの体格があるネズミのモンスター。

最弱モンスターのミドルマウスを、そのまま一回りか二回り大きくしたような姿から予想できることだが、このモンスターにつけられた名前はラージマウス。

やっぱり実験には、マウスが適任だよな。

お約束が分かっているダンジョンの神——本当に居るかどうかは知らない——に礼を言いつつ、このラージマウスを治癒方術の効果の検体にすることにした。

ラージマウスは、まるで実験に使われることが嫌だと示すように、俺に向かって突進してくる。

大柄の体躯に見合わない、小学生高学年男子の全力疾走ぐらいの速度で走ってくる。

しかし、第一階層で散々モンスターを倒してきて経験は積んできたため、俺は焦らない。

俺はメイスを構えると、まず蹴りでラージマウスを小突いて速度を落とさせた。そして蹴りに使った足で強く地面を踏み込みながら、メイスを渾身の力で——だと倒してしまいそうなので、命中する直前で手加減して殴った。

俺の手加減は上手いことといったようで、ラージマウスの背骨の真ん中あたりを折ったが薄黒い煙に変わってない。

ラージマウスは骨折の痛みで藻掻きながら、前歯を噛み合わせて俺を攻撃しようと頑張っている。

俺は少し悪いと思いつつ、ラージマウスにヒールをかけてみることにした。

「ヒール」

ラージマウスの壊れた骨盤にヒールの光が生まれた、十秒ほど経って光は消えた。

しかし、ラージマウスが立ち上がれていないことから、骨は元に戻っていない様子だ。

どうやら骨折ほどの重傷になると、ヒール一発では治らないようだ。

何回かかけたら治るものなのかなと疑問に思い、光が消える度に追加でヒールをかけてみることにした。

「ヒール、ヒール、ヒール」

こうして何度もヒールを唱えてみて分かったことだけど、体の中にある活力っぽいものがヒールを使うと減ることが分かった。

多分これはＭＰ《マジックポイント》とかＳＰ《スタミナポイント》とかの、スキルを使う度に減るものなんだろうな。

どうして今まで存在に気づかなかったのかも、いままさに分かった。

この体内の活力は、ヒールで減る度に何処かから、時間と共に補充される感覚が来る。

ダンジョンの中でしかスキルが使えない事実から推察するに、多分ダンジョンから自動的に供給されているんだろうな。そして自動的に満杯になるから、スキルで活力が減る感覚を自覚し難かったんだろう。ゲームでだって、初期スキルって消費ＭＰが少なく設定されるものだしな。

でも、どうしてダンジョンが探索者が何度もスキルを使えるよう手助けしているのかは、謎でしかない。

だが使えるものは使っておくべきだろうと、俺は治癒方術を使い続ける。

都合、十回ほどヒールをかけたところで、床で藻掻くしかできなかったラージマウスが後ろ脚で立ち上がった。どうやら背骨が治ったようだ。

「大きな骨折は十回。なら軽度のヒビとかなら五回で治るのかな。それとももっと早く治るのか」

なんて俺が実証からの次の考察を口にしていると、その確認に使われてたまるかとばかりに、ラージマウスは俺の足に噛みついてきた。

ネズミに齧《かじ》られるなんて病気が怖いので、俺は咄嗟に足を振り上げ、脛につけた装甲板を使った蹴りを食らわせた。

蹴りが予想外にも良い場所に入ってしまったようで、ラージマウスの首が折れた。これは明らかに致命傷なようで、ラージマウスは薄黒い煙に変わって消え、掌大の灰色の毛革をドロップした。

このラージマウスの毛革は、当初のオリジナルチャートにおける、防具ツナギに貼りつける革の候補の一つだった。

けど、手に持ってみて分かったが、防具に着けたいタイプの革じゃないな。毛でモフモフしているし。

「これから初夏になる頃なのに、毛のある革なんて使ってたら、熱中症で倒れそうだ」

季節のことを考慮することは忘れていたと反省しつつ、毛革を次元収納の中へ。

さて次のモンスターはと探し歩いていると、鼻に異臭を感じた。臭いの方向は、通路の先にある分かれ道の左側の道だ。

そこへ移動してみると、新たなモンスター、ゾンビがいた。

身長は俺と同程度の、破れたシャツとズボンを履いている男性で、皮膚や筋肉の一部が腐り溶けている姿をしていた。顔立ちは西洋人風だ。

「うげっ。アレを倒さないといけないのか」

見るからに不潔そうな相手なので戦いたくない。

しかし、そうも言っていられない。

幸いなことに、ゾンビの動きは緩慢だ。メイスで頭を一撃で潰すことは簡単そうだ。

アニメやゲームだと、この手のモンスターは頭以外の場所だと痛痒を感じないことが当たり前。

だから頭狙いで攻撃しようとして、ゲームの仕組みで考えていたので、ある思いつきが浮かんだ。

俺は攻撃を中止すると、少しゾンビから距離を取り、周囲に人影がないことを再確認する。

「では、ヒール」

今度の治癒方術のヒールは、自分にではなくて、ゾンビにかけようとした。どうしてこんな真似をしているかというと、ＲＰＧゲームだとアンデッド系のモンスターに回復魔法をかけるとダメージが入るものだからだ。

その法則が現代ダンジョンにも適応されるかの確認のためのヒールは、しかし発動しなかった。

距離の問題だろうか。

俺はとりあえず、ゾンビに近づきながらヒールをかけようとしてみる。

一回試す毎に一歩前進して距離を縮めていく。

その結果、俺が伸ばした手の先二メートルほどの距離で、ヒールが発動した。

ヒールの効果が発動したと分かる淡い光が、ゾンビを包み込む。そしてゾンビは、その直後に薄黒い煙に変わって消えた。

どうやら、治癒方術はアンデッド系に覿面《てきめん》に効く攻撃魔法と化すみたいだ。

それとゾンビが消えると同時に臭いも消えたので、今後の戦いでメイスで潰しても、臭いを気にしなくて大丈夫なことが判明したことも良かった。

「ゾンビのドロップ品は、装飾品が完全にランダムでドロップするらしいけど」

地面に落ちているドロップ品を拾って確認すると、古ぼけてくすんだ赤色のリボンだった。

正直、ロクに値段のつかないハズレドロップ品だ。

運が良いと、小さな宝石が付いた指輪とか、丁寧な造りの木彫りの腕輪とかがドロップして、数万円で役所に売れるんだけどな。

そんなゼロ円から数万円までの幅広い装飾品がドロップすることから、ゾンビガチャなんて言い表して、ゾンビを倒して回ってドロップ品に一喜一憂するライト層の探索者が何人もいるらしい。

そんなことに血道を上げてどうするんだろうなと思いつつ、俺は値段が付かないであろう古ぼけたリボンを次元収納の中に入れると、ダンジョン探索を再開することにした。


通路を奥へ奥へと進んでいきながら、どうしてこの通路に探索者が少ない——不人気そうなのかを、俺は理解した。

「モンスターが出てくる頻度が高い気がするな」

少し歩くだけで、すぐに次のモンスターとの戦いになる。

第一階層でモンスターを倒し回ってきた俺の経験からしても、このモンスターの登場頻度は多すぎる。

いまは一匹ずつだから簡単に倒せているけど、これが二匹同時に現れるようになると、ひっきりなしにモンスターと戦うことになりそうだ。

それに、モンスタードロップ品についても、あまり高く売れそうにないものばかりだしな。

ラージマウスの毛革は掌大の幅しかないため革としての価値は高くないだろうし、ゾンビの装飾品は物がランダムなので売値が安定しない。

俺がいまさっき倒した、ウィッププラントという名前がついた定置型の細木のモンスターのドロップ品は、一掴みほどの植物繊維の束だ。煮溶かして植物紙の原料にするか、縒って糸にして布にするぐらいの使い道しかない。

どれもこれも大した金にならなさそうなので、普通の探索者からしたら、モンスターと高頻度で出くわす通路なんて進んでいられないんだろうな。

では、どうして俺がこの道を進んでいるのかというと、ゲーム的な考えからだ。

高頻度でモンスターを登場させるような、ユーザーを先に進ませまいとするような場所には、お宝があるのが定番だ。

お宝があるのなら、それはもしかしたら不老長寿の秘薬かもしれない。

もちろん、第二階層なんて低い階層に秘薬があるなんて本気で思っているわけじゃないし、スマホのダンジョンアプリで地図を確認してみると探索済みの通路だったけど、万が一の可能性は捨てきれない。

どうせ行きかかった道だしと、その可能性を潰すためにも、通路の奥まで探す決意をする。

高頻度で出くわすモンスターをメイスで叩き潰しつつ、ドロップ品を余すことなく回収し、ゾンビから高そうなネックレスが出たことに喜んだりしながら、通路を奥へ奥へと進んでいく。

やがてモンスターが一度に二匹出くわす区域に入ったけど、一撃で倒せるメイスの性能任せに、どんどんと進んでいく。

しかし連続してモンスターを倒していくと、新たな問題を発見した。

ドロップ品を拾うために屈むことが、段々と億劫になってきたのだ。

第一階層のときは、モンスターを倒したらドロップ品を回収し、歩き回って次の敵を発見して倒すというサイクルで、ドロップ品を拾うために屈む間が開いていたので嫌だと思ったことはなかった。

しかし、この第二階層の通路だと、ドロップ品を回収して少し歩くとまたモンスターに出くわし、倒してドロップ品を屈んで拾うと、またすぐに次のモンスターに出くわすので、事ある毎に屈んでいる気になって嫌になってきた。

どうしたものかと考えて、俺はふと思いついた。

別に手で拾う必要なくないだろうか。

第一階層の最弱モンスターの通常ドロップ品を集める際は、手をかざした先に作った、次元収納の出入口の白い渦で吸い取ったんだし。

もっと考えれば、次元収納の出入口を手の付近じゃなくて足の爪先付近に展開できるなら、屈む必要すらなくなるんじゃないだろうか。

そう考え着いたので、さっそく試して検証してみることにした。

ではスキルを使う復習にと、まずは何時もの通りに手の先に次元収納の白い渦を出してみることにした。

「次元収納」

口で宣言すると、あっさりと白い渦が出現した。

一度渦を消し、今度は口で宣言せずに、心の中で次元収納と唱えてみる。

少し抵抗感があったが、いままで次元収納の白い渦を何度となく発生させてきたからか、白い渦は手の先に出現した。

これで俺は、手の付近に白い渦が出せる技術はあるということが確定した。

なら次のステップ。手以外の場所に白い渦を出す練習だ。

先ほどの体験から、口で宣言した方が難易度が低いようなので、口で次元収納と呟きながら、体の各部の先に白い渦が出ないかを試していく。

一通り試してみたところ、どうやら口で宣言する条件であれば、俺の視界内になら白い渦が出せるみたいだ。

ただし、白い渦が発生するのは、俺の体から二メートルほどの範囲内だけ。それ以上に離れた場所に展開しようとしても、一切出現しなかった。

治癒方術のヒールの効果範囲も同じだったことを考えると、近距離に作用するスキルの効果範囲の上限が二メートルってことなんだろうな。

これもネットや政府が公開しているスキルの情報にはなかったことだ。

まあ、次元収納はクズスキルと判断されて研究されていないようだし、治癒方術に至っては存在を知られているかすら分からないスキルだしな。情報がなくても仕方がない。

ともあれ、俺の視界内であれば、足元にも展開できるということが分かった。

これで俺は屈むことなく、モンスターのドロップ品を回収できる。

試しに次元収納からラージマウスの毛革を出して通路の床に置き、次元収納の白い渦を足先に出して回収してみることにした。

「次元収納」

俺が口で宣言すると、足先近くに置いたラージマウスの毛革の近くに白い渦が出現。軽い吸引力を発揮し、ラージマウスの毛革が吸い込まれて次元収納の中に納まった。

よし、これで本当に屈まなくてもドロップ品を回収できる。

そう喜んだのもつかの間、新たな事態が起こった。

『次元収納の容量が上がった』

唐突に脳内に響いたアナウンスに、俺は驚きから思わず背筋をビクッとさせてしまう。

驚きに騒めいた心が落ち着くのを待ってから、アナウンスについて考えることにした。

「スキルのレベルアップ？　このタイミングで？」

治癒方術スキルが、第二階層の最初の分かれ道に到着した段階で得られたことから、行動実績で条件を解除することによってスキルが得られるんじゃないかと俺は考察していた。

その考察を補強するように、次元収納スキルのレベルアップが唐突に行われた。

いまやっていたことを考えると、次元収納スキルのＬＶ３に上げるための条件の一つは、手元以外の場所に白い渦を展開して物体を入れることなんだろうな。

それ以外にもレベルアップするための条件は色々とあるんだろうけど、今までの次元収納スキル持ちがＬＶ２止まりだった最大の要因が、この手元以外に白い渦を展開させるという部分なんじゃないだろうか。

そう考えると、既存の次元収納スキル持ちがＬＶ３に上がらなかった理由に納得がいく。

俺は単独で探索しているから、ドロップ品拾いを横着しようと、手元以外の場所で展開することを考え付いた。

けどパーティーを組んでいたら、荷物持ちの役割の一つはドロップ品の回収だからと手で拾うことに疑問を持たないだろうし、仲間がドロップ品を拾って渡してくれることもあるはずだ。そんな状況で、手元以外に次元収納の出入口である白い渦を出すことを考え付けるだろうか。

「考えもしないだろ、こんな実績の解除条件」

ゲームの中には、どんな意図で実績解除の条件を設定したのかと思う、意地の悪いものが多々ある。特定のNPCキャラに最高に嫌われる会話の選択をするとか、ストーリー進行に必要不可欠なアイテムを捨てるとか、電源点けっぱなしで長時間放置とかだ。

この次元収納のレベルアップ条件も、それと同類な感じがある。

俺は、ダンジョンを造った存在がいるとしたら、ゲームの意地の悪い開発者と同類だろうなと、腹が立った。

しかし同時に、なんとなく意地の悪い条件を設定した理由にも思い至った。

なにせ次元収納スキルは、LV1からLV2に上がっただけで容量は八倍になった。

次元収納LV3の容量は、同様にLV2の八倍に増えたと仮定すると、LV1の六十八倍。登山リュックに換算して七十個弱、リットルに換算だと千七百リットル——軽トラックの荷台に満載ぐらいの量だ。

これほどの容量を一人で持てるとなったら、パーティーに一人は欲しい荷物持ちとして大活躍だろう。

そんな風に、使えない評価のスキルから一転して大活躍スキルに変わるのだから、重たい取得条件がついていても不思議じゃない。

「でも、この条件を公開するとしても、嘘乙で済まされそうなんだよなぁ」

なにせ手以外の場所に白い渦を出すという実績は、LV3に上がるための条件の一つでしかないはずだ。他の条件が揃っていなかったらレベルアップしないだろうから、公開したところでレベルアップできなくて、嘘だと判断される可能性は高い。

それに俺がダンジョンに入っている目的は不老長寿の秘薬であって、他の次元収納スキル持ちの地位向上は目指してない。

変に目を付けられないためにも、次元収納スキルがＬＶ３に上がる条件も、秘匿しておく方が無難だろう。

俺はそう結論付け、誰にもレベルアップ条件を明かさないことにした。


予想外の次元収納スキルのレベルアップがあったけど、モンスターが高頻度で出てくる通路の探索は続行する。

バシバシとメイスで叩いて倒し、ドロップ品は足元に展開した次元収納の白い渦で回収し、更に先へと進む。

量多くモンスターを倒しているため、低出現率のレアドロップ品を入手する機会もやってくる。

ゾンビの場合は宝石付きの宝飾品が、ラージマウスはラージマウスの頭と皮を取り払った枝肉が、ウィッッププラントからはコルク栓の手に包める大きさのジャム瓶に入った甘いシロップが、レアドロップ品だ。

もちろん、レアドロップ品よりも更に低確率で、魔石もドロップする。

魔石の大きさは、第一階層のモンスターがドロップするのと大差ない、でもほんの少し大きいかなと感じる程度だ。

この魔石は、二回目の進化ができるようにと、メイスに与えた。

こうしてモンスターたちと戦い続けながら進んでいると、やっぱり疲労感は重なってくるもの。

しかし俺には、治癒方術スキルがある。

「治癒方術、リフレッシュ」

リフレッシュの効果で疲労を取り払い、さらにモンスターと戦い、疲れを感じたらまたリフレッシュをかける。あくまで疲れを取るだけなので、メイスの振り過ぎによる筋肉痛の発生は抑制できないけどな。

疲れる心配なく良い調子で通路を進み続けていると、視界の先には行き止まりが現れた。

もしかしてと行き止まり周辺を調べてみると、壁の一部の石材に色味が違う部分を見つけた。試しに押し込んでみると、壁の一部が音を立ててズレ、出入口が生まれた。

やっぱり隠し部屋だ。しかも第一階層の一本道の奥にあった隠し小部屋とは違い、大人が二人並んでも入れるような大きな出入口が開いたぞ。

ではと中に踏み入ってみると、通路の幅と天井の位置を二回りほど大きくしたぐらいの、広い四角い部屋があった。

ダンジョンの中には、こうした部屋が作られていることがあり、探索者は休憩に使っている。

でもこの部屋、公開されている地図に載ってなかったなと思いながら、スマホのダンジョンアプリを起動して再確認してみた。

やっぱり、判明済みの通路だとされているのに、この隠し部屋は表記されていない。

多分、この通路を踏破した人が、この隠し部屋を見落とした状態の地図を役所に提出してしまったんだろうな。そしてモンスターの遭遇頻度が高いのに何もない通路だってことで、後続の探索者が入らないようになったって感じだろう。

こうした地図上では探索済みになっていても、実は発見されていない隠し部屋は、まだまだありそうだ。

「でも通路の奥にあったのは、お宝じゃなくて、ダンジョン部屋か」

少し残念に思いながら、部屋の中をぐるりと見渡す。

なにもない殺風景な石造りの部屋だと思っていただけど、部屋の一画——入口とは真反対の壁に造形物があった。

近寄ってみると、それは壁に半分ほど埋め込まれる形で存在する、トーガを被った女性の像。その手は洗面器のような水盆を持ち、胸先の高さに掲げている。

水盆の中を覗くと、水盆の底の方に穴が開いていて、その穴から水が湧き出ている。コンコンと湧き続ける水が台から溢れないのは、洗面台と同じく側面に空けられた穴から排水されているからのようだ。

清潔そうな水だし、ゲームの回復場所っぽいしと、俺は手で汲んで飲んでみることにした。

水盆の水の味は、蒸留酒の割り水として使うのに適してそうな、余計な主張のないスッキリとした味わいの水だった。

俺が飲む際に期待した、ゲームの回復場所のような効果は、あるような、ないような。

「ちょっと試しに、次元収納の中に入れてみて、どんな名前が出るか確認してみようか」

次元収納には、中に収容したものを区別するための、簡易的な判別機能がある。

見た目が同じ粉でも砂と片栗粉を判別できるし、ペットボトル飲料の違いも分かるし、同種の飲料でも飲みかけか否かも判別できる。

ただし、何でも判別可能かというと、そうでもない。

種類的に同じ物だと、詳しい中身の違いや、いつ次元収納に入れたものかの判別はできない。

水のペットボトルを例にすると、次元収納は水が入ったペットボトルだと判別はしてくれるが、ラベルに記載されたメーカーまでは教えてくれないし、天然水か水道水かの区別もつかない。飲みかけの場合でも、飲みかけの水とは分かるものの、いつ飲んだのか、どのぐらい残っているかは分からない。

そんな多少の不便さもある簡易判別機能でも、水盆の水が普通か否かは調べることが出来るはずだ。

俺は水盆の水の上に次元収納の白い渦を出現させ、水を次元収納に吸い込んでみた。

その結果は、次元収納の判別機能によると、水盆の水は『薬水』という分類になるようだ。

「薬水？　そんな情報、なかったはずだけど？」

字面だけ見れば、なにかしらの薬効がある水ってことだ。

では、その水を飲んだばかりな俺の身体に、なにか薬効が働いている実感があるだろうか。

腕を曲げ伸ばししてみたり、軽く跳んでみたり、体調を確認したりするが、身体に変化がある気はしない。戦闘続きで発生した筋肉痛だって、癒えた感じもしないし。

「あと残る可能性は、疲労の回復か、毒や病気を癒すかだけど」

疲労は治癒方術のリフレッシュで消してしまったし。毒や病気も食らっていないので、調べようがない。

とりあえず、次元収納の判定で、薬水であることは間違いないとは分かっているんだ、採取しておこう。

こう。

次元収納に入れっぱなしになっている空のペットボトルを出し、ペットボトルのラベルを剥がしてから中に薬水を詰める。

これは役所に提出して、話を聞いてみるとしよう。

水盆の水嵩はペットボトルで汲んだ分だけ減ったが、常に水は湧き出ているため、水位は時間と共に回復していく。そして一分ほどで元の水位に戻った。

こうして汲んでも尽きないのなら、給水所として使えそうだな。でも場所が場所なだけに、使いづらいから、利用することはないだろうな。

俺は折角見つけた隠し部屋なのにと残念に思いつつ、薬水を詰めたペットボトルを次元収納の中に入れると、戦闘続きで減った腹具合から昼食を取ることに決め、部屋に腰を下ろして休むことにした。


隠し部屋から移動して二階層の出入口のところへ戻ってきた。

俺はメイスを次元収納に入れ、代わりに大きな麻袋を取り出し、その中にドロップ品と薬水を詰めたペットボトルを入れていく。

そうした外に出る準備を終えてから、第二階層の出入口にある白い渦へと入った。

すると、第一階層に戻るのではなく、ダンジョンの外に出た。

ネットの情報通り、行きは階層を順番に上がっていくしかないけど、帰りは各階層の白い渦から外に出られるようだ。

俺は麻袋を担ぎ直すと、役所へと歩いていく。

その道すがらに考える。

次元収納がLV3になって容量に大きな余裕ができたから、台車やリアカーなんかを入れて、持ち運びを便利にしても良さそうだよな。あと、容量がどれくらいあるか、ちゃんと調べよう。一番楽に測れそうなのは、あの隠し部屋で湧く薬水を次元収納に入れ続けて満杯にして、バケツとかの容器で何杯分かを調べればいいかな。

そんな風に予定を展開している間に、役所の買い取り窓口に来た。

俺は大きな麻袋を床に置くと、その中から第二階層浅層域のモンスタードロップ品を次々に提出していく。

職員は、俺が出すドロップ品を種類毎に箱に入れて分けていく。少しあるレアドロップ品は、ちゃんと別枠のトレーに置いているな。

そうして役所に売る分を出し終えてから、最後にペットボトルに詰めた薬水をカウンターに置いた。

職員は俺が置いたペットボトルに目を向け、怪訝《けげん》そうな顔をする。

「えっと、こちらの水は？」

困惑する職員に、俺はイキリ探索者を演じながら事情を語る。

「今日、第二階層までいったんだけどよお。なんつーの。道の奥に、部屋っていうのかなあ。そんな場所を見つけてよお。その部屋の中にな、手洗い場みたいなところがあって、この水が湧いていたってわけ。良い物っぽいから入れてきたんだけど、買い取ってくれたりする？」

自慢口調で語ると、職員は困惑顔を深めながら説明してくれた。

「えっと、それはきっと、ダンジョンの湧き水と呼ばれているものじゃないかと」

「おっ⁉　なに、知ってんの？　俺、初めて知ったんだけどよお」

「私も、第二階層で発見されたという情報は初耳ですね。でも、第三階層以上の場所だと、稀に湧き水がある部屋状の場所があるんですよ。そして湧き水がある部屋には、モンスターが入ってこないので、探索者さんたちが探索の最中に憩いの場として利用されています」

「ん？　他の部屋だと、モンスターが入ってきたりすんのか？　なんか、部屋で休んでいるヤツって、結構いるって聞いたけど？」

「それがネットの知識なのでしたら、探索者が勘違いして流布した誤情報が払拭されきってないんですよ。でも、部屋の出入口を警戒すればモンスターに対処できる関係で、普通の部屋の中で休む探索者もいないわけではないので、情報を訂正することが難しいんですよね」

職員の発言から考えると、ネットの知識を丸っと信じるのは危ないみたいだ。

いまのところ致命的な齟齬はないけど、もしかしたらオリジナルチャートを修正する必要がある情報に出くわすかもしれないな。

現に、ダンジョンの部屋にも種類がある点とか、湧き水がある部屋がある点とか、情報に漏れや勘違いもあるようだし。

ダンジョンが出来て未だ二年しか経ってないから、完璧な情報というものは少ないと考えた方が良さそうだな。

その事を気に留めつつも、先の問題は薬水のことについてだ。

俺は内心で、薬水が新発見じゃないことに残念に思いながら、更なる情報を職員から引き出そうと言葉を重ねる。

「そんで、この湧き水ってのは、買い取ってくれないのかよ？」

「えっと、ダンジョンの湧き水は、単なる湧き水でして。買い取りはしていないのですが……」

職員の返答に、俺は唖然としてしまう。次元収納の簡易的な識別で薬水とでるからには、何らかの薬効があるはずだ。

「はぁ？　これが単なる水だってのか？　ダンジョンにある部屋の湧き水とか、常識的に考えて回復場所だろ！」

「そう主張する探索者の方は多いんですけど、化学的な検査では普通の水としか結果が出なくてですね」

「本当に、全く普通の水だってのか？　ダンジョンの湧き水なのに?!」

「飲むのに問題のない、綺麗な軟水のミネラルウォーターという結果です。毒物も薬物も検出されていませんね」

「さっき、他の探索者も湧き水を持ってきたっぽいことを言ってたよな。その人達の意見はどうだったんだ？」

「飲むと疲労が軽減したとか、調子が良くなったと主張してましたけど、運動後の水分補給でも同じ結果を得られますから」

湧き水は普通の水でしかないと結果が出たので、探索者の実感は単なる勘違いとして処理されたということだ。

「その決定は、いつぐらいに出たんだ？」

「ダンジョンが現れて、半年ぐらいには」

「そこから再評価したりはしねぇの？」

「事情を知らない方が持ち込んで来て同じ主張をするので、この二年で三度ほど再調査されたとは聞いております」

それでも湧き水の薬効成分は検出できなかったので、今では単なる水と断定されているというわけだ。

この検査結果にに対する反論が、実は一つだけある。

「でもよ、ダンジョンの宝箱で見つかるっていう、傷治しポーションってのも、現代科学じゃ解明できてねえんじゃなかったっけか？」

「この水が同じものであると？」

「違うってのも言えなくね？」

「残念ながら、ポーションについては、化学的な薬効成分が見つからなくとも、飲めば傷が治ることが確認できますので。ですが、この湧き水はそうではありません」

政府としては、湧き水に効果があるかもしれないとは思っても、実用的じゃないものに金を払う気はないってところだろうな。

どうあっても買い取ってくれないのなら、やることは一つだよな。

俺は事情と理由に納得すると、薬水の入ったペットボトルを手に取り、キャップを空けて一気飲みした。

「ごくごくごくごく。ぐはーーー！　チッ、無駄骨だったぜ！　わざわざダンジョンから汲んできたってのによお！」

ペットボトルをぐしゃぐしゃに潰しながら、失敗体験を大声で周囲に喧伝《けんでん》した。

すると俺の目論見通りに、職員からは生暖かい目を向けられ、近くにいた探索者たちからは失笑された。

これでますます俺は、無能イキリ探索者だと思われたに違いない。

内心で予想通りな状況にほくそ笑みつつ、表面上は不愉快という様子を装って職員にドロップ品の換金を催促して、俺への評価の下落をダメ押しすることにした。


東京ダンジョンから自宅に戻った。

鉢金と防具ツナギを着けて少し膨らんだ麻袋を持っての帰路を終えて、俺は自宅で一息ついた。

「さてと、じゃあ夕食にするか」

このアパートに越してきた当初は、家電は残置物の冷蔵庫とエアコンしかなかった。

しかしそれだけでは不便だったので、ドグウの手甲を得ようと第一階層をうろうろしていた時期に、ドロップ品を売って金が入ったからと日用雑貨と電子レンジを購入した。

この電子レンジは、ポストに入っていたチラシのリサイクルショップにあった、日本メーカーの中古品。

発売当初は高級品だったようだけど、今じゃ製造されてから十五年が経過しているので、家電的な価値がないからと千円で投げ売りされていた。

電子レンジがあれば、水を沸かすこともできるし、総菜や冷凍食品を温めたり、簡単な料理だって作れると購入を決意。

これのお陰で、休日は買ってきた、パックご飯、カット野菜に豚コマ肉を載せて塩コショウを振ったもの、それらを電磁波で温めただけのズボラ飯を食べたりしている。

防具ツナギを作った際に、冷蔵庫の中が空になってて出番がなかったように、毎日活躍しているとは言えないけどな。

そんな新家電の電子レンジに、今回も活躍してもらうことにした。

麻袋の中から、ダンジョンで入手したドロップ品——ラージマウスの枝肉とウィッププラントのシロップを出して、流し横の調理台に置く。

このラージマウスの肉を、電子レンジで加熱して食べるわけだ。

「モンスターの肉は美味しいって聞くけど、どの程度なのか楽しみだ」

俺は自宅で包丁代わりに使っている、最弱モンスターが出る通路の奥にあった小部屋から回収した、罠に使われていた投げナイフを取る。

魔石を取る度に一つずつ回収していったら、それなりの数になってしまったので、日用品に流用している。

ペティナイフぐらいの刃と、手で握りこめないほど短い持ち手だけど、簡単な料理なら用が足りるから重宝している。

ラージマウスの枝肉の重さは、内臓と頭部がないので、だいたい三キログラムぐらい。

今回は、肉が詰まってそうな後ろ脚と、脂がありそうな腹周りの肉を半量分食べることに決めた。

ナイフで枝肉の関節を破壊するようにして解体し、今日食べる分以外はポリ袋に入れて口を縛って冷凍庫へ。

食べる分の肉に、塩コショウを適量振り、揉みこむ。

その作業の後、ウィッププラントのシロップを全面に纏わせた。このとき、手についたシロップを舐めてみたのだけど——

「——あっまっ⁉　コーヒーシロップより甘いんじゃないか、これ」

これほど甘いとは思ってなかったので、ちょっと肉に掛け過ぎたかもと思いつつ、耐熱皿に肉を乗せてラップをかけ、電子レンジで長時間温めていく。

設定時間が経てば、ローストチキンもどきの出来上がりだ。ラージマウスの肉だから、ローストマウスだろうけどな。

そんなことを考えつつ、肉が温まるまでの時間を、使用したまな板とナイフを洗い、そしてスマホでネット投稿されたラノベを読みながら過ごす。読んでいくのは、たまたま目に入った、転生して幼女になった主人公がチートなしに頑張っていく話だ。

苦労する転生幼女の姿にハラハラしている間に、設定した時間が過ぎてアラームが鳴った。

皿を少し引き出し、ラップをめくり、先ほど洗ったナイフを肉の中心に突き刺して、少し待つ。ナイフを引き抜き、その剣身に唇を当てて、金属が温まっているか——肉の中心にまで熱が入っているかを確認する。

ちゃんと熱が通っていると判断できたので、さっそく実食だ。

塩コショウで味付け、シロップで表面をコーティングしただけの、簡単調理。しかも電子レンジで温めるという手抜き料理。

果たしてその味はと、脚肉をナイフで削いで口に入れる。

「おっ、美味い！」

超絶簡単手抜き料理なのに、上等なローストチキンのモモ肉を口にしたような味わい。

さっぱりとした口当たりだけど若干獣臭さがあるので、鶏と豚の間の肉の味って感じだ。

この肉の味に、揉み込んだ塩コショウの塩味のあるスパイス感と、ウィッププラントのシロップの甘さが合わさることで甘塩っぽい味わいになり、使用してないので醤油独特な焦げに似た味はないけど、照り焼きっぽい風味に仕上がっている。

腹肉の方も食べてみると、脂が乗っているためか、より照り焼きっぽさが強い。

「これは米が合う。絶対にだ」

俺は買い置きしていたパックご飯を電子レンジに入れて温め、火傷を気にせずに開封する。

ローストマウスの肉を削いで温めたご飯の上へ。箸を掴んで、ご飯と肉とを口の中へ。

美味い以外の感情はない。

俺は黙々と肉とご飯を食べ進め、あっという間に調理した肉もパックご飯も胃に収まってしまった。

「ああ、満腹だー」

重たいお腹をさすってから、使用した皿と調理器具を洗うことにする。このまま床に腰を下ろしたら、腹の満足感から動く気がしなくなって、明日の朝までシンクに洗い物を置いてきそうだからな。

洗い物をささっと終えると、マットの上に寝転がる。

途端、予想していた通りに動く気がなくなったので、スマホを電源に繋ぎながら、先ほど読んでいたラノベの続きに目を通していく。

掲載されている分を読み終えたら、今度はアニメ視聴。ネットのストリーミングテレビで一挙放送されている、俺なにかやっちゃいました系の異世界転生物語のアニメを見ていく。

現代知識を利用して資金を稼ぎ、生まれ持った豊富な魔力を使って魔法で悪者を倒し、経済と暴力と人柄の魅力で出会う女性を次々と堕としてハーレムを形成していく、典型的なろうアニメ。

「うーん。ハーレムって、全然羨ましくないんだよなー」

多数集まった女性の厄介さは、学生生活と会社員時代に身に染みて知っている。

その経験から判断するに、多数の女性と肉体関係になるだなんて、考えることすら恐ろしい話でしかない。

なろうな物語上のご都合主義で、その手の描写はされないと分かっていてもだ。

「けど、この誰も真似できないような戦闘力は、ダンジョン探索に使えそうだから欲しいよな」

チート主人公並みの戦闘力があれば、現代ダンジョンの階層をささっと突き進んで、高階層にあるであろう不老長寿の秘薬を手にすることも簡単だろう。

そして俺は、不老長寿となったら、きっぱりと探索者を止めて普通の会社員に戻ると決めている。

「でも探索者って、会社員よりも稼げはするんだよなあ……」

俺の趣味は、日本のアニメやゲームにラノベというサブカル系を楽しむこと。ついでにハリウッド映画もそこそこ見る。

この手の趣味は、安く済ませようと思えばそれなりに安くできるものの、金をかけようと思えば青天井だ。

過去、金がないからと諦めたあれやこれも、探索者活動で大金を得れば購入することは可能だろう。

では、身の危険を押してまで金を得るか、身の安全を確保してそこその給料で我慢するかで判断するのなら――

「――やっぱり安全に稼ぐ方が良いよな。なにせ死んでしまったら、アニメもゲームもラノベも体験できなくなっちゃうし」

不老長寿の秘薬があるかもしれないという可能性がなきゃ、俺はいまでも普通に会社員をしていたはずだしな。

やっぱり不老長寿になったら探索者は辞めてしまおうと決意して、俺はアニメの続きを倍速で視聴していくことにした。


今日も今日とて、東京ダンジョンへ。

第一階層から第二階層へ移動する道すがら、モンスターと戦ってみた。

その戦いの際に感じた手応えに、俺は肩をすくめる。

モンスターの肉を食べると肉体が強くなる、って題材のラノベ作品がある。

その設定が現代ダンジョンにも通用するのか、昨日モンスタードロップ品の肉を食べた機会にと実証検分したのだけど、効果は実感できなかった。

食費が助かるから、これからも食べ物がドロップしたら積極的に食べるようにはする気でいるけど、それ以上の効果は期待しない方が良さそうだな。

さて検証は終わったしと、俺は第二階層へいく階段を上りながら、今日はどう行動するべきかを考えていく。

俺のオリジナルチャートに従うのなら、順当に二階層の奥へと行くべきだろう。

しかし昨日見つけた、隠し部屋の存在が、俺に新たな選択肢を作らせようとしてくる。

あの隠し部屋は、スマホのダンジョンアプリにある地図には載ってなかった。

つまり地図には抜けがあり、そして抜けた部分には隠し部屋や隠し宝箱があると予測される。

俺の目的は不老長寿の秘薬。見つかっていない宝箱の中に、その秘薬が入っている可能性は捨てきれない。

なにせ第一階層の最弱モンスターが出る一本道の最奥には、小さめの魔石が手に入る隠し小部屋があった。それと同じように、第二階層では手に入らないと思われているような物品が、隠し部屋や隠し宝箱から見つかる可能性は高い。

そんな隠し部屋や隠し宝箱がないかを探すため、ダンジョン内の通路を虱潰《しらみつぶ》しに調べるべきなんじゃないか。

そう考えるのと同時に、こうも考えてしまう。

たとえ隠された宝箱の中に貴重な物品が入っているとしても、第二階層なんて低階層に不老長寿の秘薬があるものだろうかと。

先へ進むべきか、調べ回るべきか。

どちらにするか悩みながら階段の先にある黒い渦に入り、第二階層の出入口に到着した。

次の分かれ道までには行動を決めないとなと考えていると、俺の耳に人の声が入ってきた。

声の主は三人の探索者。年齢は俺と同程度の二十代。三人とも防具は剣道着で得物は日本刀。日本刀といっても、剥き身で持っている刀の刀身を見るに、作りが荒くて樋《ひ》という溝すらない数打ち品であり、恐らくは機械打ちの行程が含まれる安物だ。

その立ち姿から、政府が公開している既存攻略チャートに従っている、ライト層の探索者だと分かる。

そんな三人組が、俺の方をチラチラと見ながら内緒話をしていた。

「なあ、あの人って」

「ああ、そうだよな」

「じゃあ、聞いてみるか?」

よく分からないが、俺に用があるみたいだ。

それならと、俺は他の探索者がいる場所ではイキリ探索者を装うと決めているので、内緒話に腹を立てた演技で話しかけることにした。

「おい！　なにか俺に用事があるってのか⁉」

大声で呼びかけると、三人組はビクッと反応してから愛想笑いを浮かべた。

「ええと、その。第二階層に湧き水のあるダンジョン部屋があるって、本当ですか?」

そう聞いてくるってことは、昨日俺と買い取り窓口の職員がしていた話を、役所の中で聞いていたんだろうな。

「ダンジョン部屋ぁ?　あるが、それが何だってんだ！　湧き水が普通の水だって知らなかった、俺を笑う気かあぁあん⁈」

苛立ってますよと示す演技をすると、三人組は慌てて手を横振りして否定の意を示してきた。

「そ、そうじゃないんです。ただ、俺たち、その部屋に行こうとしていて」

「二階層の浅い場所で、モンスター狩りを主にしているんで、拠点にしようって」

「湧き水のある部屋は、モンスターが入ってこれないから、休憩場所にいいからって」

口々に事情を話してくれたので、俺も苛立った演技を止める。そして今度は、馴れ馴れしい態度の演技をする。

「なんだよ、そういう事なら早く言ってくれなきゃよお。それで湧き水のある小部屋だよな。ああ、あるぜ。お前ら、スマホ持ってるか。ダンジョンのアプリが入ったやつをよ」

「あります。えっと、はいどうぞ」

「ありがとよ。んで、ここが第二階層の出入口だろ。ここの分かれ道をこういって、この道をこう。そんで、こういう風に進んだ先、この行き止まりに、部屋があるぜ」

地図の道順を指で示しながら教えると、三人組は疑いの目を向けてきた。

なにせ地図上には部屋なんてないんだから、疑うのも当然だろう。

「えっと、本当にあるんですか？」

「行って調べてみたら、あるってわかる。とりあえず行ってみるこった」

俺が教えるものは教えたという態度を取ると、三人組は再び内緒話に戻る。そして二、三言葉を交換した後で、俺が教えた場所へ行ってみる決定をしたようだった。

「ありがとうございました。行ってみます」

「おう。頑張れや」

俺が無駄にデカイ態度で送り出すと、三人組は内心に不安がある様子のまま教えた場所へと向かっていった。

さて、俺がこうして部屋の場所を教えたのには訳がある。

部屋のある場所に行くまでの道程は、モンスターに高頻度で出くわすことになる。そして目当ての部屋は、隠し部屋になっている。

あの三人組が、大量のモンスターを突破して辿り着き、隠し部屋を開くスイッチを見つけられたのなら、問題はない。単純に俺が教えた通りということになるからな。

でも、もし隠し部屋を見つけられなかったら、あの三人組は俺に騙されたと思うんじゃないだろうか。そして騙されたと感じたら、俺のことを嘘つきだと風聞を流すはずだ。

そうして俺が嘘つきだという噂が蔓延すればするほどに、俺に近づこうという探索者はいなくなり、それは他の探索者たちとは距離を置きたい俺としては願ったり叶ったりの環境になる。

つまるところ、俺にとって価値のない隠し部屋の情報で、望んだ環境が手に入る可能性があるのだから、教えない手はないってわけ。

ということで、あの三人組に鉢合わせしないよう、俺は第二階層の少し奥に進むことにしよう。

今日の行動方針が解決したので、俺は足取り軽く先へ進むことにした。


俺はスマホのアプリの地図で順路を確認し、その通りの道順で第二階層の中層域に踏み入った。

どうして中層域に入ったかと分かったかというと、新たなモンスターと出くわしたからだ。

会敵したモンスターは、緑色の肌を持つ、百二十センチメートルほどの背丈のゴブリン。第一階層のレッサーと比べると、二回りぐらい大きい感じだ。

そしてレッサーは素手だったが、このゴブリンは指先から手首までぐらいの長さの剣身の短剣を持っている。ここも違う点だな。

武器を持っているという点は、第一階層の別のモンスターのコボルドと同じだが、ゴブリンとコボルドでは体の構造が違っている。

「ゴブリンには鎖骨があるだろうから、コボルドみたいな上から下に振る動きだけじゃないはずだな」

懸念を自覚するために言葉を口に出した直後、ゴブリンは懸念の通りと教えてくるかのように短剣を振り回しながら近寄ってきた。

運が良いのか悪いのか、順路上には探索者が行き交っているはずなのに、俺の前に探索者はいない。必然的に、俺がゴブリンの相手をすることになった。

天井から差す光を、ゴブリンが振り回す短剣の剣身がギラリと照り返す。

その危険な輝きに、俺は思わず腰を引いてしまいそうになる。

しかし第一階層でコボルドを倒した経験と、身体にある防具ツナギの防御力、そして手にあるメイスの攻撃力を信じて、勇気を奮い立たせる。

装備は万全なんだ。怖気づくな、俺。

俺は心を静めてメイスを振り上げ、ゴブリンが間合いに入ったらメイスを振り下ろす事だけに意識を集中させる。

こうして待ちの姿勢でいると、ゴブリンはなにを勘違いしたのか、顔中に笑みを浮かべてきた。

あの顔つきからして、たぶん俺が怖気づいて動けなくなったと勘違いしているんだろうな。

普通、武器を振り上げた状態で立っている人がいたら、攻撃を警戒するものだろうに。

その思考回路の不可解さに疑問を感じていると、ゴブリンが俺の攻撃可能圏内に入り込んできた。

「せいいい！」

俺は気合の言葉を吐き、メイスを力強く振り下ろした。ここまで何匹ものモンスターを叩き潰してきた。メイスでの当て勘は確立済みだ。

ゴブリンは、俺が攻撃してくるとは思っていなかったのか、急に驚いた顔になる。そして両腕で頭を覆って防御の体勢へ。

俺が振ったメイスが命中。ゴブリンの武器を持っている方の腕の骨肉が砕ける感触が、メイスの柄を通して伝わってくる。そしてゴブリンは潰れた腕から短剣を落とした。

これはチャンスだ。俺はもう一度メイスを振り上げ、今度はゴブリンの頭の骨を粉砕した。

この一撃が致命傷になり、ゴブリンは薄黒い煙と化し、ドロップ品で紐のようなものを落とした。

拾い上げて確認すると、緑色と焦げ茶と黒赤の色に染められた糸を縫って作った腕輪――ゴブリンのミサンガというドロップ品だ。

手甲をはめている手首に当ててみると、巻いて結ぶのにちょうどいい長さをしていることが分かる。

しかし、このミサンガは普通の糸で作られた装飾品。売ったところで大した値段がつかない。

それでも売れば小銭にはなるし、俺の次元収納の容量は十分な余裕があるしと、回収しておくことにした。

「さて、次と行こう」

意気込んで、俺は二階層の中層域を進んでいく。

少し進んで、新たに出くわしたゴブリンを今度は一発で倒しきり、ドロップ品のミサンガを回収して先に進む。

さらに少し歩いたところで、俺の鼻は異臭を感じ取った。

嗅いだことのある臭気――第二階層浅層域でゾンビと戦ったときの臭いだ。

ということはと先に進むと、通路の先には、ゾンビはゾンビだが、ゾンビの犬がいた。

右側の顔面が腐り溶けて虚ろな眼窩《がんか》と黄色い骨を晒している、腹から縄のように腸を垂れ提げた、狼っぽい毛並みが残っている犬。

そのゾンビ犬は、某ゾンビゲームのゾンビ犬とは似ても似つかないほど、ノロノロとした足取りで近づいてくる。

ゲーム好きの俺としては、ゾンビ犬は走るものというイメージがあるから違和感しかない。ゾンビとしては、このゾンビ犬の方が相応しい振る舞いなんだろうけどね。

俺はメイスを構え、ゾンビ犬を注視する。

ゾンビ犬の口からは、ダラダラと涎が垂れている。その涎からは酷い悪臭が漂ってくる。

ダンジョンでゾンビを倒した経験から、モンスターを倒すとその臭いや体液は消えることは分かっている。

でも、ゾンビ犬に噛まれて涎が体内に入ったらと考えると、病気になる予感しかしない。

「防具ツナギには、装甲板と革があるんだ。噛みつきを止めてくれるはず」

言葉を出す事で自分自身を安心させる。そして攻撃こそ最大の防御だと覚悟を決めて、一撃でゾンビ犬を倒すことにだけ注力する。

近寄ってくるゾンビ犬に、こちらも歩き寄っていく。

そうしてメイスの攻撃可能圏内に捉えた――と思った瞬間、ゾンビ犬の方が先に跳びかかってきた。

「んな⁉」

腐った脚にも拘らず、予想外に力強い跳躍。

ゾンビ犬が喉を狙って開けた大口に、俺はメイスの柄を押し当てる方法で防御した。

「このぉ！　臭いんだよ！」

俺はゾンビ犬を蹴り飛ばして離れさせた。

するとゾンビ犬は、跳躍はできても踏ん張ることは腐った脚ではできないようで、蹴り飛ばされた先で床に横倒しになった。

立ち上がる前に攻撃をと、俺は急いでゾンビ犬に近づき、メイスで頭を粉砕して止めを刺した。

ゾンビ犬が薄黒い煙と化して消える間、俺はメイスと蹴った足の状態を確認する。メイスや足に着いていたゾンビ犬の涎や腐った肉片もまた、薄黒い煙に変わって消えていった。嗅いでみたが、臭いもしなくなっている。

そんなダンジョンの不思議を体感した後で、ゾンビ犬のドロップ品を確認する。

ただし手で拾ったりはしない。なぜならゾンビ犬のドロップ品が、全体がエメラルドグリーン色でヌメヌメした光沢を放つ肉だからだ。この見た目から、探索者たちから『腐った肉』と名付けられている。

この腐った肉も売れるんだろうか。そんな疑問もありつつも、俺は手の先に次元収納の出入口である白い渦を出現させ、肉を吸い込ませる形で次元収納の中に収めた。どうして足元に白い渦を展開させる方法を取らなかったのかは、俺の後続にいる探索者にその方法を見せないため。

まあ、知られたところで、次元収納スキルはクズスキルっていう認識が広がっているから気にされないだろうけど、一応念のためだ。

ともあれ、腐った肉を役所の買い取り窓口に売る際は、次元収納にあるレジ袋に入れて、口を縛ってから提出することにしよう。

腐った肉は小銭程度にはなるのか、はたまた買い取り拒否されるのか、結果が楽しみだ。

腐った肉を回収後、俺は新たにゾンビ犬を一匹倒し、ゴブリンを一匹ずつ二回倒した後で、新たなモンスターと出会った。

頭、身体、二の腕、前腕、太腿、脹脛に該当する位置に、大きさの違う六つの四角い石が組み合わさった、ずんぐりとした姿の全長百センチメートルほどの石の人形。その見た目から、ミニゴーレムと名付けられたモンスターだ。

ミニゴーレムは、右足、左足と、交互に振り上げるようにして、俺に向かって歩いてくる。

そのコミカルな動きは、その人間の形を石材で誇張表現《カリカチュア》したような体型も合わさって、どことなくマスコット的な面白みがある。

それこそ役所あたりが、ダンジョンにもっと人を呼び込むためにと、ゆるキャラでミニゴーレムちゃんってのを作りそうな予感がするほどだ。

そんなコミカルな見た目でも、ミニゴーレムはモンスター。

石の体は硬くて重そうで、あの腕で殴られたら、良くて青あざ、悪ければ骨折するだろう。

見た目に騙されて気を抜いてはいけないと、俺は気を引き締める。

この手の鉱物系のモンスターは、ゲームだと鈍器系の武器が有効なことが多い。もしくはピッケルとかだ。なら、俺の得物はメイスなので、戦いやすいモンスターのはずだ。

それならと、俺の方からも距離を縮めて先に攻撃することにした。

メイスはガッと音を立て、ゴーレムの頭部にあたる石に命中。大きくヒビを入れた。

しかし、ミニとはいえどゴーレムだ。その耐久力は並じゃないようで、メイスの直撃に持ちこたえた。

そしてミニゴーレムは、攻撃されたお返しだとばかりに、大きく腕を振り回す攻撃をしてきた。重たい物体を振り回すとき特有の、振り始めの出かかりが遅く、途中から勢いがついて早くなる動きだった。

俺は、あえてメイスの柄で防御してみたところ、大きく吹っ飛ばされてしまった。

全力タックルもかくやという威力を体感して、俺は体から冷や汗が出る感覚から、つい愚痴が口から洩れる。

「他二匹に比べて、防御力と攻撃力が上がり過ぎだろ」

いや、攻撃力が上がった分だけ移動速度を遅くすることで、全体的なつり合いを取っているのか。

俺がそんな考察をしていると、順路で俺の後続にいる探索者パーティーからヤジが飛んできた。

「おいおい。役所の職員相手には大いにイキっているくせに、モンスター相手じゃ腰砕けなのか〜?」

「ダメそうなら、代わってやったっていいぞー」

ああしてヤジってくるってことは、俺のイキリ探索者の演技が浸透しているってことだから、嬉しい出来事ではある。

それならと、もっとイキリ評価を固めるような態度で、このミニゴーレムを倒すべきだろうな。

「うるせえ！　黙って見てろ！　俺なら、この程度のモンスター、楽勝だっての！」

俺はメイスを両手でしっかりと握ると、雄叫びを上げながらミニゴーレムに突撃した。

「うおおおおおおおおおおおお！」

大声を上げながら、メイスで絶え間ない乱打を行う。

ミニゴーレムは、両腕で防御する態勢になり、こちらの猛攻を耐え凌ごうとする。

俺は構わずに、乱打、乱打、乱打。息が切れそうになるが、乱打、乱打。

そうして大量の打撃を与えていき、やがてミニゴーレムの防御に使っている腕が砕け、そして乱打はミニゴーレムの胴体と頭に当たるようになった。

「これで、終わりだああああああ！」

肺にある最後の一息を吐き切るように叫びながら、渾身の力でミニゴーレムの頭部にメイスを叩き込んだ。

こうして両腕と頭を粉砕されて、ミニゴーレムはようやく薄黒い煙に変わって消えた。

俺はフウフウと荒い息で呼吸しながら、ドロップ品を拾い上げる。

マットな色調の黒一色の石の板。大きさは三十センチ四方ほど。厚みは十センチメートルってところ。

このミニゴーレムが残す石板は、ランダムで材質が決まる、単一石材の板って情報だった。だから材質によって値段もまちまちで、大理石のプレートなら大当たり、建築資材や工芸品に使えるものなら当たり、それ以外はハズレという評価だ。

では俺がいま入手した黒一色の石板は、当たりなのかハズレなのか。

俺は石材に詳しくないので、判断はできないな。それでも、ゴブリンとゾンビ犬の通常ドロップ品に比べたら、換金でいい値がつくだろうとは予想がつく。

この石板も次元収納に入れてしまう。次元収納の判定でも、単純に石の板と出たため、石材がなんなのか分からない。

ともあれ、次元収納は容量だけは決まっているものの、中に入れる重量は気にせずに仕舞えてしまうので楽だ。

既存チャートに従って身体強化スキルを選んだ人だと、背負ったリュックにドロップ品を入れなきやいけないので、ミニゴーレムの石板みたいな重くて嵩張《かさば》るものは拾わないんだろうな。

ふうっと深呼吸してから、俺は後ろでヤジを飛ばしてきていた探索者たちに、やってやったぜという顔を返す。

その探索者の口惜しそうな顔を堪能してから、順路を先へと進んでいくことにした。


俺は順路に沿って中層域を進み続けていく。

先ほど戦った、第二階層中層域のモンスターたち。そのレアドロップ品も情報収集して分かっている。

ゴブリンからは短剣。ゾンビ犬からは毒々しい色の犬歯。ミニゴーレムからは鉄の鍋蓋に似た小型のバックラー。

短剣は使う気はないし、犬歯には毒があったはずだから素手で触れたくない。バックラーは装備品としてはアリだが、俺の主武器は両手持ちのメイスだ。盾で片手を塞ぐことはできない。

つまり俺にとって必要のないものばかりなので、モンスターを倒し回ってまで確保するべきドロップ品じゃないから、無視していい。

あと中層域で気にするべき点があるとするなら、それはアプリの地図の端にある区域。

中層域のモンスターの通常ドロップ品は換金率が悪いものばかりだからか、ダンジョンに稼ぎに来たライト層の探索者が道中で移動を切り上げたかのように、中層域の端っこのあたりに未探索通路の領域が少しだけ存在する。

ゲームだと、こういう意味深に探索されていないところに、良いアイテムが置いてあることが往々にしてある。

現代ダンジョンでは、一本道の奥に隠し小部屋があったり、モンスターの出現頻度が高い道の奥に隠された休憩部屋があったりと、その手のお約束を踏襲している傾向がある。

もしかしたら、この未探索な場所でも似たようなことが起こるかもしれない。

そう期待して、探しにいってみる価値はあるんじゃないだろうか。

しかし日本どころか世界中で、俺の目的である不老長寿の秘薬は、第二階層では発見されていない。

その事実を考えると、いくら意味深に見える場所があるとしても、自分の目的を考えてスルーして先へ進むべきだろう。

俺の理性はそう主張して止まらないが、もしかしたらお宝があるかもしれない、それが不老長寿の秘薬の可能性だってあると、心情的に未探索な部分を調べてみたい気持ちがわいてくる。

それに俺って、一本のゲームを長時間遊び尽くすタイプのゲーマーで、ダンジョンマップの端から端まで探索してから次に行くゲームプレイをしてきたから、この手の気になる場所を放置する気になれないんだよな。

理性に従って未探索な場所は放置して先に進むべきか、もしもに期待して未探索の場所に行くか。

俺は悩みに悩み、そして決断する。

オリジナルチャートには反する形になるけど、この中層域の未探索の場所に行ってみて、不老長寿の秘薬がないならないと確定させるべきだと。

こんな寄り道、ガバガバチャートもいいところだけど、取り方不明な不老長寿の秘薬を取ろうとしているんだ、このぐらいのガバチャーは仕方がない。

そう決意したからには、俺は次の分かれ道から順路を外れ、中層域にある未探索区域へ向かうことにした。

俺の後続にいた探索者たちは、俺が突然道を逸れたことに驚いた様子だったが、彼らはそのまま順路に従って、深層域方面へと歩いていく。

こうして俺は一人、スマホで地図を確認しながら、最短ルートで未探索の場所へと進んでいく。もちろん、出くわすモンスターをメイスで叩き潰しながら。

ミニゴーレムは硬くて倒すのに時間がかかるから出くわさないようにと祈ったものの、それが逆効果だったかのように何度となくミニゴーレムと遭遇しながら、通路を進んでいく。

やがて二匹一組でモンスターが現れるようになり、それでも先に進んでいって、ようやく地図上に記載された未探索区域に辿り着いた。

では早速と、その場所の探索を始める。そして直ぐに、俺はこの区域が探索されずに放置されている理由が分かった。

今までのダンジョンの通路は、直線通路、曲がり角、分かれ道で構成されていた。

しかしこの場所では、それらに加えて、三回以上連続した曲がり道があったり、急に道の途中が狭くなっていたり、行き止まりかと思ったら横壁の下半分の位置に通路が開いていたりと、明らかに今までと違った構造になっていた。

「ここ。地図上での範囲としては狭いけど、構造が人を迷わせる作りに変わっている」

迷路状の作りの通路で先の見通しが悪いのにもかかわらず、この場所に出るモンスターは二匹一組だ。

しかも場所によっては二匹一組を二連戦するハメになって、実質四匹一組と戦う場面もある。

迷路状の通路と、二匹一組のモンスターと戦い続ける厄介さ。それらの要素が合わさったことで、探索者たちはこの場所を忌避してしまい、未探索のままになってしまったんだろうな。

だが俺は、逆に探索する意欲が湧いた。

この手の攻略が面倒な場所だからこそ、より良いアイテムが隠されているという予感がするからだ。

もしかしたら、俺の興味本位な決断は、英断だったかもしれないな。

そして、この場所が未探索のままということは、他の探索者はやってこないと言うことでもある。

加えてモンスターの一種類は、ゾンビ犬というアンデッド系——つまり治癒方術スキルのヒールで確殺できる相手だ。

これはもう、ゾンビ犬と出会ったらヒールで倒して楽をしろと言っているようなものだよな。

俺はダンジョンアプリのマップを立ち上げ、手書き機能をオンにして、迷路で迷わないように、俺が進んだ経路を手書き機能を使って地図上に書きながら先に進んでいく。

どうせ虱潰しに探索する気だしと、最初の方は勘で道を選んでいく。

そうこうしている内に、モンスターと会敵。ミニゴーレム二匹だ。

ミニゴーレムたちは、お互いが振り回す腕に当たらないよう距離を離しながら、俺に近づいてくる。

でもその隊列じゃ、複数匹いる有利を活かしきれないと思うんだけどな。

俺はスマホを内着の方のツナギのポケットに入れると、メイスを構えて片方のミニゴーレムに突進。

頭部にあたる石に一撃を加えた直後に、素早く二撃目を叩き込んだ。

二連撃により、その石が割れて、ミニゴーレムは薄黒い煙に変わり、白地に黒斑の石板をドロップした。

残るミニゴーレムが腕を振って攻撃してきたのを、俺はバックステップで避けてから、同じように頭部へ二連撃を打ち込んだ。今度のドロップ品は、細かい砂が圧縮して固まったような石板だった。

俺は懐からスマホを取り出しながら、足元に次元収納の白い渦を出す技術でもって、石板二枚を回収する。

再び地図を見ながら進行を開始し、適当に道を選んで進み、今度は行き止まりにぶち当たった。

周囲を確認して、どこかに抜け道やスイッチがないかを確かめるが、ここは本当に行き止まりなだけのようだ。

俺はスマホの地図に行き止まりを書き込んでから、ここまでの道程を再確認してみた。

「地図を埋めるのも大変だ。不老長寿の秘薬を手にする目的がなきゃ、マッパーを雇いたいところだ」

行き止まりだからと来た道を引き返していると、行き道には出会わなかった場所にゾンビ犬とゴブリンの組み合わせがいた。

俺が通過した後に、他の場所から移動してきたのか。それとも人が通過した後に湧いて出てくるような、魔法的な出現方法なのか。

新たな疑問が浮かぶが、とりあえずモンスターの処理が先だ。

俺はまず、短剣という凶器を持つゴブリンの方を先に倒すことにした。ミニゴーレムの頭部を破壊するのと同じ力加減で殴りつけたので、ゴブリンが腕で頭をかばったけれど、その腕ごと頭蓋骨を砕くことができた。

ゴブリンが煙になって消えると、ゾンビ犬が遅まきながらに跳びかかってきた。

初遭遇の際は驚いた跳びつき攻撃だけど、いまは動き方が分かっているので、冷静に対処できる。

俺は一歩横に素早く位置をずらして跳びかかりを避けると、ゾンビ犬に向かって手を伸ばした。

「治癒方術、ヒール」

宣言した直後、ゾンビ犬の全体に淡い光が現れ、その直後にゾンビ犬は薄黒い煙に変わって消えた。

やっぱりアンデッド系のモンスターは、ヒールで一発のようだ。

二匹の通常ドロップ品を次元収納に入れ、さらに迷路状の通路を進む。

ミニゴーレムとゴブリンはメイスで殴り倒し、ゾンビ犬はヒールで瞬殺。そうやってモンスターと戦いながら、自由気ままに道を歩いていけば、徐々にではあるものの迷路の全容が解明されていく。

このまま順調に迷路を全て踏破できそうと思ったところで、落とし穴に気付いた。

落とし穴といっても、迷路に罠があったわけじゃない。この迷路を踏破する手法の穴、という意味の方の落とし穴だ。

その落とし穴とは、スマホのバッテリーの消費が激しいこと。常にアプリを起動しながらマッピングしているので、みるみるバッテリー残量が減っていっていることに、遅まきながらに気付いたんだ。

このバッテリー残量がなくなる前に第二階層の順路まで戻らないと、俺は迷路の道が分からなくなってダンジョン内で迷子になってしまう。

うっかりしていた部分に気付いた時点で、バッテリー残量が十パーセントしか残ってなかった。

「ギリギリだけど、なんとか間に合いそうだ」

俺は急いで迷路から引き上げることに決め、スマホの地図を見ながら撤退した。ダンジョンの外に出た後でモバイルバッテリーを購入すると、固く決意しながら。

ダンジョンに迷路状の通路を発見した翌日。

この日は休日にして、家電量販店にモバイルバッテリーを購入しに行った。

そして、より大型で大容量かつ急速充電が可能な全個体電池式のタイプの、ポータブル電源を買うことになった。

いや、当初はモバイルバッテリーを購入する気でいたんだけど、どれが良いかと店員に質問したら、彼のセールストークを聞いているうちにポータブル電源を購入することになっていた。モバイルバッテリーは持ち運びを重視した設計だから、荷物の中に入れられるのならポータブル電源の方が充電量が多くてスマホの充電も捗るからと、その説明には納得はしたんだけど、腑に落ちない部分はある。

ともあれ、俺の三勤一休な探索者ライフにポータブル電源の蓄電量はマッチしていて、無充電で三日間のダンジョン探索のスマホへの充電は可能だし、その後の休日に自宅のコンセントから満充電にすればいいので手間も少ない。

結論として、ポータブル電源は良い買い物だったと断言できる。

そんな高い買い物をしたついでに、折りたたんで運べる軽量金属《アルミ》式のリアカーも購入した。

こちらはダンジョンから出る際に、次元収納のドロップ品を移して役所に持って行くのに使うためのもの。

本体重量が三十キログラムもあって持ち運びには向いてないけど、ダンジョン内では次元収納に入れておけばいいし、役所に持って行くのに使った後はもう一度ダンジョンに戻って次元収納に入れれば場所の問題もないしね。

こうして事前準備が整ったので、休日明けに俺は東京ダンジョンの二階層中層域の迷路へと再び入った。もちろんスマホもポータブル電源も自宅で満充電の状態にして、折りたたんだリアカーを持ってだ。

迷路に踏み込み、スマホのダンジョンアプリを開き、この場所の地図を呼び出す。

俺が作成した手書きの通路図を見ながら、先日に行った場所まで進む。その後で、未探索の場所へと踏み込んでいく。

二匹一組でモンスターがやってくるが、ここまでの戦闘経験もあり、いい加減戦い慣れた。

ミニゴーレムは頭部にメイスを渾身の力で叩き込んで一撃破壊することができるようになったし、ゴブリンはメイスの横振りで頭か胸を潰せば倒せるしゾンビ犬はヒールで瞬殺だ。

これが一番楽で簡単な、第二階層中層域のモンスターを倒す方法として、俺の中で確立した戦法だ。

俺は楽にモンスターを倒し回りながら、迷路状の通路を踏破していく。歩きながらスマホの地図に手で描いた今までの経路は、迷路らしくぐにゃぐにゃしたもの。これは地図を見ないと、迷路区画から脱出できなさそうだ。

そんな感想を抱きながら歩き続けていると、視界の先が行き止まりになっていた。

ただし今までの行き止まりとは違い、宝箱が一つ置かれていた。

四角い箱にドーム状の覆いがついた、まさに宝箱といった見た目のものは、第一階層で開けた宝箱よりも立派に見えた。

「これはもしかして、本当に良い宝箱なんじゃないか？」

行くのが面倒くさい場所にある宝箱には良いアイテムが入っている、っていうゲーム論理が通用するかもしれない。

俺は喜び勇んで、宝箱の覆いを開ける——なんてことはしない。

誰も訪れたことのない場所の、誰も開けたことのない宝箱は、罠のありなしも分からない。それに第一階層の例の隠し小部屋には罠があったので、慎重に行動するに越したことはない。

俺は宝箱の斜め横に立ち位置を取ると、メイスの柄の端を両手で持ち、メイスのヘッドの先で宝箱の蓋を押し開けていく。

この立ち位置と開け方なら、たとえ宝箱に罠があっても、俺に罠が直撃する可能性を低くできる。

そうやって慎重に宝箱の蓋を開けたのだけど、結論としては宝箱に罠はなかったので、要らぬ心配だった。

慎重を期していた分だけ、少し拍子抜けした気持ちになるが、問題は宝箱の中身だ。

さてさて何が入っているかなと中を覗いてみると、親指大の魔石一つと、見たことのない柄の貨幣が入っていた。

期待していた中身とは違ったが、魔石については有り難くメイスの進化の糧になってもらった。けれど、次の進化はしないようだ。

次に、見たことのない貨幣。

五百円玉大のくすんだ銀色の貨幣が、宝箱の中に十枚あった。

手に取って確認してみると、片面には大樹の柄が、もう片方には人の横顔が描かれている。銀色かつ少し黒ずんでいる質感からすると、材質は銀かもしれない。

次元収納に一枚入れてみて簡易判定を働かせてみると、やっぱり銀貨と識別された。

「これがダンジョン銀貨だとしたら、第三、第四階層ぐらいの宝箱から出てくるって情報だったんだけどな。ってことは、一応は良い物が入っている宝箱ではあったわけか？」

俺は残り九枚の銀貨も次元収納に収めながら、宝箱の中身について期待外れだったと思った。

どうやらダンジョンには良い物が入っている宝箱が存在することは確定したが、その中身は少し先の階層の宝箱から出る物品だけ――つまり俺が欲しいと望んでいる不老長寿の秘薬が入っている可能性は、低階層では限りなくゼロになったわけだ。

「でも、乗りかかった船だ。この迷路状の通路を全解明することだけはやっておこう」

もしかしたら、何かの間違いで不老長寿の秘薬が手に入るかもしれないしという一縷《いちる》の望みに縋《すが》って、俺は迷路の中を歩き続けていく。

スマホを二回ほどポータブル電源で充電し直して、迷路を完全踏破した。

その中で、もう二個の宝箱を発見した。中身は革の鎧、そして片手剣。革の鎧はツナギの上に着けてみるとブカブカだし、片手剣も持って念じてもなにも変化が現れないので、効果のないダンジョン装備だ。

しょっぱい中身を残念に思いつつ、第二階層中層域を卒業することにした。

購入したポータブル電源の活躍は、都合二度使ってスマホの充電しただけで終わりだった。

いや、これから先の階層では未探索通路が多くあるようだから、活躍の場は後々あるから、無駄な買い物だった訳じゃないから。

そんな風に自分に言い訳をしながら、俺は今日のダンジョン探索を切り上げることにした。

第二階層の出入口付近で、次元収納に入れていた折り畳み式リアカーを取り出して展開し、次元収納にあるモンスタードロップ品をリアカーの荷台に載せられるだけ載せていく。

昨日は休日で一昨日は役所にドロップ品を売りに行っていなかったから、ドロップ品は二日分の量になる。

ミニゴーレムのドロップ品である様々な素材の石板たち。続いて捨てる生ゴミかのように口を閉じたレジ袋の中に詰められたゾンビ犬の腐った肉。これらは数多くあるので、とても目立つ。

それらの上に、ゴブリンミサンガを被せるように、どっさりと置く。

宝箱から回収した剣と革鎧に、数個ずつあるレアドロップ品——ゴブリンの短剣とミニゴーレムの小型バックラーとゾンビ犬の毒の牙も、荷台から落ちないように配置する。

宝箱から得た銀貨は、荷台の隙間から落ちそうなので、ツナギのポケットの中に入れて持っていくことにした。

こうしてダンジョンを出る準備が整ったので、俺が次元収納からリアカーやら大量のドロップ品やらを出していることに驚いている探索者たちを尻目に、出入口にある白い渦を潜った。

ダンジョンから旧皇居外苑に出て、そして役所へと進んでいく。

ダンジョンに夕方から入ろうと列を作っている探索者たちから、リアカーを牽《ひ》きながら歩く俺へ、珍しいものを見る目を向けてくる。

悪目立ちしているなと理解しつつ、俺は役所の中へと入り、ドロップ品の買い取り窓口へ。

「買い取り頼むぜ」

とイキリ探索者っぽい口調で一声告げてから、リアカーの荷台から次々にドロップ品を出してカウンターに置いていく。

職員が応援を呼んで、二人掛かりで俺が提出する品々を仕分けていく。その作業の中で、レジ袋の中に詰めた腐った肉も回収してくれているので、ちゃんと買い取り対象に入っているようだと理解する。きっと買い取り価格は安いんだろうけど。

俺が渡すものが荷台の底に敷き詰めた石板になり、窓口の向こうでは新たに二人の職員が援軍でやってきて、ミニゴーレムの石板を材質によって分別していく。石板を落として割ってしまってはいけないので、作業が大変そうだ。

次々に受け渡して荷台の中が空になったところで、俺はツナギのポケットに手を突っ込む。すると職員四人が、まだあるのかという嫌そうな顔になる。

ならこれを出すとどんな反応をするのかなと期待して、俺は別のポケットから銀貨を一枚ずつ勿体つけて提出していった。

まさか俺が銀貨を出すとは思ってなかったようで、職員たちは驚いた顔をしながら、こちらの全ての提出物が揃うまで見守っていた。

その後で、職員の一人が申し訳なさそうに言ってくる。

「こちら換金窓口の整理券です。ですが、量が量ですので換金にお時間を頂くことになります。特に『こちら』は、真贋鑑定にも時間を要しますので」

銀貨のことを明確に口にしない配慮に感心する。

しかし普段の俺なら「そうなんですねー」と了承してしまうところだが、探索者の俺はイキリを演じなければいけない。

そのため、ここは難癖をつける場面だと判断した。

「おいおい、マジでかよ。こっちはダンジョン帰りで疲れてんだ。早く自宅に帰りたいんだけどー」

「申し訳ございません。なるべく早く作業を終わらせるようにいたしますので」

「頼むぜ。じゃあ時間があるようなら、リアカーを仕舞いにダンジョンに行ってくるとすっかね」

「えっ、ダンジョンに、ですか？」

「次元収納の中にリアカーを入れるには、スキルが使えるダンジョンに入るしか方法がねえだろうがよ」

「次元収納の中に、そのリアカーを？　リアカーをダンジョンに持ち込んで牽いて歩いていたのではなく？」

どうやら職員は、俺のリアカーの大きさを見て、次元収納の中に入らないのではないか。仮に入るとしても、大量のドロップ品を入れられるだけの余裕なんてないんじゃないか。そう思ったようだ。

親切に次元収納のレベルアップを教えてやる気はないので、俺は職員の困惑に気付いていない態度を装って換金窓口の整理券を奪い取り、リアカーと共に役所から離れてダンジョンへ。そしてダンジョンの中で次元収納にリアカーを収めてから、再び役所へ戻った。

換金窓口のソファーに座り、スマホを取り出す。ポータブル電源でダンジョン内で充電したので、バッテリー残量は緑表示。ドロップ品の査定作業に時間がかかっても、Ｗｅｂ小説やアニメのサブスクを見ても、バッテリー切れを心配せずに暇を潰すことができそうだ。

では早速と、調香師が王城に勤め出して王に見初められる中華風恋愛Ｗｅｂ小説を読んでいく。

しかし一話分も読まない間に、声がかけられた。

「なあ、アンタ。どこでダンジョン銀貨を手に入れたんだ？」

スマホから顔を上げて声の主の方を見ると、編み笠に剣道着姿の二人の探索者がいた。

しかしこの二人、ダンジョンでも役所内でも、俺は出くわした覚えがないので初対面だ。

これはイキリ探索者を演じるまでもなく、受け答えする必要性を感じない相手だな。

そう結論付けて無視し、スマホに目を戻す。

すると再び、あちら側が声をかけてきた。

「石板を売ってたのを見るに、第二階層に行っていたんだろ。なのに銀貨だ。どこで手に入れたんだって聞いてんだけど」

あまりにも不躾な質問の連続に、俺はどう反応するかを考えて、イキリ探索者の演技を混ぜて意見することに決めた。

「うっせえなあ！　マナー違反のドクズが、俺に一丁前に質問なんかしてきてんじゃねえ！」

俺がソファーに座ったまま怒声を響かせると、質問してきた連中が狼狽えた。

「い、いきなり怒鳴らないでくれないか」

「はあぁぁ?!　俺とお前は初対面だよなあ!?　友達じゃねえよなあ!?　なのに、人が窓口に売ったものを盗み見て、どこでドロップ品を手に入れたのかの情報をタダで寄こせだあぁ?!　頭湧いてんのかってんだよ!!」

俺が大声を放ち続けると、役所の中にいた探索者や、窓口の向こうにいる職員が、何事だって目で見てきた。更に人目を集めるために、もっと大声を放っていく。

「売ったもんで第二階層に行ってたって目星がついてんなら、自分で探そうと思わねえのか！　情報泥棒で怠け者かってんだよ、テメエらはよお！」

役所の内全ての人から注目が集まっていることに、質問してきた探索者二人組が周囲の様子を窺い始める。

よしよし。この注目を利用して、俺と関わると損だって、周囲にアピールするぞ。

不老長寿の秘薬は世界中の富豪や権力者が欲しがるものだ。将来、俺が秘薬を手にした際に他人に奪われないためには、今の内から徹底的に俺に近づこうとする人は排除するべき。自作のオリジナルチャートにも、そう書いてある。

「それともなんだあああ！　情報を教えなきゃ、俺をフクロにでもする気だってのか⁉」

「い、いや、そんなことしない。ただ単に、教えて欲しかっただけで」

「初対面のヤツに聞いてくる内容じゃねえよな！　そんな無礼者に教えるわけねーだろ！　タコが！」

俺がギャンギャンと吼えていると、異常事態だと思われたようで、役所内にいた警備員が二人飛んできた。いや、警備員じゃなくて、警察官だな。警察の制服だし、腰に拳銃吊っているし。

「どうしたんですか？」

穏やかな声色での、警察官の問いかけ。

しかし、声をかけてくれた方の警察官は警棒に手を伸ばしかけているし、その相棒は密かに拳銃ホルスターの留め金に指をかけている。

この二人の警察官の反応は、ごく普通の生活をしている日本人なら、少し過剰に思えるだろう。

しかし、剣道着の探索者パーティーは刀を装備している。このパーティーが刀を抜いてきた場合、その脅威から警官は身を守るために、拳銃を発砲することだろう。

そういった事情を考えると、警察官の動きは真っ当どころか、むしろ拳銃を抜いて銃口を突きつけていても良い場面だったりする。

ともあれ、第三者の介入が来たので、俺は被害者面で訴えることにした。

ククク

「聞いてくださいよ、お巡りさん。こいつら、俺に情報を吐けって詰め寄ってきたんですよ〜。こっちは丸腰だってのに、日本刀って武器を持って言ってくるもんだから、怖くて怖くてー」

俺が全力の棒読み演技で語ると、警察官二人は困り顔になる。その顔は、お前が騒動を引き起こした首魁《しゅかい》だろうにと物語っていた。

しかし、片や丸腰で声をかけられた方、片や日本刀を所持して声をかけた方なので、警官たちは探索者パーティーの方に近寄る。

「こう言っていますが、本当ですか？」

「えっ、いや、どこでダンジョン銀貨を手に入れたかを、教えてもらおうと――」

その自己弁明を断つように、俺は大声を張り上げる。

「言っておくが！　他の探索者が窓口に売っている物を盗み見るのって、マナー違反じゃないんですかー？　俺とそいつらは、今日が初対面で、友達でもなんでもないんですけどー？」

俺が自分に正義があることを疑わない口調で言い放つと、警察官たちの俺を見る目が面倒くさい相手に対するものに変わる。

「えーっと、事情はわかりました。そちらの人たち、ちょっといいですか？」

警察官たちは探索者パーティーを連れて、俺から距離を取った。そして俺に聞こえないように小声で会話を始める。

俺が耳をそばだてて聞いてみると、警察官の声が断片的に聞こえてきた。

その断片を繋ぎ合わせて聞こえない部分を補完すると、『探索者になろうという人は色々な種類の人がいる。誰でも彼でも不用意に声をかけるな』って感じのことを語っていた。

警察官の言うことは、まさしくその通り。

探索者はモンスターを倒して金を得る商売。その特色から、反社系の武闘派自営業の方々が探索者をやっていたりする。

その手の人たちに金が流れることは治安への不安材料になる。しかし、政府にしてみれば天皇の御座の前に不審な現象を放置できないという対外的な面子から、東京ダンジョンの存在を消せるのなら、反社にだろうと悪魔にだろうと金を払っても痛くないんだろう。

ともあれ、誰彼構わず探索者に声掛けすることは、危険に足を踏み入れる行為であるというわけである。

警察官はそういう事情も話しているのか、探索者パーティーに数分語りかけてから、俺から離すように追い立て始めた。

探索者パーティーが役所の端へ行ったのを確認していると、警察官二人が今度は俺に近寄ってきた。

「安心してください。彼らには注意しておきましたので、もう話しかけてくることはないと思います」

俺に聞こえていないと思って、いけしゃあしゃあと言ってきたな、おい。

だが国家権力に噛みついても良いことはないし、素の俺は小市民でしかないので、お上に睨まれるなんて御免だ。

なので警官たちがあの探索者たちにかけた発言については、聞こえてなかったことにしておく。

「いやあ、助かりましたよ。ホント、探索者ってのは、なにをするのか分からなくて恐いなあ！」

俺が気分良さげに大声で語ると、警察官たちの目が『お前もその探索者だろうが』と言いたげな皮肉が籠ったものになる。

俺はその目に気付かないふりをしながら、警察官たちへのお願いを口にする。

「この後すぐに、モンスタードロップ品を売った金を受け取る予定なんで、探索者が俺にちょっかい出さないか見張っててくれません？」

「えーと。騒動を避けるためなら」

「助かります。いやあ、持つべきものは、職務に忠実な警察官だなあ！」

俺があはははっと大声で笑い、警官たちが処置なしと首を振ってみせたところで、窓口から俺の整理券番号を告げた。

俺は手振りで『失礼』と警官たちに断りを入れてから、窓口で先ほど売却した代金と内訳が書かれたレシートを受け取る。

二日に渡る大量の通常ドロップ品と、打倒したモンスターの数に比した確率分の量はあるレアドロップ品、そして宝箱から得た剣と革鎧と銀貨十枚。

それらの合計売却代金は、五十万円を超えていた。

レシートで値段を確認すると、目を引いたのは、剣と銀貨。

剣は一本で五万円。銀貨は一枚一万円で、十枚で十万円の値段がついていた。

その値段を見て、金を渡してくれた職員に声をかける。

「なあ、この剣とかって、海外の人も参加できるオークションで売った方が、良い値段が付いた感じか？」

「レシート確認させていただきますね——はい、日本では剣や革鎧に需要がありませんので、好事家相手に売れるのみですので、この値段に設定されております。海外では探索者相手に需要がありますので、数割増しで落札されると思われます」

日本の場合、日本刀と日本鎧があるから、ダンジョン産の武器と防具は効果付きじゃないと高値にはならないんだったよな。

「ちなみに、銀貨は？」

「そちらは世界共通で同価格です。コインの重量と銀の含有率で買い取り価格が決まってますので」

「銀相場の変動で値段が変わるってことか？」

「世界各国にあるダンジョンの攻略が進み、探索者様たちが銀貨や金貨を持ち帰ってくるようになりまして、銀相場と金相場は微小ながらも長期的な下落傾向にあります。買い取り価格が値下がりはしても、値上がりはしないでしょう」

分かりやすい説明に、俺はイキリ探索者っぽく鷹揚に頷いて感謝の意を伝えた。

俺は窓口から離れつつ、次に宝箱から武器や防具が手に入ったら、オークションに出品しようと心に決めた。現代社会でお金はあるに越したことがないので、高く売れる方法を取るのは当たり前だからな。

ダンジョン探索、ドロップ品の提出作業と代金選定、探索者との騒動と、色々と時間が取られてしまった。

たかだか一枚一万円ほどの銀貨で、売ったのを見たからと、恥ずかしげもなく質問してくる輩が出てくる。

これが世界の富豪に何千億円で売れるであろう不老長寿の秘薬の場合なら、いったいどんなことになったことか。

在り処を尋ねるのなら優しい方で、所持者の手から奪い取ろうとする人や、拷問してでも場所を聞き出そうとする人が出ることは間違いない。

ゲームや漫画でも、高級住宅街の一坪の利権や、伝説の剣の所有権や、大金が動く仕事の受注や、無罪放免の権利で、人が殺し合うことになった。ころしてでもうばいとる、ってやつだ。

そんな事態に自分が陥らないためにも、ダンジョンで不老長寿の秘薬を手に入れるという目的は徹底的に隠す必要があるし、そのためには人を寄せ付けないための演技だってする。

幸いなことに、俺は漫画とアニメとゲームがあれば、人との関わりがなくても平気な人間だ。人を遠ざけて一人でいたって、なんら寂しいとすら思わない。

なんてことを考えながら役所の外を歩いていて、ふと我に返る。

すっかり周囲は日が落ちてしまっていて、東京の街は電灯の灯りで彩られていた。

一億ドルの夜景と呼ばれる文明の光の下。日本鎧姿の探索者が行き来している光景がある。

まるで現代にタイムスリップしてきた戦国時代の兵士たちだなと、俺は可笑しみを感じてしまった。

笑ったことで、クサクサした気分でいても仕方がないと考え直し、俺は気分を入れ替えて夜の東京駅前を楽しむことにした。

東京駅の丸の内広場には、大勢の探索者たちが集まっている。そして広場に並んだフードトラックから、様々な国の料理を買って食べている。

俺もその光景の中に参加することにした。

こんな風に東京駅の駅前にフードトラックと屋台の群れが集まるようになったのは、東京ダンジョンが出来て少し経った頃だという。

東京ダンジョンが現れて直ぐの頃、モンスターが闊歩《かっぽ》するダンジョンと、そこへ入っていく武装した自衛隊の影響で、東京駅近くの治安が不安視されるようになった。

そして治安に不安のある場所では働けないと、東京駅近くの高層ビルにオフィスを構えていた企業たちは、次々に別の場所へと移転していった。

そうして、とある高層ビルの一棟がまるまる無人になったところ、政府が自衛隊員が寝泊まりする場所が必要だからと、そのビルを丸ごと買い上げて宿泊施設に改造した。親天皇家の議員が金を撒いての裏工作をしたとの黒い噂もあるが、そこら辺は割愛だ。

やがてダンジョンの仕組みが分かり始め、ダンジョン攻略の役割が自衛隊から探索者へと移っていった際、政府はこの高層ビル宿泊施設の運営を半民営化してカプセルホテルとして国民に開放した。

そんな高層ビルのカプセルホテルは、今では東京ダンジョンに通う多くの探索者が愛用する宿泊施設となって、現在も元気に営業中。温泉階やトランクルーム階などがあり、探索者が日々の疲れを癒しつつ装備品を安全に保管できるようにもなっている。

この高層カプセルホテルは、建物の大きさからわかるように、泊まれる人数も多い。

そのため、宿泊者を狙った商売が東京駅近くで始まるのは必然だった。

東京駅周辺には手頃な価格帯の飲食店がなかったこともあり、いつしか日が落ちる頃に東京駅前にある丸の内広場に大量のフードトラックが集まって屋台地帯と化すようになった。

もちろん当時から、東京駅構内や東京駅を挟んで反対側の八重洲口にいけば、料理店の店舗は数多くあった。

しかし探索者たちは、宿泊施設の前に飲食店が展開してくれるというライブ感から、フードトラックを愛好するようになったという。

ともあれ、そんな時代の背景があって、東京駅前丸の内広場と旧皇居外苑まで続く丸の内仲通りには、多くのフードトラックがひしめき合うようになった。

そんな来歴があるフードトラックの群れを、俺はいままで利用したことはなかった。

なにせフードトラックが提供する料理は、一番安い軽食でも五百円、高い料理だと二千円三千円は平気でするという高価格帯だからだ。そして使い捨ての器の容量の関係から、量が少ないことも多い。

支出を抑えるために、敷金礼金がなく家賃も安い代わりに部屋の補修や掃除もされないという安アパートに住んでいる人間が、おいそれと利用できる場所じゃないってわけ。

「しかし今日の俺には、お金がある」

今日ドロップ品等を売って得た五十万円は、ポータブル電源やリアカーを購入した代金分を貯金に回しても、半分は残る大金だ。

これだけの金を稼いだからには、少しぐらい自分にご褒美をあげても良いはずだ。

そう自分に言い聞かせて、俺はフードトラックの群れの中を突き進む。

フードトラックは、それぞれの店によって、様々な種類の料理を提供している。

唐揚げ、ケバブ、ハンバーガーやピザなどの見慣れた料理から、中華や台湾やインドにイタリアなどの国名を冠する料理があり、創作料理らしき見慣れない料理名もある。ホンジュラスや南アフリカっていう、珍しい国の料理を出すトラックもあるようだ。

まさに世界の美食を集めましたって感じだな。

そんなフードトラックの群れに、日本鎧姿の探索者たちは突撃してあれやこれやと買い込んでは、広場に並べられた机と椅子に着いたり、生垣に並んで腰を下ろしたりと、様々な姿で料理に舌鼓を打ったり酒を飲んだりしている。

中には、別のパーティーが同卓している場所もあるようで、景気の良い笑い声が聞こえてくる。

「んでよお、コイツったら、モンスターに刀を弾かれてよ。絶体絶命ってところを、俺が助けてやったわけよ！」

「あるある！　こっちの馬鹿の、歯形がある兜を見てくれよ。モンスターの目の前で足を滑らせて尻餅ついて、頭からガブリよ。この兜がなきゃ、脳をモンスターに食われてたぜ」

「酷え！　そう言うそっちこそ、変にモンスターに刀を差して刀身曲げちゃって、ローンがって涙目になってたくせに！」

「そうですよ！　貴方もモンスターに背中のリュックを攻撃されて破かれちゃって、戦いの後で拾い集めるの大変だったんですからね！」

口々に言いたいことを言い合い、そして酒と料理を口にして笑い合う。

ダンジョンで命を預け合う気の置けない仲間といった感じの光景が、そこかしこで展開されている。

こう騒がしくも喜色に満ちた空間にいると、こちらの気分も上ずってきて財布の紐が緩んでしまいそうだ。

俺は、今日は贅沢をすると決めたのだからと、日頃じゃ滅多に出会えなさそうな、見たことも聞いたこともない料理に挑んでみることにした。

フードトラックの群れの中をウロウロしながら、どうにか三品の料理を買う事に成功し、広場の端にあるプラスチック製の座席を一つ確保することもできた。

「さて、いただきます」

まず手を付けることにしたのは、ブラジル料理のフードトラックで購入した、ブシャーダという謎の煮込み料理に、長粒米と刻んだ野菜とライムが付いたプレートのセット。

細かく刻まれて米の上に乗せられている、謎のブシャーダ。それをスプーンですくい、一口。

この口当たりは、色々な部位の内臓の肉だ。そしてこの独特な獣臭は、山羊はたまた羊だろうか。沢山のスパイスを投じて煮込んでいるから、あまり肉の臭さは気にならない。

スパイス煮込みを米にかけて食うので、カレーに近い感じもしないでもないが、煮込みのぶっ掛け飯に通じる部分もあり、両者の中間といった味わいだ。

人によって好みが分かれそうなスパイスと肉の臭気があるが、俺は平気。むしろ好きまである。強めの酒との相性が良さそうにも感じる。

ブラジルにはこんな料理があるなんてと味わって、一つ目の料理を食い終えた。

では、二つ目に移ろう。

今度の料理は、ハンバーガー。しかし普通のハンバーガーじゃなく、フライのバーガー。フライの中身も、普通の白身魚じゃなく、気仙沼産のサメの肉だ。

そうこのバーガーは、フードトラックの品名にあった通り、鮫《シャーク》バーガーだ。

サメの肉とは、果たしてどんな味がするのか。付け合わせのフライドポテトを摘まみながら、期待感を上げていく。ちなみにポテトは普通の味だった。

鮫バーガーを一口齧る。自家製と思われるタルタルの新鮮な味と、バーガーに挟まれた玉ねぎとレタスの歯ごたえが心地よくて――サメっぽさはどこだろうか。

もしやサメ肉にまで食べた部分が達していなかったのかなと考え、バーガーの断面を見る。しかし、ちゃんとフライに歯型が入っていた。

他の味に紛れて分からなかったのかなと、今度はフライの部分だけを少し齧ってみた。

サメのフライの味は、いい意味で普通の白身魚のフライのようだった。

特に変な臭いがするわけでもなく、魚とは違った味わいがしたわけでもなく、普通の白身魚よりちょっとだけ身質が硬いかなと思う程度しか違いはなかった。

鮫バーガー自体の味は美味しいんだけど、サメ肉らしさが分からなくて腑に落ちない気分を抱えつつも、完食はした。

さて最後の一品は、主食級を二つ頼んだ後で見つけた、リトアニア料理の軽食、キビナイ。

フードトラックの説明書きには、掌の半分ほどの大きさのパイ生地で刻んだ肉と野菜を包んで焼いたものだという。セットだと渡されたカップのスープは、これにつけて味変するためのものらしい。

というわけで、キビナイを食べていく。

ひと齧りして、生地と中身を口の中で噛み混ぜ合わさせる。

まず感じたことは、キビナイはミートパイじゃないってこと。パイ生地よりも少しパンの方に寄った生地で、パリッとしつつももちもち感がある。パイ生地特有の軽い口当たりではなく、パン食らしい食べ応えがある料理だ。

中身は、粗めに刻まれた肉と玉ねぎに茸、あと少しのハーブ。肉は数種類混ぜて使っている感じがあるけど、どの動物の肉が入っているかは、俺の馬鹿舌じゃわからない。ただ美味しいことだけは確かだ。

ここでカップのスープを一口。チキンブイヨンのスープだな。こちらにも、ちょっとだけハーブが入っているや。

　ではと、キビナイをスープにつけて、齧り付く。

　なるほど、スープの塩気と旨味が加わることで、キビナイに更なる美味しさと複雑さを加えるわけか。生地のもちもち具合が、スープにふやかされて軽減される点も良い。

　キビナイの残りを口に入れ、スープも口に入れて食べ合わせ、飲み込む。

　これで頼んだ料理は全て食べ終え、腹は満足感で満ちている。

　そうして食べ終えた後で、しかしなと思ってしまう。

「この三つの料理で四千円弱か。やっぱり高いよな」

　千円定食なら四食分。五百円未満で食える料理——例えば牛丼なら十杯分だ。

　周りの日本鎧姿の探索者たちは、そんな価格設定の料理をバクバクと食べ、割高で販売されている酒もガバガバ飲んでいる。

　稼いでいるから遠慮なく食べているのか、それとも宵越しの金は持たないと使い切る気でいるのか。

　俺も、ダンジョンの階層が進むにつれて、値段を気にせずに料理を口にするようになるのかなと、そんなことを考えながら食事で出たゴミをリサイクルステーションという名前のゴミ捨て場へと持っていくことにしたのだった。

◇

　東京ダンジョン近くに建てられた役所建物。

この建物に勤める役人たちは、東京ダンジョンに入る探索者の登録、東京ダンジョンから集まるモンスタードロップ品の買い取り、そして東京ダンジョンと探索者たちの情報収集を主に担っている。

その中であって、情報収集の役目を負っている役人は、世界中にダンジョンが現れた当初は寝る間も惜しんで働いたものだった。

しかし出現から二年も経った現在では、ダンジョンに関する新発見の情報は滅多に手に入らない。

その理由は、少し前から東京ダンジョンの攻略が第十五階層で止まっていて、新たな情報が見つかる気配がないから。

新情報が来ないため、情報収集室署の役人は、室長一人を残して他は他部署への援軍に駆り出されている状態に陥っている。

その室長も、いつも通りに新情報はないだろうと思いながら、この日を過ごしていた。

だから日頃のルーティーンで、本日の買い取り窓口から上がってくる情報を確認していた。

この情報は、高額買い取りが起こったり、珍しい品が持ち込まれた際に、それらドロップ品と持ち込んだ探索者の個人情報が共に、システム的に自動的に纏められて送られてくるものだ。

その特性上、日頃は十階層より上のドロップ品や、そこへ行ける探索者たちの名前がずらっと並んでいるはずの資料でしかない。

しかし今日は、一つだけ見慣れない探索者の名前があることに気付いた。

小田原旭という名前の、単独《ソロ》で活動している男性探索者。今日売りに出した物のうち、宝箱から回収されたと目される剣と革鎧とダンジョン銀貨十枚が、珍しい品としてピックアップ情報に記されていた。

ただそれだけの情報なら、複数の宝箱の中身を偶然に手にすることが出来た幸運な探索者だと結論付けて、情報を見ることを止めたことだろう。

しかし資料に併記されていた、この日に小田原旭が他に持ち込んだドロップ品の種類と量が目に留まる。

珍しい物以外のドロップ品は、ほぼ全てが第二階層中層域のもの。

この階層にある宝箱から、ダンジョン銀貨が回収されたという情報は、ダンジョンが現れて以降からずっと室長職に就いていた彼にしてみても記憶にないことだった。

加えて、窓口に売却したドロップ品の量は、一般的な探索者パーティーが運んでくるものよりも多い。特に、重量が嵩むため探索者が収集したがらないミニゴーレムの石板は、目を疑うほどの量を売却していた。

今まで見たことのない類の情報の羅列に、情報収取室の室長として、彼の小田原旭に接した職員に話を聞かなければならないと判断した。

その結果、閑散とした情報収取部の部屋の中で、室長と相対することになったのは、本日買い取り窓口で小田原の買い取り業務を行った最初の職員二名。

この三名の会話は、室長の謝罪から始まった。

「他部署の君たちを呼びつけてすまない。だが、この小田原君とやらが、どのような探索者なのか喋ってもらいたいと思ってね」

室長の要請に、窓口係の二人はお互いに顔を見合わせてから、片方が室長に質問する。

「彼の、どんな点をお教えすれば良いのでしょう？」

「そうだな。人となりや装備など、知っていることを思いつくままに喋ってくれていい。重要と思われる情報は、こちらで勝手に拾い上げるからね」

そういうことならと、二人は協力して小田原旭について知っていることを語ることにした。

「つい数か月前に、新規登録した方です。その当時から、あまり態度のよろしくない人物であると、窓口業務の間では噂になっていた人物です」

「誰彼構わず当たり散らしてきて、俺様って態度を隠さない人ですよ」

「その自信に相応しい実力があるのならば、まだ可愛げがあります。しかしながら登録した当初の装備は鉄パイプにツナギ姿と、ダンジョンの情報収集を怠っているとしか思えない姿で活動していました。現在は、そのツナギに革を貼り付けたようなものを着ています。武器の方はダンジョンで得たと思われるメイスを使っていると、他の探索者様たちからの噂が聞こえてきます」

「噂といえば、現在じゃ誰も選ばない次元収納スキルを選んだらしいですよね、あのイキリ君。だから武器はダンジョンから出るときに、次元収納に入れちゃうらしいし」

唐突な仇名の登場に、室長が眉を寄せる。

「なんだね、そのイキリ君とは？」

「窓口業務仲間で彼のことをいう際の隠語ですよ。その仇名の通りに、イキリ散らしている探索者なんで」

「なるほど。他に知っていることは？」

「今日役所内で、他の探索者と諍《いさか》いを起こしたようです。警察の介入で、大騒動には至りませんでした」

「でもあれって、イキリ君の方が被害者って話じゃなかったでしたっけ。どこでダンジョン銀貨を得たのか喋れって詰め寄られていたらしいって」

「過剰反応だったと聞いてますよ。普通なら警察が介入するような、大騒ぎするような内容ではなかったと」

「ああそういえば、イキリ君に騙されたって愚痴ってた人もいたよね。休憩部屋があると言われて行ってみたら、本当はなかったって」

室長は二人の会話を聞いて、小田原旭の人となりが、決して褒められない人柄であると理解した。

加えて、数か月探索者をやっていて、未だに第二階層で活動しているあたり、あまり熱心にダンジョン探索をするような人物じゃないとも把握した。

それならと、一番気になっていることを、二人に聞いてみることにした。

「今日小田原君は、大量のドロップ品を持ち込んだようだね。どのようにして持ち込んだのかな？　彼は一人でダンジョンに入っていると情報にはあったが、誰かに手助けでもしてもらったのかい？」

「いえ、お一人で運んでこられました。折り畳み式のリアカーの荷台に、ドロップ品を満載にして持ってきたのです」

「ミニゴーレムの石板が大量にあったんで、持って運ぶには重たいから、リアカーを使ったんじゃないかって思います」

「リアカー？　ドロップ品を満載にして牽いてきたのかい？」

改めて問いかけると、二人とも頷いた。

室長は、その情報を聞いて、変だと感じた。

「彼は登録して数か月の新人で、不真面目な態度であり、初期スキルも次元収納と、目をかける意味も薄い。しかし彼の次元収納は、今日納品した量を考えると、少なくとも一度はレベルアップしていないと説明がつかない。リアカーすらも入るのなら、次元収納スキル持ちとしては世界で初めて、スキルレベルが三まで上がった人物の可能性もある。なんとも見た印象と立てた実績がチグハグな人物だね」

室長に言われて、ようやく窓口職員二人は、小田原が持ち込むドロップ品の量が変だということに気付いた。

「そう言われて考えてみれば、少し前に大きな麻袋二つ分のドロップ品を持ち込んだことがありました」

「でも、麻袋の一つは手持ちで、もう一つは次元収納スキルに入れてあったものをダンジョンに出るときに入れ替えたって考えたら、大して変じゃないですよ」

「それでも量は、明らかに初期の次元収納スキルの容量、机の引き出し一つ分は超えているわよ」

室長は二人の様子を見て、小田原という人物は、実は曲者なんじゃないかと思い始めていた。

しかし曲者と考えるには、周囲からの悪評を集める態度について説明できなかった。

そんな評判、当人にとって百害あって一利もないからだ。

室長は疑問を解消する鍵がないか、職員二人に改めて質問する。

「他に小田原君について、気付いたことや知っていることはあるかな？」

しかし二人は、これ以上の情報はないと首を横に振った。

室長は疑問が解消できなかった点を残念に思いつつも、二人に礼を告げて退室の許可を出した。

二人が一礼して去った後、他に誰もいない情報収集室の中で、室長は小田原旭について考える。

「スキルをレベルアップさせた探索者は、目を付けるべき人材ではある。しかし惜しむらくは、初期スキルに次元収納スキルを選んだ点か。過去に次元収納のレベルが二に上がった人材は、いないわけではない。仮に三まで上がっているとしても、所詮は物が多く持てるだけのスキルでしかない」

室長は、小田原は気になる人物ではあるものの、殊更に目をかけるべき探索者ではないと結論付けてしまうことにした。

しかしこの判断が後にどう繋がってしまうのか、このときの室長は予見する術を持っていなかった。

四章　オリジナルチャート＃ガバガバチャート

一日の収入五十万円を達成した翌日、俺は東京駅への電車に乗りながら、スマホで東京ダンジョンの情報を調べていた。

なにか目的があってのことではなく、移動時間の暇つぶしと、オリジナルチャートに変更を加える情報がないかの確認だ。

調べ物の中、巨大インターネット掲示板に『東京ダンジョンの二階層で銀貨⁉』という表題のスレッドが立てられていた。

まさかと思ってスレッドを覗くと、昨日の今日で二階層の迷路状の通路に銀貨があるのではないかという考察情報が書き込まれていた。

昨日の騒動を見ていた誰かが話を拡散しているんだろうけど、ご苦労なことだな。

それにしても、どうしてインターネット掲示板に情報を書き込もうと考える人がいるのか、俺にはそれが分からない。

もし俺が他の探索者より優位を取れる情報を掴んだら、個人的に利用するに留めて、決して他には教えない。情報の秘匿こそが、情報というアドバンテージを活かすには一番の道だと信じているからだ。俺がいま現在実行中のオリジナルチャートを、誰かに言いふらしたりしていないようにね。

銀貨の件にしても、情報を秘匿して自分だけ銀貨を得られるように行動した方が、競争相手もなくて利益を独り占めできるだろうに。

「いや、発想が違うんだろうな」

銀貨の情報は、役所内にいた探索者たちの多くが知ることになった。

多数の人が知っているということは、既にライバルが多いということだ。

この状況では情報を秘匿する旨味は少ない。なにせ銀貨を手にする可能性は、話を耳にしていた探索者の分だけ下がってしまっているのだから。

だからこそ、悪どい考えの人はこう考えるんだろう。

逆に情報を公開してもっと多くの人に知らしめ、あのとき役所に居合わせた探索者全員が銀貨を手にする可能性を減らしてしまおうと。

そんな自分の優位よりも、他人の足を引っ張ることに血道を上げる人種は、どこにでも必ず居る。学生時代しかり、社会人になってからも、その手の人物を見ないことなんてなかったぐらいにだ。

正直俺としては、なんで人の足を引っ張ることに喜びを感じるのか理解しがたい。

人が苦しむ姿を見て愉悦に浸る、という気持ちが分からないとは言わない。アニメのキャラでも有り触れた性格だから、見馴染みがあるからな。

だけど俺は、人が苦しむ姿よりも、自分が成長する実感の方に喜びを大きく感じるタイプだ。

なにせ俺はゲームに、自分で考えてストーリーを攻略し、自分で努力して強敵に打ち勝つことに喜びを感じてしまうよう、教育されてしまった人間だからな。

それにゲームでは、プレイヤー《P》キル《K》以外の他人の足を引っ張る行為は、なんらキャラの成長に寄与しない設計になっている。なんならPKだって、多大なペナルティーが科されるデメリットだらけなゲームだってあるし。

だから俺は、人の失敗や不遇を見て喜ぶ輩について、本気で理解できない。そんなことしている暇があるなら、自分の能力を上げることに血道を上げればいいのにと思うからな。

でも、もしかしたら、単純に誰かが感謝してくれたらいいなという精神で情報を公開した可能性だってあるかもしれない。

そういう人が情報を公開したのなら、博愛精神に拍手を送りたいな。

それに、他人の足を引っ張るためでも、博愛精神からでも、情報を公開してくれること自体は助かりはする。

公開してくれている情報がなければ、俺がダンジョンに入る前にオリジナルチャートを作ることは出来なかっただろうしな。

そんな益体のない考えをこねくり回すのを止めて、俺はスマホを操作して今後のＴＯＤＯリストを確認することにした。

予定では『第三階層へ行く』『モンスターと戦って実力確認』『実力が敵うなら第四階層へ』『敵わないなら地力上げ』『地力上げするのなら宝箱探し』となっている。

予定がふんわりしているのは、第三階層からモンスターが手強くなるという噂があるからで——

『次は〜、東京駅〜』

——東京駅に着くとのアナウンスに、俺は思考する脳の働きとスマホを操作する手の動きを止めて顔を上げる。

ホームに到着後、俺は電車から下りると、東京ダンジョンへ進む人の流れに続いて歩いていった。

東京ダンジョンに入ると、スマホのダンジョン用のアプリの地図を見ながら、第一階層から第二階層の深層域へと向かう順路を進んでいく。

次元収納から出したメイスを手にして、その道中に出くわすであろうモンスターに備える。しかし前方に他の探索者が何人もいたため、俺が戦う場面は一向に来ない。

第二階層の中層域に差し掛かり、ここで前方を歩いていた何組かの探索者パーティーが、人の流れから離れていった。

たぶん掲示板の情報を見て、あの迷路状の場所に宝箱があるかを確かめに行ったんだろうな。

そんなことを考えていると、俺の後ろの探索者たちが囁き合う声が聞こえてきた。

「噂じゃ、銀貨の他に、金貨や剣があったってよ。どうする？」

「前にいる、あの変なツナギ姿の人が、例の噂の人物だろ。あのメイスもきっと、ここの宝箱から入手したに違いないぜ」

なにやら俺のことを話していた様子の探索者たちも、噂の尻馬に乗るために、あの迷路状の場所を目指すことにしたようだ。

俺にとっては無価値になった場所へ進む探索者たちに心の中でエールを送りつつ、深層域へと進んでいく。

運良くと言おうか、それとも運悪くと言おうか、俺の前後にいた探索者たちは中層域で離脱して居なくなった。そのため深層域に足を踏み入れた直後に、俺は新たなモンスターと戦う機会を得ることとなった。

「深層域に出る、ゾンビに似た人型のモンスター。てことは、グールだな」

見た目はゾンビとほぼ同じだが、グールは身動きの仕方がゾンビと違っていた。

ゾンビはふらふらと覚束ない足取りだったが、グールは猫背な体勢ではあるものの体幹が定まった歩き方をしている。

俺がメイスを構えて警戒しながら近づくと、グールはこちらを見るや急に駆け寄ってきた。大人の男性と同程度の速度で走ってくる。

「そんなところも、ゾンビとは違うな！」

俺は言葉と共にメイスを力強く振るい、グールに直撃させる。

果たして耐久力は、グールとゾンビで違いがあるのか否か。

俺が殴りつけた際に手に感じた感触は、あっさりと頭への一撃で倒せてしまったことも含めて、ゾンビとほぼ同一のもの。

つまりグールは、腐った死体が走ってくる姿と速度が怖いだけのモンスターだ。

そんな評価を下しつつ、俺は倒したグールのドロップ品を確認する。

それは錆《さ》びた見た目の片手剣で、拾い上げてみると、剣身から錆がボロボロと落ちた。

「グールからは錆びた武器が、種類がランダムでドロップすると情報にあったけど、使えなくはない程度の武器だな」

この剣も錆び錆びではあるが、剣身の芯の部分は健在のように見受けられる。錆び落としと研ぎ直しをすれば、使えるようにはなるはず。でも、そこまで処置してしまったら、この剣は身を削り過ぎて片手剣ではなくて刺突剣になってしまいそうだ。

俺は錆びた剣を次元収納に入れ、三階層へ続く階段がある方向へと進む。

しばらく歩いて、別のモンスターと出くわした。

今度は、一抱えもある水まんじゅうのような見た目でプルプルとした、スライムだった。

既存チャートではスライムは雑魚扱いだ。なにせ日本刀でちょっと斬れば倒せてしまうほどに、刃による斬撃が弱点だからだ。

一方で、俺のメイスのような鈍器が相手の場合だと、少し苦戦する相手のはずだ。

スライムが打撃に強いのは、洋物のＲＰＧゲームではよくあること。ちなみに、その洋物ゲーでは、スライムを倒すには魔法か松明が必要なのが定番だった。

では、現代ダンジョンのスライムはどうなのか。

とりあえず、メイスで殴ってみることにした。

「うりゃあああ！」

メイスで叩いてみたところ、空気が詰まったボールを棒で叩いたときのような手応えの後に、ばいーんと弾き返されてしまった。

やはり打撃に強いらしい。

でもダメージは少なからずあるようで、スライムは水まんじゅうのように真ん丸だった形が、叩いた後は少し平べったくなっている。

もしかしてと、メイスで何度か叩いてみると、スライムの形はどんどんと平たくなっていき、元の半分ぐらいの高さになったときパツンと音を立てて崩壊した。

どうやら打撃に強いものの、その耐久力には限界があるようだ。

いま戦った経験からすると、このメイスでなら十回叩くとスライムは倒せるようだな。

崩壊したスライムは薄黒い煙に変わり、そしてペットボトル大のガラス瓶をドロップした。

そのガラス瓶の中には、なみなみと溶解液が入っている。これは第一階層の一本道に出たメルトスライム、そのレアドロップ品の完全上位互換のやつだな。

このスライム溶解液。工業的な金属溶媒として用いられる他、薄めた液体が美容ピーリングに用いられているらしい。そして需要が多いからこそ、第二階層で手に入る通常ドロップ品の中では、一番高値で売れるとまで言われている。この溶解液を得るためにセレブが雇った、スライムを専門に狙う探索者がいるって情報もあったしな。

そんなスライム溶解液を次元収納に入れて、俺はさらに先へ進む。

すると幸運なことに、三匹目に出くわしたモンスターは、深層域に現れる三種のモンスターの残りの一種だった。

中型犬ほどのサイズの兎。長い耳が垂れ下がるロップイヤーで、額の中央には短いながらもイッカクのような角が生えている。その見た目から日本だと角兎、海外だとアルミラージと名付けられた、兎のモンスター。

ちなみに角兎は、世界中の探索者に最初の強敵として知られている存在でもある。

どうして強敵なのかを、俺はすぐに思い知ることになった。

兎という可愛らしい見た目に反して、角兎は角先をこちらに向けると、両後ろ脚で地面を蹴った勢いでカッ跳んできたのだ。

中型犬サイズの肉体が、ピッチングマシーンで放たれた硬球のような速さで、俺に突っ込んでくる。

俺は危うく土手っ腹に角を突き立てられそうになる直前で、メイスを横振りさせて角兎を横へと弾いた。

しかし完全に勢いを殺すことはできなくて、防具ツナギの横腹に貼ったドグウ手甲の装甲を角兎の角が引っかきながら、俺の体の横を通過していった。

警戒しながら傷の程度を確認すると、装甲板には明らかな線が刻まれていた。

装甲を削るほどの威力があるなら、防具ツナギに貼ったイボガエルの革では攻撃を防ぎきれそうにないな。

だから、もし角の突きの直撃を受けたら、真面目に体に穴が空くことになりそうだ。

「日本鎧装備なら、そんな心配はしなくて良いんだろうけどな」

さて、跳んでくる速さと軌道は見た。

角兎は、角を向けた方向に真っ直ぐ跳んでくるだけ。速さと来る方向さえ分かれば、打ち返すことは簡単だ。

ピッチングマシーンが剛速球を放つとしても、球のコースとタイミングが固定なら、バットを軌道上に置くだけで球が打ててしまうのと同じ理屈だ。

俺は角兎が後ろ脚で地面を蹴った瞬間に軌道を見極め、メイスを角兎が跳んでくる軌道の上に沿うように振るった。

ガチリとメイスが角兎の頭に当たる音がして、続いてゴキリと角兎の頭蓋骨か頸椎《けいつい》が折れる音が聞こえた。

この一撃が致命傷になったのだろう、角兎はメイスのヘッドがある位置から地面へと落ちるまでの間に薄黒い煙に変わり、角をドロップした。

俺は角兎の角を次元収納へ入れて、第二階層から第三階層へ上がるための階段がある場所へと進んでいった。


第二階層深層域のモンスターは楽勝だと分かったので、俺は三階層へ続く階段を上ることにした。

第二階層深層域には、未探索な場所はないので、道の奥に行く必要もなかったしな。

俺は上り階段の途中にある黒い渦に入り込み、次の瞬間には石畳の通路に出ていた。

「ここが第三階層か」

興味深く周囲を確認すると、探索者たちの顔ぶれが変化していることに気付く。

第二階層までには必ず目にしていた、剣道着姿という軽装タイプの探索者がめっきりと数を減らしていた。

そのため目にする探索者たちの様相は、ほぼ全て日本鎧の姿になっている。

見るからにガチ防具な姿から分かるように、この第三階層からが『ガチなダンジョン探索』の始まりであると言われている。

つまり、第二階層までと比べて、第三階層からは明らかに命の危険が増えるということだ。

その命の危険に対処するためか、探索者たちの間に緊張感のある空気が流れている気がする。

第一階層と第二階層では、順路に人の流れが出来ていた。しかし第三階層からは、それぞれがパーティー毎にダンジョンを進むようで、間隔を空けながらダンジョンへと入っていく。

そんな今までとは色々と違う部分を目にして、こんな細かな違いは情報になかったなと、改めて現場で会得する情報の大切さを実感した。

俺も気を引き締めるべきと肝に命じつつ、第三階層の通路を進むことにする。

スマホのダンジョン用アプリで、第三階層の地図を呼び出す。その順路に従って歩いていき、最初の分かれ道に差し掛かった。

その瞬間、頭の中でアナウンスが流れた。

『治癒方術の新術を身につけた』

第二階層で体験したものの焼き増しのような状況に、思わず俺の体がビクッと反応してしまう。

反応を返したのは俺だけではなく、他の探索者にも一人か二人ぐらい居た。

「いま第二のスキル――」

「しっ。ここで言うな。あとで教えてくれ」

反応した探索者が、仲間に手を引かれるようにして、分かれ道の先へと進んでいった。

ああして情報統制を心掛けているあたり、どうやら心構えも第二階層までの探索者たちとは違っているらしい。

俺は感心しながら、先ほどの脳内アナウンスについて考えることにした。

アナウンスの通り、俺は新たな治癒方術が使えるようになっている実感を得ていた。

新術は二つ。

一つは、術をかけた人の怪我と体力を時間と共に少しずつ回復させる、リジェネレイト。

もう一つは、手の届く範囲よりも外にいる人の怪我を治せる、フォースヒール。

二つとも、パーティーの回復役として役立つ治癒方術といえるが、俺にとっては実質的に新術はリジェネレイトだけになるかな。

遠くにいる人にヒールをかけられるようになっても、俺には仲間がいない。そして俺自身の怪我を治すだけなら、ヒールがあれば事足りてしまうし。

ここがMMORPGゲームの中なら、辻ヒールという善行を行うのも良いだろう。徳を積めば運が向いてくる、因果応報があるだろうしな。

けれど、俺は現代ダンジョンで治癒方術を使えることを隠し通す気でいるから、辻ヒールをする気はない。

だから仲間のいない俺にとって、フォースヒールは使い道がない――と結論付けかけて、待てよと思い直す。

現代ダンジョンでも、アンデッド系モンスターをヒールで瞬殺できる。

つまりフォースヒールは、安全に遠くからアンデッド系モンスターを倒せる、遠距離魔法として使えるんじゃなかろうか。

この第三階層でも、アンデッド系のモンスターは出て来はする。でも収集した情報によると、それは中層域からなんだよな。

浅層域では標的がいないなと思いかけて、別にフォースヒールをかけるだけならアンデッド系に限る必要がないよな。

回復させてしまうが、普通のモンスターにだって治癒方術をかけること自体はできるんだしな。第一階層でラージマウスにやったようにね。

では、第三階層の浅層域のモンスターと戦ってみようと、順路を見るためにスマホのダンジョンアプリで地図を呼び出す。

その地図を見て、俺は第二階層までの地図との違いを発見する。

第二階層までの地図はほぼ全ての場所が解明されていたけど、第三階層の地図には多くの未探索通路が未だに残っていた。

いま見ている浅層域ですら、区域の端の方には多くの未探索な場所がある。

これがどういう意味か、俺は収集していた情報から知っていた。

政府推奨の既存チャートだと、ガチでダンジョン探索をする人は苦戦するモンスターと出会うまで階層を進むべき、っていうのを基本方針にしている。

その基本方針に従うと、ガチな探索が始まる第三階層はまだモンスターが弱めなこともあって、第四階層の順路以外に進む必要がないってことになる。

そして、この現代ダンジョンの特性として、順路から外れると一度に出くわすモンスターが増えるという事実がある。

だから複数匹のモンスターと出会ったら、道を引き返せば正しい順路を探すことが出来るわけだ。

その結果、モンスターが複数匹出る場所から先は、探索する必要がないとして、未探索なままになってしまっているわけだ。

逆に第一階層と第二階層だと、ほぼ全ての地区が解明されていたのは、剣道着姿のライト層が階層全域をウロウロしているから。例外はドロップ品が期待できない最弱モンスターがいる一本道や、進むのが面倒な迷宮部分とかの、ライト層がウロつきながら稼ぐには不向きな場所だけだ。

そんな地図と探索者についてのあれこれは、俺がモンスターと会敵したので、横に置くとしよう。

第三階層の浅層域にて初対面かつ初フォースヒールをかけることになる、そんな幸運なモンスターは何か。

それは全長が一メートル半、体高が一メートルはある巨大な猪——突進《チャージ》ボアと名付けられたモンスターだ。

ツンツンと逆立っている茶色い体毛で丸々とした体を覆い、カバを思い起こさせる大きな牙が下顎から伸びているという、普通の猪と比べて凶悪な見た目をしている。

その威圧的な姿を一目見て、第三階層こそがダンジョン探索の始まりなのだと言われていることに納得する。

突撃ボアの雰囲気は、まさに人を殺してやろうという殺気に包まれているんだからな。

そんな凶悪な見た目と雰囲気の突進ボアは、俺を視界に入れた瞬間、地面を四つ足で蹴って駆け寄ってきた。

体高一メートルの巨大な肉の塊が走ってくる様子は、アクセルベタ踏みで突っ込んでくる軽自動車の如くな大迫力だ。

そんな交通事故を想起させる姿に、俺は迷わず横へと跳び退くことを選択した。

俺は大きく回避しながら見た。

突進ボアが慣性に従って前進しつつも、四つ足をバタつかせて、どうにか横に逃げた俺に当たるように軌道を修正しようと試みている姿をだ。

実際、突進ボアは、その足のバタつかせで多少軌道を曲げることに成功していた。

もし仮に、突進ボアの突進をギリギリで避ける選択をしていたのなら、正面衝突や牙の引っ掛けなどの攻撃を食らっていたことが間違いないぐらいには軌道が曲がっていた。

安全策を取って大きく回避してよかったと安堵した後で、どう戦うべきかを思案していく。

既存の倒し方だと、身体強化スキルを全開にかけてから、数人で協力して腕力で突進ボアを止め、その後で他の仲間が日本刀の刃を突き立てるという流れだったはずだ。

だけど、そんな倒し方は、身体強化スキルもなく単独である俺にはできない。

なら、自分で倒し方を編み出すしかないよな。

俺はメイスを大上段に構えて、突進ボアが近寄ってくるのを待つことにした。

馬鹿の一つ覚えのように、大上段からの全力の一撃にかけることにしたのだ。

突進ボアは、俺の決意を受けて立つと言わんばかりに、ダンジョンの床を二度三度と前脚で掻く。

そして、勢い良く突進してきた。

俺は迫力に挫けそうになる自分の両足を、戦うんだという気持ちで奮い立たせ、メイスを振るうべきタイミングを見極めていく。

「ここ！」

大上段に構えたメイスを思いっきり振り下ろし、突進ボアの脳天に直撃させた。

タイミングはバッチリ。俺の体に突進ボアの体が当たる前に、メイスは突進ボアの脳天にめり込んだ。

ここまでは上手くいった。そして、ここからがダメだった。

突進ボアの突進は、メイスの攻撃を食らって勢いが減じたものの、止まらずに俺の足へと突き進んできた。

俺は脛のあたりに攻撃を食らった感触がした直後、見えている景色が一回転。続けて背中に衝撃を受けた。

いま体感したことから推察するに、どうやら俺は突進ボアに足を撥ね飛ばされて、背中から床に落ちたようだった。

俺は現状を理解すると、メイスを床に突きつつ素早く立ち上がる。

突撃を食らった足には、そんなに痛みは感じない。チラリと視線を脛に移せば、脛に張った装甲板には、突撃ボアの牙の痕と思わしき白い線が一筋引かれていた。

これは防具ツナギに感謝だなと感じながら、もう一度メイスを構えて突進ボアに備えることにした。

しかし、この用心は無駄になった。

なにせ突進ボアは、俺を通り過ぎたあたりで横に倒れていたのだから。

改めて観察すると、その頭には傷と血が見えた。

どうやら俺が食らわせた一撃は、致命傷にはならなかったものの、大怪我と脳震盪を負わせることには成功していたらしい。

というか、脳震盪を起こしておいて、あの威力の突進が継続するのかよ。

俺は末恐ろしさを感じつつ、止めを刺そうと動こうとして、そこで当初の目的を思い出した。

そうだ。フォースヒールが、どの程度離れた距離で使えるのかを試すんだった。

俺は周囲に他の探索者の姿がないことを再確認してから、倒れている突進ボアから三十歩ぐらい離れた位置に立つ。

「治癒方術、フォースヒール」

スキルを宣言したが、発動したという実感は得られなかった。

ではと一歩前進し、再びフォースヒールを宣言。しかし、ダメ。

その後、一歩ずつ前進しながらフォースヒールを宣言していくと、突進ボアから二十三歩ぐらいの距離で、発動する実感が得られた。

ヒールをかけたときと同じく、突進ボアの頭の怪我がぼんやりと光る。

俺は発動を実感した直後には駆け出していて、怪我が治って起き上がった突進ボアの頭を狙って、メイスで力一杯に殴りつけた。

先ほどは仕留めきれなかったが、今回はちゃんと頭蓋を破壊する致命傷を与えることができて、突進ボアは薄黒い煙に変わって消えた。

「二十三歩の距離ってことは、有効距離は二十メートルだって覚えておけばいいよな」

これぐらいの距離でヒールをかけられるのなら、アンデッド系モンスターを安全圏から倒すことができる。

中々にいい治癒方術を覚えられたなと思いつつ、もう一度周囲に他人がいないことを確認してから、突進ボアに衝突されたしと自分にヒールをかけることにした。怪我はしていないと感じているけど、念のためにね。

その後で、俺は突進ボアのドロップ品のボア肉――三キログラムほどの豚肉の塊が継ぎ目のない透明なフィルムみたいなものに包まれている――を、次元収納に入れる。

そうした一連の作業を終えてから、攻撃を食らってしまったことを反省した。

「次に突進ボアと出会ったときに備えて、もっと楽な倒し方を考えておかないとな」

俺は小声で宣言することで意識に残すと、次のモンスターとの会敵に備えてメイスを構え直し、そして順路を歩くことを再開した。

突進ボアの次に出くわしたモンスターは、グリーンラヴァと名付けられた、大型の抱き枕ほどの大きさがある緑色の芋虫。

ツルツルとした表面の、毛のない緑の芋虫は、その大きさを抜きにすればアゲハ蝶の幼虫を思い出させる見た目だ。

可愛らしく見えなくもないが、しかしグリーンラヴァは強敵だという情報がある。

特に、俺のような単独や少人数パーティーの探索者にとっては、厄介な敵なのだそうだ。

その理由は——グリーンラヴァは頭を持ち上げて口をこちらに向け、その口から真っ白な糸を吐き出してきた。この糸こそが、単独や少人数の探索者を苦しめる、グリーンラヴァの武器だ。

俺は、ふわりと空中に広がった糸にかからないよう、大きく跳び退って回避した。

吐き出された糸はしばらく空中に、そして下りてきて床に残っていたが、グリーンラヴァの口が糸を噛みちぎった途端に薄黒い煙に変わって消えていく。

ああしてあっさりと消えた糸だけど、逆に言えばグリーンラヴァの口が閉じられるまで、糸は存在し続けるということ。

そして、あの糸に体を捕らえられて動けなくなってしまうと、グリーンラヴァがジリジリと接近してきて、逃げられないままに噛みつき攻撃を食らうことになる。

グリーンラヴァは芋虫の見た目の通りに、その口はかなりの硬さのある物体でも噛み砕けるらしい。

それこそ、日本刀を噛んで折ったという噂があるほどだ。

刀は流石に誇張かもしれないが、それでも人の肉なら簡単に噛み千切れるだろうことは疑いようがない。

「芋虫の餌は、嫌だなッ！」

俺は気合の声代わりの独り言を放ちつつ走り、グリーンラヴァに接近する。糸を連続して吐けないことを知っているので、楽々と接近できた。

そして俺はグリーンラヴァの身体へ、メイスを叩き込んだ。

メイスの一撃は、グリーンラヴァの体表の皮を殴り破り、緑色の体液が噴出する。

もう一撃必要かとメイスを引き抜いたところで、グリーンラヴァは傷口から薄黒い煙に変わっていって消えた。ドロップ品は、茶碗程の大きさの透明なガラスの器に入った、若干緑色をしたペーストだ。

このペーストは、ラヴァペーストと呼ばれている食料品だ。

高タンパクかつ低脂質。お好みで塩とオリーブ油で味を調えたものをバゲットに乗せたりラップサンドの下地に塗ったりすることが、健康志向が強いセレブの間で流行っているらしい。

ちなみにレアドロップ品は、緑色の糸。こちらもセレブに人気があり、絹糸を超える肌ざわりだという評判で、一ドロップ単位数万円で売れるらしい。

第二階層のスライムもそうだったが、グリーンラヴァを専門に狙う探索者をセレブが雇っているというか噂もあるほど、通常とレアとに拘わらずドロップ品にセレブたちは熱を上げているらしい。

まあ、俺には関係のない世界の話だからと、あまり詳しく情報は入れてないので、伝聞ぐらいの確度しかない情報だけどな。

ともあれ、俺はラヴァペーストを次元収納に入れて、さらに通路の先を目指して歩く。

しばらく歩いていると、俺の耳に『キリキリ』と何かが軋《きし》んでいる音が入ってきた。

これは、第三階層の浅層域に出る三種のモンスターの最後の一種――コボルドアーチャーの攻撃準備音だ。

「チッ。どこだ⁉」

舌打ちしつつ、周囲を確認する。

俺が焦っているのには理由がある。

なぜならコボルドアーチャーは、既存チャートにて即攻で倒すことが鉄則だと定められているモンスターだからだ。

その理由は『弓手《アーチャー》』と名前が付いているように、弓矢を放ってくる点にある。

そう、ここまでのモンスターで初となる、遠距離攻撃をしてくる相手なのだ。

そして遠距離攻撃の怖さは、現代では銃器が一線級の武器として扱われている事実からも、証明されている。

俺が警戒しながら探していると、少し先の曲がり角に、隠れながら弓を引いているコボルドを見つけた。

第一階層で見たコボルドに、木の弓と矢を持たせ、背中に木皮の矢筒を背負わせただけのモンスター。

楽に勝てそうな見た目の相手ではあるものの、俺が見つけたときには、既に弓は引き絞られていて矢を放つのを待つだけの状態だった。

コボルドアーチャーの弓矢の腕は大したことがないという評判を聞くが、もしかしたらは有り得る。

だから俺は雄叫びを上げて威嚇することで、コボルドアーチャーの狙いを狂わせようと画策した。

「うおおおおおおおおおおおおおおおお！」

口からは大声を放ち、手はメイスを持った状態で大きく振り上げ、足は最高速度を出して走る。

人間の大人が喚きながら走り寄ってくる姿は、普通の人が見ても恐いもの。

コボルドアーチャーも、どうやら恐怖で手元が狂ってくれたようで、弓から放たれた矢は俺とは関係のない方向へ飛んでいった。

攻撃失敗に、コボルドアーチャーは急いで二の矢を継ごうとしている。

そんな行動を、俺は許す気はない。接近し終えたぞ！

「おらあああ！」

俺は大声を上げたまま、慌てて弓矢を向けてくるコボルドアーチャーの顔面へ向かって、メイスを叩きつけた。

走る勢いと大上段からの振り下ろしという、威力が上昇する要素が二つ合わさったことで、大いなる破壊力が顕現した。

結果、コボルドアーチャーの顔面は悲惨なことになった。

そんなぐちゃぐちゃな顔も、コボルドアーチャーの身体と共に、すぐに薄黒い煙に変わって消える。

ドロップ品は、末尾に白い羽がある、鏃《やじり》のない木矢。コボルドの体型に合わせているので、人間基準だと短矢のカテゴリに入りそうな短めの矢だ。

手に持って分かったが、かなり軽量だ。貫通力よりも速度を、そして持ち運びや保持し易さを重視した矢なんだろう。

こんな粗末な作りの矢だと、人間には焚き木ぐらいしか使い道はない。そして現代人は焚火なんて滅多にしないので、やっぱり使い道のないゴミでしかないな。

ドロップ品については残念に思いつつ、小金にはなるだろうからと次元収納の中へ放り込んでおくことにした。

それにしても、第三階層からは本格的《ガチ》なダンジョン探索が始まるとされるという前評判通りだなと、俺は納得した。

突進ボアの突進は受け間違えたら死にかねない威力があったし、グリーンラヴァの糸の拘束は致命的な状況に陥ることがあり得るし、コボルドアーチャーの弓矢は遠距離攻撃というだけで厄介だ。

これらのモンスターに対抗しようと考えると、初期スキル三種の中で選ぶとしたら、やっぱり身体強化スキルが最良となるだろうな。

突進ボアの体当たりも、身体強化スキルで膂力を上げれば受け止められる。

グリーンラヴァの糸による拘束も、身体強化スキルの出力任せに千切ることができるだろう。

コボルドアーチャーの弓矢も、矢が放たれても避けられるだろうし、強化した脚力で簡単に近づけるはずだしな。

「果たして初期に有用だったスキルが、後々までも有用で在り続けられるのか否か」

現在十五階層で攻略が止まっている事実を考えると、答えは『否』の方に傾きそうだけどな。

さて、一通りのモンスターたちとは戦ってみたので、これから俺はどう行動するべきかを改めて考える。

道は二つ。

一つは、自分の実力が通用しないモンスターに出くわすまで、先へ先へと階層を進んでいくこと。

より先の階層の方が、良いアイテムが宝箱に出るのは自明のこと。それなら少しでも先へ進んで、そこにある宝箱を漁るべきだろうな。

もう一つは、第三階層浅層域にすら未探索な場所があるんだから、そこを調べ回ってから、次の場所に移動する。これは現状の最前線に追いつくまで時間がかかるものの、階層毎に不老長寿の秘薬があるかもという可能性を確認しながら、戦闘力を伸ばしながら階層を進んでいける。

どちらも一長一短があるので、どちらにしようか迷ってしまう。

オリジナルチャートでは、少しでも不老長寿の秘薬を入手する確率を上げるために、先の階層に進むとしていた。

でも分岐として、第三階層で地力を付けることも考えていた。

どうするべきかと俺が迷っていると、その決断を迫るかのように、ここで一つの出来事に出くわすことになった。

俺が立っている先の通路にある分かれ道から、血だらけの探索者二人が出てきた。

どちらも剣道着を血に染めているが、一人はザックリと切り裂かれた太腿から大量出血しながらも歩いていて、もう一人は首筋や腕に抉《えぐ》られた噛み痕と背中に矢が何本か刺さった状態で動いていない。

歩けている方が、動きもしないもう片方を抱き抱えながら、ここまで運んできたようだ。

「おい、大丈夫か！」

俺が思わずイキリ探索者の演技を忘れて声をかけてしまったところ、急に二人の探索者はダンジョンの床に倒れた。

まるで俺の声が止めを刺したみたいじゃないかと、慌てて近寄って助け起こし、二人の首筋を触って脈を確認する。

背中に矢が刺さっている方は完全に息絶えていて、体温もすっかり冷たくなっていた。

先ほどまで歩いていた方も、もう指では脈を感じないほど弱っている。体温も段々と冷めてきてい
て、死ぬまであと少しという実感が手から伝わってくる。

俺が思わず頑張れと声をかけようとした直前に、歩いてきた方の探索者の身体から力が抜けた。

腕の中に抱えた人物が、いままさに死んだ。

その衝撃的な体験に、俺は先ほど考えていた選択を決めた。

「死んだら元も子もない。安全策をとる。幸い、不老長寿の秘薬の在り処は誰も知らないんだ。少し時間がかかったとしても、その分のディスアドバンテージは後々でも覆せるはずだ」

俺は死んでしまった探索者二名に合掌すると、死体を次元収納の中へと収めた。

ラノベでよくある設定の通りに、生き物は次元収納の中には入れないことが、ダンジョンが現れた当初に既に証明されている。

なにせ次元収納の中に人が入れるのなら、どこでも安全な場所で休憩を取ることができるんだ。ダンジョンについてなにも分かっていなかった初期に、安全地帯を作れそうな方法を試さないはずがない。

その特性上、俺だけでなく次元収納も、この二人は死体であると判断したということだ。

なんだか、第三階層に来たばかりだけど、目の前で人に死なれて、気分が落ち込んでしまった。

今日はもう引き上げることに決めて、俺は次元収納に死体を入れたまま、第三階層の出入口へと戻ることにした。その出入口で、次元収納から死体を出す際に、居合わせた探索者たちから見咎《みとが》められそうだなという懸念を抱きながら。

俺が懸念した通り、第三階層の出入口で次元収納から二名の死体を出した際には探索者たちから嫌な顔をされ、役所まで死体を担いで届けたら職員たちが上を下への大騒ぎを始めた。

役所の職員は死亡確認のために医者を呼びに使いを出すし、役所に居合わせた探索者たちは知り合いが死んだのかもしれないと死体の顔を覗き込み、そして両方とも俺に非難の目を向けてくる。

そんな俺が殺したかのような目で見られても。俺は単に死体を運んできただけだってのに。

でも、この状況は、より一層俺のことを嫌なイキリ探索者だと周知する絶好の機会だよな。

俺は、他人の評価など気にしませんよと言いたげな顔で、役所の職員の一人を手招きする。以前に買い取り窓口で見たことのある、女性の職員だ。

「えっと、なにか御用ですか？」

貴方が死体を持ち込んだことで大変な目に合っているんですよと、目で教えてくる。

こんな大騒動になるとは思ってなかったので、その点については申し訳なく思う。

でも仕方ないんだ。俺がイキリ探索者を装うのなら、次の行動はこうするべきだってことをやらないといけないからな。

「なあ。人間の死体って、役所に運んで来たらいくらになるんだ？　金一封ぐらいは貰えるんだろ？」

俺の大いに不遜な質問に、職員は何を言われたか分からないといった表情でポカンとしている。

演技とはいえ、何度も言うのは気が引けるんだけどなあ。

仕方なく、同じ台詞を再び口にすることにした。

「だから。人間の死体を、役所までわざわざ運んできたんだぞ。金一封ぐらいはあるんだよなあ？」

俺が死者を冒瀆《ぼうとく》するような台詞を改めて言うと、窓口の職員の目が一気に蔑むものに変わった。

「貴方は本気で、そんなことを言っているんですか？」

真っ当な怒りだなと内心では同意しながらも、外面はイキリ探索者を装い続けていく。

「本気っていうか、当たり前の要求だろ。東京ダンジョンに入る探索者の多くは、金を稼ぎに来ているんだ。死体を運んでも幾らにもならないっていうのなら、運んだ甲斐がないってもんだろう？　今後は、誰も死体を運んではくれねえんじゃねえかなあ？」

「だからって――」

「他の探索者なら、死体から遺品を拾って帰るぐらいが関の山。だが幸いだったことに、俺は次元収納持ちで、だからこそダンジョンの外まで死体を持って帰ることができた。なら、ダンジョンから死体を持ち帰ってきた俺の働きを、役所が正当に評価して金一封を出してくれたって良いと思うんだけどなー？」

死体を換金することしか考えていないような口振りで言うと、職員は俺を外道を見る目つきで睨んでから、苦々しげな口調で言葉を吐き出してきた。

「上の者と協議いたします。評価の対価は、お金ということでよろしいんでしょうか？」

「それでいいぜ。ああ、大金を用意してくれなくてもいいからな。ダンジョンで死体を運んだだけの、イージーな労働だからよお」

聞きようによっては大金を強請っているような言葉をかけると、職員の視線の温度が更に冷えた。

なにか言い返してくるかと期待したが、しかし職員は何も言わずに一礼すると下がっていった。

俺は軽い調子で手を振って見送ると、適当な一人掛けソファーに腰を下ろした。そしてスマホを取り出して、ダンジョン関連のニュースを探していく。

すると『速報』と見出しがついた記事に、東京ダンジョンで死者二名のタイトルがついていた。

記事の中身を確認すると、役所に死体が持ち込まれたというだけの、シンプルな記事。詳しくは後の追加情報をお待ちくださいと文末が結ばれている。

俺がニュースを確認している間に、役所に居合わせた探索者たちは、二つの死体の顔を見て、死体が知り合いじゃないことに安堵したり、心当たりがあるのかスマホで余所と連絡を取ったりしているようだ。

そんな探索者でも、よくよく観察すれば、反応は二分していると気づく。

例えば、傷だらけの日本甲冑を着ているベテランっぽい人たちの場合。

死体の顔を見て知り合いじゃないと分かると、仲間と連れ立って東京ダンジョンのある方へ、さっさと向かっていってしまう。その態度は、探索者の死など見慣れていると体現しているかのようだった。

逆に、剣道着を装備するライト層の探索者たちは、死体が同じ装備であることで同情心を抱いたのか、痛ましい顔を死体に向けたまま動きだそうとしない。中には、死体を運んできた俺に対して恨みがましい視線を向けてきている。差し詰め、どうして助けてやらなかったんだという、非難の目つきだろうな。

俺が助けようとしたときには死んでいた、なんて説明しても納得しない顔だぞ、アレは。

そんな探索者たちの反応の違いはともかくとして、探索者たちが俺の非難を抱いている様子なのは間違いない。

これでまた一歩、俺から他の探索者が距離を置くことになり、そして不老長寿の秘薬を探すという俺の目的が誰かに感付かれる心配は少なくなった。

しめしめ思惑通りと考えていると、先ほど俺が難癖をつけた職員が戻ってきた。

「上役の者が、死体発見時の状況を聞きたいと申しておりまして」

「金一封は？」

「上役の者が、自らの手で渡すからと」

要するに、上司との面談をしなきゃ、お金が貰えないってことか。

俺の本心としては、そんな面倒事に付き合うぐらいなら金一封を辞退しても良いんだけどね。でも、イキリ探索者を演じるのなら、こちらから金一封を切り出したこともあるし、金にがめつい感じを出しておくべきだよな。

俺はソファーから嫌々な感じで立ち上がると、職員の案内のもと、役所の上の階へと足を踏み入れた。

下の探索者たちの喧騒が嘘のように、上の階は物静かなオフィスになっていた。

そんな静かな廊下を進んでいくと、会議室の一つ——小会議室Bとのプレートが扉にある場所に案内された。

職員がノックの後に扉を開くと、そこは机一つとパイプ椅子四つだけの、本当に小さな会議室だった。

部屋の中には、既に職員の上司らしき中年の人物がいて、俺を見てパイプ椅子から立ち上がる。

「申し訳ありません。お呼びだてしまして。私、こういう者でございます」

綺麗なビジネススマイルと共に差し出してきたのは、装飾の乏しい名刺。

俺は、イキリ探索者っぽい横柄な態度で片手で名刺を取り、名刺の名前と役職に目を向ける。

名前は、山田太治郎《やまだたじろう》。役職は、情報収集室の室長。

この名前と役職を見て、俺が感じたことは――

「――なあ。これって偽名か？」

「役職からか、初対面の方には同じことを尋ねられることが多いですが、ちゃんと本名ですよ。祖父が名付け親なので、古風な名前になったのです」

「そいつはスマンかった。んで、俺は死体を見つけたときのことを喋ればいいんだっけ？」

失礼な作法と知りつつ、俺は勧められる前にパイプ椅子の一つに腰を下ろし、斜に構えるような座り方をする。室長と肩書がある相手なら、この失礼な行いを見たのなら、何かしらの態度を見せると考えての行いだ。

しかし山田室長は、ビジネススマイルを保ったまま、俺の対面の席に静かに座ってきた。

「死体発見時の話もそうですが、小田原様が使用する武器についても、お教え願えればと思っております」

「ああッ？　なんだって武器のことを話さなきゃならないってんだ？」

苛立った演技で理由を聞くが、山田室長は笑顔のまま。俺の恫喝などは聞かないって態度だ。

「使用なさっている武器によっては、小田原様の嫌疑が晴れるからですよ」

「一人は太腿をザックリ切られていて、もう一人は噛み痕の他に背中に矢が刺さっていただろ。死因なんて一目瞭然だろ」

「残念ながら、矢は刺さっておりませんでしたよ。モンスターが使う武器は、ダンジョンの外に出たら煙のように消えてしまいますからね。お気づきではなかったでしょうか？」

そう言われて思い出そうとするが、ダンジョンで次元収納から死体を出した際には矢が刺さっていたことは覚えている。しかしダンジョンから出て役所まで担いで運んだ際は、死体を目にしていたはずだけど、その状態がどうだったかについての記憶は定かじゃない。

死体に矢が刺さっていたように思うし、無かったようにも思う。

記憶があやふやなら、ここは山田室長の言葉を受け入れる方向で話を進めるべきだろう。

「知らねえよ、そんなこと。チッ、俺の武器について話せばいいんだろ。俺の武器はメイスだ。トゲって漢字に似たヘッドがくっ付いているヤツだ」

「現物はお持ちで？」

「次元収納の中だよ。言っておくが、東京ダンジョンに言って出して持ってこいってのはヤラねえからな。なんでそんな手間をかけなきゃならねえんだよ」

「いえいえ、そこまでして頂かなくて結構ですとも。それで、使用されている武器は、それだけなのですね？」

「それだけだ。刃物は使ってねえから、あの死体のような傷なんて作れねえからな」

「そうなのですね。探索者の方々は予備の武器を持ち歩いているものですから、てっきり他にも武器をお持ちじゃないかと、そう思っただけですとも」

食えない言い回しに、俺は山田室長のことが苦手に感じ始めていた。

いや、素の状態で付き合うのなら、この手の人との交流は大歓迎なんだよ。嘘偽りなく本心で対応するだけで、勝手に好感度を上げてくれるタイプの人だからな。

けど今の俺は、イキリ探索者を演じている状態——つまり嘘の塊だ。

山田室長のような人は、人の嘘に敏感だし、嘘を見つけたら突きにくる性格をしているはず。

だから『イキリ探索者の俺』だと、山田室長のことが苦手になりつつあるってわけだ。

あまり長居したくなくなってきたので、さっさと死体を見つけた状況を喋ってしまうことにした。

「——つーわけで、俺が駆け寄ったときには死んでたってわけだ。二人ともモンスターにやられたんだろうさ」

「本当に助けられなかったので？」

「どういう意味だ？」

「大怪我を負った二人を、お見捨てになられたのではないのですか？」

「命を見捨てたヤツの死体を、態々運んだって言いたいのか。やる意味がねえだろ、そんな真似」

「人から注目されたいと願う人であれば、今回の件は思惑通りになっているのではありませんかね？」

いやいや、俺は逆に注目されたくなくて、人が離れるようにとイキリ探索者を演じているんだぞ。

なんて裏事情を語るわけにもいかないので、イキリ探索者っぽい演技で切り抜けることにした。

「勘違いして欲しくねえな。俺は人から注目されたいんじゃねえよ。俺の行動を見た他人が称賛するだけだ」

「有名になるにも、そのなり方に拘りがあると？」

「だから有名になりたいんじゃねえってんだよ。俺がなにをどうしようと、周りが勝手に俺を有名にしてくれんだって言ってんだ」

俺自身ですら訳の分からない論理を口にしているからか、山田室長も理解しがたいという顔になっている。

「えーっと。分かりました。とりあえず、小田原様は二人を殺しておられないと。救助しようとしたが、素人では手を施す事が出来ないほどの重傷で、死んでしまっていたと」

「言い方に棘があるぜ。手を施すも何も、生死判定に次元収納使ったら、二人とも中に入っちまっただけだ」

「ほうほう。二人分の死体が、次元収納に入ると？」

「下手な演技は要らねぇよ。俺が売りに出したドロップ品の量を調べりゃ、俺の次元収納のレベルが二に上がっていることとわかるだろうからよ」

「ということは、久々に現れた、次元収納の容量が増加した探索者なのですね、小田原様は」

「嘘を吐くなよ。次元収納の容量が増えた程度、役所が気になんてしねぇだろ。なんたって次元収納はクズスキルなんだからよぉ」

「そんなクズスキルだと知りながら、小田原様は初期スキルにお選びになさったと？」

うげっ、調子良く喋り過ぎた。

あまり喋り続けていると、次元収納スキルの派生で治癒方術スキルが生えたことも感付かれてしまいそうだ。

俺はどうしようかと考えを巡らして、失敗を誤魔化すような態度を取ることにした。

「し、知ってたに決まってるだろう、次元収納はクズスキルだってことはよぉ。ダンジョンの外でスキルが使えないってことも、知っていたし～」

ダンジョンに入った当初は知らずに、後から知った。そしてダンジョンの外でもスキルが使えると勘違いしていたから、次元収納スキルを選んだ。

今の発言で、山田室長にそう誤解させることができただろうか。

ドキドキしながら反応を待っていると、山田室長はビジネススマイルを少しだけ深めた。

「そうなのですか。政府が公開している攻略法そっちのけでダンジョンに入る決意をするなんて、小田原様はなかなかにチャレンジャーなのですね。尊敬いたしますよ。そうそう、謝礼金がまだでしたね。こちら少ないですが」

そう言いながら差し出してきた茶封筒の中には、十枚の一万円札。死体一つ五万円と考えると、なかなかの金額に感じるな。

はてさて、山田室長の俺への評価がどうなったかは分からないものの、謝礼金を受け取った後に俺は会議室から解放された。

俺は『面談なんて大したことなかったぜ』といった不遜な態度を取りながら、役所の外まで歩いていくことにした。

そして道路の上の誰も俺に注目していないところまで来てから、口に手を当てながら内心に受けていた重圧を逃がすために盛大に独り言を零すことにした。

「うわ〜、緊張した。なんだよもう、俺のことについて探ってくんなよ。探られて痛む腹はないけど、隠し事は沢山しているんだから〜」

ブツブツと文句を吐きだして心を軽くして、俺は心に感じていた重圧を追い出す事に成功した。

今日はもうダンジョンに関わることは考えない。家に帰って、飯を食って、ふて寝する。そう決めて家路についた。

死体を運搬した翌日を休日にして、心身の健康を取り戻すことにした。

休日が明けて、俺は東京ダンジョンに通う。

探索の順番的には、第三階層の浅層域を超えて中層域へと進むべきだろう。

しかし俺は、第二階層の深層域でモンスター相手に戦っていくことに決めた。

死体を見た衝撃から探索を諦めた、というわけではない。

山田室長との会話の中で、俺には副武器がないことを自覚したので、今後の安全のために一つ確保しようとしているのだ。

どうやって武器を確保するのかというと、それはもちろんグールのランダムで色々な種類の武器が出てくるドロップ品を利用してだ。

第二階層深層域でグールを探して歩きまわり、メイスで殴り倒してドロップ品を確認し、鈍器じゃないやと次元収納に入れて次のグールを探す。その繰り返しで、目当ての鈍器が手に入るまで繰り返す気でいる。

どうして、こんな回りくどいことをやっているのか。ダンジョンのモンスターに通用する鈍器を手にするだけなら、ドロップ品を売却して貯めた金で手作りの棍棒を作ってもらえば解決する。なぜそうしないのか。

その理由は、ダンジョン産の武器を進化させたという事例報告が、全くと言っていいほど情報にないからだ。

ダンジョン産の武器は、そのままでモンスターに通用する凶器。海外の探索者たちは、この手の武器を用いてダンジョンでモンスターと戦っていることが多い。

そのため一例ぐらいは、ダンジョン産の武器に魔石を食わせて進化させた人がいても良いはず。

それなのに、進化させたとは聞かない理由は、魔石が高額で売れるようになったからだろう。ダンジョン産の武器に魔石を大量に食わせて進化させるよりも、魔石を売って得た金で総手仕事の日本刀を日本から輸入した方が、建設的かつ金銭を節約しながら戦力を増強できるからな。

しかしダンジョン産の武器が進化したという情報がないということは、無限の可能性がそこに眠っていることを意味している。

だから俺は、どうせ副武器を手にするのならダンジョン産の武器にして、機会があれば進化もさせたいなと考えて、こうしてグール狩りに精を出しているわけである。

「これは、錆びた鉄の棍棒。うーん、惜しい」

この棍棒で妥協するのもアリだが、どうせなら納得できる鈍器を手にしたい。保留にしておこう。

俺はグールを探して倒し、更に錆びた剣、腐った木の棒、錆びた短剣、ヒビが入った弓、錆びたスコップを入手した。ちなみにスコップとは、俺の地元だと足をかけて掘る方の大きい円匙《えんぴ》を指す言葉だ。

そんな感じで延々とグールを倒して回っていき、もうそろそろ帰り時間だなというぐらいまで粘って、ようやく俺が納得できる鈍器がドロップした。

それは、総鉄製の錆びた戦槌。形は俺の身長程の長い柄があり、ヘッド部は『T』の形をした両頭ハンマー型で、そのヘッドの補強のために柄から『Y』の形で支柱を伸ばした――そんな野球道具のトンボに似た形をしていた。

錆びているといっても、錆が濃いのはヘッド部分だけ。支柱と柄にある錆は薄めで、耐久力は十二分に残っていそうだ。あと柄の持ち手にある巻き革が腐ってボロボロだったが、その下の柄は新品同然で錆はなかった。

このままでも十二分に使えそうだけど、軽く振っただけでヘッドの錆が空中に飛散した。こんな錆が付いたままじゃとても使えないな。

でも、錆が酷いのなら、錆を掃除してしまえばいい。

俺はこの戦槌を副武器にすることに決めた。

俺は戦槌を手に持ったまま第二階層から東京ダンジョンの外へと出ると、その足でホームセンターへと駆け込んだ。

カゴを手に取り、錆落としに必要な防塵グッズと薬剤と研磨剤をカゴに入れていく。

そしてレジの会計にて、錆取り作業のために製作室を借りる代金を支払った。

買い物が詰まったレジ袋を手に引っ提げて、製作室へ。錆取りは、薬液につけると異臭がすることもあるので、屋外作業場での作業になった。

俺はゴーグルと粉塵防護用マスクを着用し、そして製作室に備え付けのグラインダーで、赤錆を戦槌から削り落としていく。このとき腐った巻き革も排除した。

柄と支柱部分の錆取りは直ぐに終わり、どこにも穴ができていないことが確認できた。もし穴があったら、また新たな戦槌がグールからドロップするまで粘らなきゃいけなかったので、この点は有り難かった。

続けて、錆が酷いハンマーヘッドの部分の掃除に取り掛かる。グラインダーで処理していくと、一回り小さくなったかなというところで、ボロボロと剥がれる赤錆はなくなった。

プラスチックの箱を用意し、そこに規定量の水と錆の転化材を入れ、ハンマーのヘッドを漬ける。箱の大きさが足りなくて柄まで浸からないが、そこは刷毛で随時塗り込むことで対応した。

規定の時間薬剤につけると、総鉄製の戦槌は全体的に黒っぽい色合いになった。薬液の説明によれば、赤錆を黒錆に転化することで鉄の崩壊を防ぐらしい。

俺は戦槌を箱から出すと、使い終えた薬液は薬品廃棄用のバケツに入れて、戦槌に残る薬液を落とすために水と刷毛を使った擦り洗いを実行した。

丸洗いした戦槌は、毛羽立ちが出ない紙ウエスで拭い取り、さらには備え付けのドライヤーで完全に乾燥させる。

その後で、戦槌全体に錆止めスプレーをかけ、それが乾燥したら防汚コーティング用のスプレーを重ねがけする。残しても仕方ないから、スプレー缶の中身を全部使う勢いで吹きつけた。

作業の後、次は野球バット用の合成革の巻革を柄の持ち手部分に巻きつける。

こうして、実用に耐えるぐらいには綺麗になって、戦槌が復活した。

作業を終えた頃には、ダンジョンから出るのが遅かったこともあり、すっかり夜遅くになっていた。

しかし俺に、この戦槌の使い心地を試さないという選択肢はない。

俺は東京ダンジョンの中に取って返すと、第一階層のモンスターで良いからと、戦槌を使用した戦いを挑むことにした。

こんな時間でも、日中は会社員として働いている兼業探索者っぽい人達が多く入っていて、なかなかモンスターと戦う機会が得られない。

俺は第一階層の奥側へと進み、ようやくモンスターのローリングストーンと戦う機会に巡り合えた。

「よしっ。まずは素振りから」

俺は戦槌を初めて使うので、その使い心地を今更ながらに試す。

長い柄をしっかりと両手で握り、餅つきの杵を使う要領で振るってみる。ちゃんとハンマーの面を正面に向けて振るわないと、重たいヘッド部分が暴れてしまうので、メイスよりも扱いに注意が必要だ。

五回ほど振るってみて、なんとなく戦槌での殴り方の勘所を把握することができた。

ならその勘所を掴んでいる間にと、こちらに近寄りつつあったローリングストーンへと、戦槌を振り下ろした。

今回は当てることを重視して、メイスを使うときの半分ほどの力加減で振るった。

しかしメイスよりも長い柄によって発生した遠心力のお陰か、ヘッドでローリングストーンを殴りつけた際に感じた手応えは、メイスで力強く殴ったときと変わらない威力だった。

その証拠に、殴られたローリングストーンは打面から底面にかけて真っ直ぐなヒビが入り、そして薄黒い煙に変わって消えてしまった。

「ちゃんと使えば、強いみたいだな。戦槌ってのは」

錆を取るのにヘッドが一回り小さくなったのに、これほどの威力を保っているのか。

俺は、戦槌特有の長柄を用いた際の破壊力が楽しくなり、モンスターを探しては殴りつけることを続けた。

その結果、あまりに楽しくて長居し過ぎてしまい、戦槌を次元収納に仕舞ってダンジョンから出たときには、すっかり真夜中になっていた。

大慌てで自宅に帰るべく東京駅に向かったところ、やっぱり日本の首都だけあり深夜にも拘わらず電車が走っていた。

俺は救われた気分で夜間の電車に乗り、自宅の最寄り駅を目指した。

夕飯も食べずに、戦槌の錆取りとダンジョンでの戦闘を行っていたので、もうすっかり腹ペコだ。

しかし深夜の時間だとスーパーは閉まってしまっているし、自宅近くの飲食店もきっと閉まっていることだろう。

ということは、前の休日に使いかけで残した乏しい食料や買い置きを適当に胃に詰め込むことになりそうだ。

侘しい夜食になりそうだなと思いつつ、腹の虫が鳴かないようにお腹を手で押さえつけながら、最寄り駅までの時間を耐えることにした。


予備の武器も手に入り、準備万端心機一転、第三階層の浅層域へ。

しかし、焦って中層域には行かない。

この浅層域で、戦う実力をつけてから先に進む。

幸いにして、第三階層から先はダンジョンアプリの地図の端に未探索な場所が残っていることを確認できた。

その場所を調べ回ることを目標にすれば、自ずと地力がついてくるはずだ。

そんな目論見で浅層域の探索を始めたのだけど、決意したときに限って上手くいかないのが人生というもの。

俺の行こうとしていている道の先を、常に一つの探索者パーティーが歩いている。そのため、彼らがモンスターを倒してしまい、俺がモンスターと戦う機会がない。

ダンジョン内では、時折こういう事態が起こる。

ダンジョンのモンスターは基本的に戦い始めた者に戦闘とドロップ品の優先権がある決まりだし、アトラクションじゃないから待っていれば順番がくるわけではないからな。

戦う機会を奪われ続けていることに、少し思うところはあるけれども、それならそれで状況を利用することにした。

折角、目の前でモンスターとの戦い方を披露してくれているんだ。有り難く観察させて貰おうじゃないか。

俺の前を歩く探索者たちは、全身を日本鎧で包み、腰に日本刀を大小一本ずつ差し、背中には飲食物やドロップ品を入れる大容量リュック。頭装備は、身体強化スキル持ちなら兜で、気配察知スキル持ちなら陣笠や編み笠。それらの装備は、新品にはない艶が落ちた風合いをしていて、使い込まれていることが窺えた。

ああして、ちゃんとした装備を整えられていて、そして装備が使い込まれている様子があるあたり、彼らはベテランの探索者なんだろうな。

そんな彼らが第三階層でモンスター狩りに勤しんでいるのは、食肉として需要があるボア肉とセレブが欲するラヴァペーストだけを拾い集めていることから考えるに、それらを売るための独自の販売網を持っている人たちだからだろう。

突進ボアのレアドロップ品のボアの牙、コボルドアーチャーのレアドロップ品のコボルドの小弓。彼らは、それらを拾わずに無視して次のモンスターを探し進む。その一方で、グリーンラヴァのレアドロップ品の緑色の糸束は回収している。

そんな点も、彼らがセレブとの繋がりを持っている証拠のように見える。

ちなみに彼らが取らずに残したドロップ品は、有り難く俺の次元収納の中に入れさせてもらった。拾う度に探索者たちから侮蔑を込めた目で睨まれたが、俺はイキリ探索者なんだから気にしない。

そんな感じで先に居る探索者パーティーの戦いぶりを確認しながら後を付いて歩いていると、二匹一組でモンスターが現れる区域に入った。

なぜそう分かったかは、探索者パーティーに唯一居る編み笠の気配察知スキル持ちっぽい人が、モンスターが二匹いると警告を発したからだ。

「前方から、猪が二。近づきつつある」

その警告を受けて、他の面々は移動を止めると、日本刀を構え直して攻撃態勢に移った。

戦闘準備が整って十秒後、二匹並んで歩いてきた突進ボアが、通路の先に現れた。

突進ボアは、探索者の存在を見て戦う気になったんだろう、二匹とも前足でダンジョンの床を掻いて体当たりの準備を始める。

やがて突進ボアの方が二匹同時に駆け出し、日本刀を構える一団へと突っ込み始めた。それも一匹に攻撃を集中されないように、ピッタリと横に並んでの突進という形で。

俺はその突進ボアの仕草を見て、驚いていた。

一匹のときは感じなかったが、二匹でいる突進ボアは戦術を考える知能があると観戦してわかったからだ。

そんな小賢しい戦い方を仕掛けてきた突進ボアに、探索者の一団はどう対処するんだろうか。

期待して待っていると、日本鎧の一団の先頭の一人が更に一歩前に出て、迫りくる突進ボアを見据えながら刀を大上段に構える。

「身体強化あああああ！」

スキル名を叫ぶと、その探索者の存在感が急に大きくなったように感じた。恐らく、身体強化スキルの作用で戦う力が増した雰囲気を、俺が迫力という形で認識したために起きた錯覚だろうな。

ここまで、ああして宣言で叫ぶことはなかったので、本気の身体強化をしたんだろうと推察できる。

これ幸いと、全力の身体強化スキルはどんなものかを観察するため、彼と二匹の突進ボアの戦いぶりを見ることにした。

身体強化スキルを用いた探索者は、突進ボアが攻撃可能な間合いに入ってくるや、勢い良く刀を振り下ろす。その振り下ろしのスピードは、俺がメイスや戦槌を振り下ろすよりも何倍も速いように感じられた。

実際、斬りつけられた方の突進ボアは、自分が頭部を両断されたという認識がなかったような顔つきのまま、薄黒い煙に変わってしまった。それほどに、刀を振るったスピードが目にも留まらない速さだった。

「うぬうあああああ！」

戦っている探索者は唸り声を上げると、振り下ろした刀を勢い良く跳ね上げて、もう一方の突進ボアを顎から眉間を通る形で斬り上げた。

こちらも一撃で致命傷だったようで、即座に薄黒い煙に変わった。

まさに瞬殺。

あの戦いぶりが、身体強化スキルＬＶ１で可能なのかＬＶ２じゃないと無理なのかは、俺の方では予想することはできない。

しかしながら、ああも素早く刀を振れて、楽々とモンスターを倒すことができるのだから、政府が既存チャートとして初期に身体強化スキルを選ぶことを推奨するわけだと、納得せざるを得なかった。

ＲＰＧゲームでも、膂力《ＳＴＲ》を上げて物理《パワー》で殴る脳筋戦法は、序盤中盤終盤と活躍の場を問わない鉄板戦法だしな。

そんな身体強化スキルにおける戦闘の際の強みを目の当たりにすれば、モンスターとの戦闘に寄与しない気配察知スキルや次元収納スキルに魅力を感じなくなっても仕方がない。

突進ボアとの戦い以降、俺は改めて先にいる探索者パーティーがモンスターと戦う姿を観察していくことにした。

しかしながら、戦闘を行うのは身体強化スキル持ちの人達だけで、気配察知スキル持ちらしき編み傘の人は警告を出すのみで戦闘に参加しない。この戦い方が、あの探索者パーティーたちが安全にモンスターを狩るために生みだした戦法なんだろうな。

そんな身体強化スキルありきの戦い方からは、次元収納スキル持ちの俺が参考にすべき点を見つけることが難しい。

参考にできたのは、突進ボアは足に怪我を負わせれば体当たりしてこなくなることや、コボルドアーチャーの矢は日本鎧に刺さらない威力しかないことと、グリーンラヴァの糸は刃で切れば煙になって消えるという点だけだ。

あまり戦闘面での収穫はなかったな。彼らが残したドロップ品は幾つか拾えたから、物理的な収穫はあったけどな。

そんなことを感じつつ、いよいよ前方の探索者たちが後ろで拾い物をする俺へ苛立つ様子が増し増しになって来たのが感じられたので、ここらで別れることにした。

俺は一人で道を戻り、先ほど通り過ぎたばかりの分かれ道の方へと入った。

こうして俺が居なくなったことで安心したんだろう、あの探索者パーティーの話す声が聞こえてきた。

距離も離れたし、分かれ道に入ってしまったので、彼らがなんと言っているかは判別できない。

「どうせ俺のことを悪し様に罵っているんだろう。その調子でイキリで狡い探索者って感じに、俺の悪評を周りに流布して欲しいもんだ」

勝手な望みを彼らに託して、俺は自分でモンスターを倒すべく、通路の先へと向かって進んでいった。

二匹一組のモンスターと戦うに際し、先日に探索者の死体を見たこともあり、俺は安全への保険をかけることにした。

治癒方術の新術の一つ、リジェネレイト。

体力と怪我を徐々に回復する効果のある術を、誰も見てはいないからと、ここからは常に使用することにした。

「治癒方術、リジェネレイト」

実際に使用してみると、俺の肌全体が薄っすらと光を帯びる感じになった。しかしその光り具合は、普段の肌色より血色が良く見える程度の淡い光り方で、よほど注意して見ないと光っているとすら感じ取れないほど弱いものだった。

表現するなら、地肌より明るいファンデーションを薄く塗った程度の弱い光り方だ。

これぐらいの光り具合なら誰かに見咎められることもないだろうと、今後はダンジョン内では人目を忍びつつも常にリジェネレイトを使い続けることに決めた。

ともあれ、こうして身体への保険をかけられたことで、俺は心理的な安心感を得た。

その安心からか、二匹連れのモンスターとの戦いでも、俺が主導権を握って優位に戦いを進めることができた。

むしろ中層域へ踏み出すことを恐れた自分を、恥ずかしく思うぐらいの心の余裕が生まれたほどだ。

しかし慢心はできないと心を戒め、安全かつ確実にモンスターを倒せるようになるまで、浅層域を探索しながらの地力上げの修行を行うことに決めた。

そんな覚悟を決めてから、二週間。俺はダンジョンに三勤一休の体制で通い続けた。

その頃には、もう二匹で現れるモンスターとも戦い慣れてきて、危なげなく倒せるぐらいにまで成長した。

これは時間をかけて得た戦闘経験の蓄積が、戦闘が巧みになった要因の一つではある。

しかしそれよりも、一日最低八時間の三勤一休体制でダンジョンに通い続け、ドロップ品のボア肉によって気兼ねなく食肉を摂食できる生活になったことで、その戦闘時間に見合った筋肉が全身で育ってきたことこそが、戦いが有利になった最大の要因だ。

やっぱり筋力《STR》。身体強化スキルなんてなくても、筋肉をつけてパワーを上げれば全て解決だ。目についたモンスターなど、メイスの一撃で天に返せばよい。

という冗談はさておき、俺の筋肉のつき方について、謎が一つある。

それは、筋肉の成長が、目を見張るほどの速度だってこと。

会社員時代はせいぜい中肉中背な体つきだったのに、今では筋肉の線が見えるぐらいの細マッチョ体型になっている。鈍器を振り回す関係からか、背中と肩回りが発達して、シルエットからしてもガタイが良くなってしまっている。

それこそ、探索者になってから第三階層に入るまでより、第三階層で活動し始めてからの方が、筋肉の成長は顕著になっている感じだ。

そんな急成長する理由について、俺は一つの考察が浮かんだ。

俺の筋力が明らかに成長を始めたのは、リジェネレイトをダンジョンの道中で使うようになってから。

その事実から考えるに、リジェネレイトの効果は、体力や怪我を持続的に少しずつ回復するだけでなく、筋力の成長にも寄与しているんじゃないか。『身体を徐々に回復する』という効果部分が戦闘で疲労する筋肉を癒して治し、ついでに戦いで疲れなくなるように少しずつ強化しているんじゃなかろうか。

この考察が当たっているとすれば、俺は今後もリジェネレイトを常にかけ続けた方がいい。他の人よりも、早く筋肉を成長させられるってことなんだから。

しかし惜しむらくは、ダンジョンの外じゃスキルを使えない点だ。ダンジョンにいない時にも常にかけ続けられる方が、絶対に筋力の成長に良いはずなんだよ。残念だ。

ともあれ、こうして筋肉が育って第三階層の浅層域のモンスターを楽に倒せるようになったし、その課程で浅層域の未探索の場所も調べ尽くした。

未探索区域は宝箱も隠し部屋もなくてつまらない調べものだったけど、これで心置きなく中層域へと進む決意をつけられるというものだ。

第三階層中層域へ進むにあたり、モンスターについては事前に調べてある。

出てくる三種のモンスターたちは、レッサーオーク、スケルトンランサー、ワイルドドッグ。

レッサーオークは、身長百五十センチメートルほどの、人型で豚面のモンスター。ラノベにもお馴染みなオークの小型種で、太った体型と布の腰蓑を巻いている。その見た目は、小柄の相撲取りだ。身体に分厚い脂肪があるため、生半な攻撃では致命傷を与えにくいらしい。

スケルトンランサーは、粗末な槍を持ったスケルトン。移動速度は遅いが、突き出してくる槍は早いという。こちらはレッサーオークと違い、普通のスケルトンと同じ防御力しかないので、武器さえ当てれば倒すことは簡単という評判だ。

ワイルドドッグは、字面通りに野犬のモンスターで、ピットブルや土佐犬のような身体が大きくて厳つい犬種だ。攻撃は噛みつきしかしてこないが、ここまでの階層で出てきたモンスターの中で一番の俊足だという。

そんな手強いモンスターに探索者たちも手を焼いているようで、レッサーオークの一撃は身体強化スキル持ちも吹っ飛ばし、スケルトンランサーの槍は日本鎧に穴を開け、ワイルドドッグは気配察知スキル持ちを優先して狙ってきて困ると、そんな愚痴がインターネット掲示板の探索者向けのスレッドで散見された。

この三種の中で、最も楽に勝てる相手という前評判があるのは、スケルトンランサー。槍の対処にさえ慣れれば後は骨を折ればいいだけなので簡単に倒せるし、もし槍に困って倒せそうになくてもスケルトンの足の遅さから逃げ切れる。

だから俺も最初に戦うのなら、スケルトンランサーが良いなと思っていた。

槍との戦いに早く慣れるには数をこなす必要があるし、加えて俺にはフォースヒールというアンデッド系モンスターを瞬殺できる手札があるしね。

そんな感じで俺は、スケルトンランサーよ来いよ来いよ、と念じながら通路を歩いていた。

すると、本当にスケルトンランサーが通路の先に見えてきた。

情報通り、百七十センチメートルほどの背丈の全身骨格が、自身の身長と同程度の長さの槍を横に携えている。

「願ったり叶ったりだな」

俺は戦いに向かう前に、メイスと戦槌のどちらを使うべきか、少し考える。

使い慣れているという点ではメイスに、長さで対抗するのなら戦槌に軍配が上がる。

慣れた武器の方が咄嗟の対処ができるけど、攻撃可能な間合いの広さは間違いなく戦いを有利にする。

どちらにも優れた点があるので、俺は悩んでしまうのだけど、初対面の相手だからと手に慣れた武器であるメイスを選択することにした。

俺はメイスを構えると、スケルトンランサーへと近づいていく。

一歩ずつ慎重に近づいていくと、十メートルほどの距離で、スケルトンランサーは槍を構えた。

足を前後に開いて腰の位置を下げ、両手で柄を持つ槍の位置は腰骨の上――腹部が空洞なので、本当に腰骨の上に引っ掛けるように置く形で槍を保持している。

人間のような肉のある生き物ではできない、スケルトン独自の槍の構えに、俺は少し気後れしてしまう。

怖気から、様子見で俺の立ち位置を左右に変えてみたりするが、スケルトンランサーの槍の先は常に俺を照準して外れない。中々の腕前だ。

「誰だよ、スケルトンランサーが楽な相手って情報を流したヤツ」

スケルトンランサーは、単に槍を持っただけの素人の骨じゃなく、槍の技術を身に着けた戦士の骨だ。間違いない。

命を大事に考えるのなら、そんな武器で戦う技術を持ったモンスターとなんて戦わないに越したことはない。

しかし、ここはダンジョンの第三階層——そう、たった三つ目の階層でしかない。

俺が手に入れたいと望む不老長寿の秘薬は、第三階層よりも先に進んでいる探索者さえ発見できていないお宝だ。

つまり、そんな探索者が行っていない場所や、最前線の先へと行かなければ、決して入手できないもの。

ならば、こんな低階層の雑魚モンスターぐらい楽に倒せなくては、不老長寿の秘薬を手にするなんて夢のまた夢でしかない。

俺は目的を見据えることで、腹を括ることが出来た。

そして、冷静さが戻った頭で考える。

この距離なら、フォースヒールで一発で倒せる。しかしそれじゃいけない。

武器を扱うモンスターとの戦闘を熟して経験を積むことで、後々の階層で現れるもっと強くて武器の扱いが上手なモンスターと渡り合う準備をしなきゃいけない。

ここは俺も武器一つで戦うべきだ。もちろん死ぬ気はないので、リジェネレイトの先掛けと、負傷した際にはヒールを使うことは決定事項だ。

俺は自身にリジェネレイトを改めて掛けてから、スケルトンランサーの槍の攻撃可能圏内へと踏み入っていく。

スケルトンランサーは、俺が槍が届く間合いに入った瞬間、両腕を動かして槍で突いてきた。狙いは腹部。人体の中で最も動かせる範囲が小さい場所だ。

俺は前に踏み込んでいた足を思いっきり引き寄せ、その勢いに乗る形で後ろへ一歩下がる。

スケルトンランサーの槍は、俺の腹の前数センチメートルの位置で伸びあがる限界を迎え、空中に止まった。

しかしスケルトンランサーは、槍を引き戻しながら後ろ足と前足と順番に大股で一歩ずつ前へ移動し、そして再び槍を突き出してきた。

その一歩分の接近によって、俺の身体に槍が当たる距離になっている。

俺は、再び下がるか、逆に前へ出るかの選択を迫られた。

時間はない。既に槍は迫りつつある。

俺は咄嗟の判断でメイスを動かし、その凸型のヘッドをスケルトンランサーの笹穂型の穂先に向けて突き込んだ。

メイスのヘッドと槍の穂先がぶつかり合い、その衝撃で互いの突きの軌道がズレる。しかし先端の形状の違いと武器自体の重さによって弾かれる程度に違いが出て、結果的に槍の方が大きく逸れる形になった。

「チャンス！」

俺は意気込んでメイスを手元に引き戻しながら、一歩前へと踏み込む。さきほどスケルトンランサーが見せてくれたのを参考にした、武器を引き戻しながらの踏み込みだ。

その踏み込みで、俺のメイスを当てられる距離にスケルトンランサーを捉えた。

後は打ち込むだけだと、メイスを力強く振るった。

しかし俺に焦りの気持ちがあったようで、メイスを振るう目測が誤り、凸ヘッドの先端がスケルトンランサーの胸骨を叩き壊すだけに終わってしまう。

千載一遇の好機を逃した俺に、スケルトンランサーが振るう槍が迫る。穂先ではなく、柄の逆側にある石尽きでの打ち掛かりだ。

俺はメイスを振り終えたばかりで、避けきることは難しい。

それならと、俺は左手をメイスから離すと、その腕につけたドグウの手甲で顔を覆って防御体勢に。

すると、防御でかざした腕と頭を覆っている鉢金に、衝撃が来た。

俺の目には、槍の柄が腕に、槍の石突が俺の額に当たる光景が見えていた。

防具に助けられた実感を持ちつつ、俺は打たれた左手で槍の柄を握って動けなくさせる。

スケルトンランサーが槍を取り戻そうと動くが、ダンジョン探索で鍛えられた俺の筋力はそれを許さない。

そうして唯一の武器を動かせなくなった、スケルトンランサー。その無防備な頭を、俺は先ほどの攻撃のお返しだとメイスで殴りつけた。

片手での攻撃だったが、メイスの重量とスケルトンの頭蓋骨の脆さに助けられて、スケルトンランサーの頭部は粉々になった。

頭部を失うのが致命傷なのは相変わらずで、スケルトンランサーは薄黒い煙に変わって消えた。俺が握っていた槍も、手の内から溶け消えるようにしてなくなってしまった。

俺の足元には、スケルトンランサーのドロップ品である、骨で作られた装飾品であるボーンアクセサリーが一つ落ちていた。

拾い上げると、それは幾つかの人の指の骨の真ん中に穴を開けて紐で繋げた見た目の、ボーンネックレスだった。

悪趣味な装飾品だけど、好事家は何処にでもいるもの。このボーンアクセサリーも、欲しい人には垂涎の品だろう。

俺のサブカル好きだって、人によっては理解できない趣味でしかない。だから俺は自分の好きを守るためにも、人の好きなものは理解はできなかろうと尊重はするよう心掛けている。

必要な人にボーンアクセサリーが届けば良いなと思いながら、次元収納の中に収めておく。

こうして戦いが一段落ついたのだけど、俺の戦いぶりは反省点ばかりだ。

槍との相手が慣れてないとはいえ、もうちょっと戦いようはあったように思う。

どう戦えばいいかは、ちょっとパッとは出てこないけど、攻撃を食らうことなく戦い抜けることぐらいはできたはずだ。

こんな戦いぶりでは、第三階層の中層域を超えて深層域へと行くのは不安しかない。

浅層域に続いて中層域でも、戦い慣れて地力が上がるまで、モンスターとの戦闘を繰り返していくしかないだろう。

「地道に一歩ずつ。急がば回れだ」

俺は中層域に活動場所をしばらく据えることを決意して、次に戦うモンスターを探すことにした。

中層域で会敵する二種目のモンスターは、ワイルドドッグ。

日本犬をもっと狼寄りにしたような見た目と毛色をした、大型種な野犬のモンスター。

ふさふさの毛並みと凛々しい顔つきに、世界各地でペットにしたいと望まれている、犬好きにはたまらないモンスターだ。

コボルドといい、ワイルドドッグといい、犬好きはダンジョンに入るなと主張しているように感じてしまう。

ワイルドドッグは、俺の姿を見つけるやこちらへと走ってくる。ドッグランにでも入ったかと思うほどの、豪快な疾駆だ。

ワイルドドッグが呼吸のために開けた口には、黄ばんだ大きな牙がズラリと生え揃っている。

あれで噛まれたら、骨まで噛み砕かれそうだ。

俺はメイスを構え、ワイルドドッグの動向を観察し続ける。

ワイルドドッグの攻撃は、あの口での噛みつきだと決まっている。

過去に防犯訓練の映像で見た、警察犬が犯罪者役を襲う姿を引き合いに考えると、噛みつき攻撃してくる場所は三ヶ所に絞られる。

武器を落とさせるために手へ、逃走を防ぐために足へ、そして敵を仕留めるために喉元へ。

手元と喉への警戒は、メイスを構えることで出来る。

足への警戒は、そんな場所を攻撃された経験が少ないので、どうやったらいいか悩んでしまう。

そんな俺の悩みを察知でもしたのか、ワイルドドッグの頭の位置が下がり気味になり、その目の向く先が俺の足に固定される。

ワイルドドッグの目から狙いは分かった。あとは、俺がどう対処するかを決めるだけだ。

俺は自分が使える手札を思い返し、少し冒険することにした。

俺は右足を前に出し、そしてメイスを上段に掲げて保持する。

俺が構えを決めた直後、駆け寄ってきたワイルドドッグは、俺の前に出していた右足に噛みついた。

「ぐっ⁉」

犠牲覚悟で足を前に出す決断はしたものの、ワイルドドッグの咬合力は予想よりも強かった。それこそ、防具ツナギの脛部分に貼り付けてあるドグウ手甲の装甲板が、ミシミシと音を立てて壊れそうになっている。巻いて貼ったイボガエルの革も、ワイルドドッグの牙が貫通しつつあるのか、脛の地肌に尖った物が当たっている感触がしてくる。

予想以上の攻撃ではあるが、俺の冒険は成果を得た。

防具ツナギは、ワイルドドッグの噛みつき攻撃を防ぐ事が出来ると証明されたのだから。

「防具が仕事をしてくれるなら！」

俺は掲げていたメイスを振り下ろし、ワイルドドッグの背中に叩きつけた。背骨の真ん中とその周辺の背筋が潰れる感触が伝わってきた。

ワイルドドッグは重傷を負った痛みからか、噛んでいた脛から口を外してしまう。その隙に、再び噛まれないように、俺はさっと出していた足を引っ込めた。

ワイルドドッグは背骨を潰されて、その部分から先の下半身を動かせなくなったようだ。会敵当初に披露した、あの豪快な走りはもうできないだろう。

こうして機動力を失ったワイルドドッグに、俺は近づいていき、メイスで頭を粉砕してやった。

ワイルドドッグは薄黒い煙に変わり、ドロップ品としてワイルドドッグの牙を残した。

手指ほどの大きさの見事な牙だけど、役所に売っても二束三文にしかならないだろうな。

現代では動物の牙の利用法が乏しい。アクセサリーに加工したり、研いでナイフに変えるぐらいしか、使い道がないしね。

俺は次元収納の中に牙を入れて、これと同じ牙で噛まれたであろう、自身の脛の部分を確かめることにした。

脛部に貼ったドグウ手甲の装甲板は、噛まれてミシミシと音を立てていたことから予想はしていたが、小さなヒビが生まれていた。その付近のイボガエルの革にも穴が生まれていて、二ヶ所ほど防具ツナギを貫通して、内のツナギにまで達していた。

裾をまくって素肌を確認してみると、傷にはなってなかったものの、少しだけ赤くなっている部分が確認できた。

周囲に人がいないことを確認してから、俺は念のためにと治癒方術をかけてから苦笑いする。

「ヒールっと。いやぁ、ちょっと冒険心が過ぎたかな？」

防具ツナギに使った素材は、所詮は第一階層のモンスターから得たドロップ品だ。第三階層のモンスターと完璧に張り合うには、いささか防御力が足りないみたいだ。

でも、ワイルドドッグの攻撃先を絞り込ませることと、噛みついている間に攻撃することは、戦法としては合っていたはずだ。最悪、防具を牙が貫通しても、治癒方術のヒールで治してしまえばいいし。なにしろゲームでだって、怪我をすることを承知な戦法はいくらでもやってきたんだから。

「なーんて割り切れたら、どんなに良いことか」

俺は自分の命が惜しい。そうじゃなきゃ、不老長寿の秘薬を手にしようと考えて、ダンジョンに入るなんて馬鹿な真似はしていない。

俺は怪我をしないよう、防具を頼りにしても頼り過ぎないようにしようと心に誓った。

そう決めた直後、ダンジョンにその誓いのほどを試してみろと言われたかのように、ワイルドドッグが走ってきた方の通路の先から新たに近づいてくるモンスターが見えた。

中層域で三種目となる、レッサーオーク。

この小兵力士のような見た目と体躯の豚面の人型モンスターは、徒手空拳で戦うモンスターだ。

レッサーオークは、フゴフゴと鼻息を鳴らしながら、こちらに大股で歩いてくる。太った体で体重が嵩んでいるからか、走ることはしないようだな。

そういうことならと、俺の方から走って近づく。そして走る勢いを乗せたメイスの一撃を、レッサーオークへと叩きつける。

頭を狙ってメイスを振るったのだけど、人型のモンスターだけあって、俺の攻撃は腕で防御されてしまった。

メイスはレッサーオークの腕に当たり、打撲は与えられたが骨を折ることができなかった。

明らかに、同じ中層域のモンスターであるスケルトンランサーやワイルドドッグとは、耐久力が違っている。

このとき、腕の一本すら折れなかったことに予想外だと驚いてしまって、俺は動きを止めてしまっていた。

その隙を、レッサーオークは見逃さなかったようだ。

レッサーオークは防御に使ったのとは反対の手で、俺を力強く横へと叩いてきた。

「しまっ――」

俺が防御をする前に、横腹に振り回された平手を受けてしまった。まるで丸太がぶつかったんじゃないかと思うほどの衝撃を感じ、横へと吹っ飛ぶ。

吹っ飛ばされ、床に転がされて、俺はメイスを手放してしまうという失態を犯す。

「くそっ」

慌ててメイスを拾おうとメイスが飛んでいった先を見ようとするが、それより先にレッサーオークの追撃がきた。床から立ち上がりかけて中腰でいる俺へと、サッカーボールキックを見舞ってきた。

俺は両腕を身体の前でクロスして、レッサーオークの蹴りを防御。しかしレッサーオークの体重と膂力によって、メイスが飛んでいったのとは別方向に蹴り飛ばされてしまった。

俺が蹴り飛ばされた先で立ち上がる頃には、レッサーオークは俺とメイスの間に自身を移動させていた。

俺が武器を手放したと見るや、俺をその武器に近づけさせないように立ち回る。それぐらいの知恵は、人型モンスターだからか、あるらしい。

でも、レッサーオークは予想してないんだろう。

俺が次元収納の中に、予備の武器である戦槌を入れてあることまではな。

「次元収納」

俺が宣言して次元収納の出入口である白い渦を、手元に出現させる。そしてその白い渦から、戦槌を引き抜いて出した。

俺が新たな武器を出したことが信じられないのか、レッサーオークは自身の背中側に存在する床に落ちたままのメイスを振り向く。その姿を見るに、戦槌とメイスの違いを見分けられる視力か知力まではないらしい。

俺は戦槌の柄を握り、未だ現状を受け入れられていない様子のレッサーオークに挑みかかる。

一度の攻撃で骨が折れない程度に、耐久力があることは理解した。

それなら、薄黒い煙に変わるまで、武器を叩きつけれてやればいい。

俺は彼我の身長差と戦槌の長い柄を生かし、一方的に攻撃できる間合いで戦槌を振るい、レッサーオークを滅多打ちにしていく。

レッサーオークが防御しながら前に出てくれれば、俺はその分だけ下がって殴る。逆にレッサーオークが下がろうとしたのなら、前に踏み込んで殴る。レッサーオークがその場で防御を固めたのなら、防御ごと叩き潰す気持ちで殴り続ける。

ボコボコと殴り続けていると、やがてレッサーオークは頭を抱えて蹲るような防御態勢になった。

格闘漫画で護身の構えとして見たことのある、筋力の厚い背中で攻撃を受け止めようという体勢だ。

そういうことならと、俺は遠慮なく戦槌でレッサーオークの背中を殴りつけていく。

たぶんだがレッサーオークの狙いは、自身の防御力で俺が殴り疲れるまで待ち、それから反撃するつもりなんだろう。

しかしレッサーオークは知らない、俺が治癒方術のリジェネレイトをかけていることを。

そしてリジェネレイトの効果は、体力と怪我を徐々にかつ継続的に回復すること。つまり俺は、リジェネレイトの効果さえ切らさずにいれば、その効果の回復分だけの体力消費に留めるのなら、延々と攻撃することが可能だということを。

とはいえ、この理論は机上の空論でしかない。なにせリジェネレイトの継続回復効果は実感で計るしかないし、キッチリと使用する体力を決める戦い方は俺には無理なんだから。

それでも、体力が尽きるまでの時間を出来るだけ延ばすように心掛けて戦うことは可能だ。

俺は長期戦覚悟で戦槌を振るい続けていき、やがてレッサーオークの背中は青痣だらけの状態に。

ここまで怪我が重なってしまうと、レッサーオークはいよいよ耐えきれなくなって一か八かの賭けに打って出たようで、急に立ち上がって反撃をしようとしてきた。

しかし防御を解いたということは、俺は攻撃を直撃させる機会を得たという事。

俺は疲れてはいるけど冷静さを保ったままの頭で狙いを絞り、レッサーオークの顔面を狙うことに決めて、戦槌を渾身の力で振るった。

果たして、レッサーオークの顔面は戦槌のヘッドに潰されることとなり、レッサーオークは薄黒い煙に変わって消えた。

俺は殴り続けた疲れから大きく呼吸を繰り返しつつ、レッサーオークのドロップ品であるレッサーオークの革を入手した。

レッサーオークの革は、大きさは一メートル四方ぐらいで厚みが一センチメートルほどあり、表面は淡いピンク色。

持った際の革の手触りは、柔らかくもしっかりしたもので、防具に適していると直感した。それこそ、いま防具ツナギに貼っているイボガエルの革を剥がし、レッサーオークの革と貼り換えたいという気持ちが湧いたほどだ。

だが待てよと、俺の気持ちを制止する。

中層域三種のモンスターと戦ってみて、スケルトンランサーの槍も、ワイルドドッグの牙も、レッサーオークの叩き込みも、ちゃんと防具ツナギは防いでみせた。急いで革を貼り換える必要はないはずだ。

でも、防具ツナギがボロボロになった際、補修する材料としてレッサーオークの革はあった方が良いことは確かだよな。

俺はそう考え、レッサーオークの革はある程度の枚数を次元収納にストックしておくことに決めた。

俺の次元収納の容量は、軽トラックの荷台並みだ。リアカーと副武器の戦槌は常に、ダンジョンから出る際はメイスも入れているけど、まだ容量には十二分の空きがある。レッサーオークの革をいくらか集めても、一日分の探索で集められるドロップ品で容量が満杯になることはないはずだ。

そう結論付け、そして武器のことを考えていて思い出した。

「おっと、手放してしまったメイスを拾わないと」

俺はレッサーオークの革と戦槌を次元収納に入れると、慌てて床に転がる愛用のメイスを拾いに向かった。

第三階層中層域を活動場所に定めてみると、ここは中々に修行場所には良いという事実を理解した。

スケルトンランサーは槍の扱いと戦いの駆け引きが上手だ。その戦いぶりを理解して自分の技術に反映させることで、俺の戦闘技量はメキメキと上達していっている。

ワイルドドッグの素早さは、素早く武器を当てつつ威力も乗せるという、戦いの基礎技術を育てる相手として適している。

レッサーオークは防御力が高いため、自然と武器を振る回数が増えることで体力と筋力の増強が狙えるし、堅い防御を突破するために的確な急所攻撃を心掛けるようにもなる。

つまりは、スケルトンランサーで技術と技能を磨き、ワイルドドッグで武器の当て勘を養い、レッサーオークを的にした実戦でそれらの技術を定着させることが可能なので、戦闘技量が伸びやすいってわけ。

だから俺は、自分の技量が伸び続ける現象に味を占めてしまい、この『第三階層中層域道場』に三勤一休を保ちつつも連日通い続けてしまった。

そうして通い続けた結果、一週間も経った頃には一対一でなら、モンスターたちに完勝するまでに戦闘技量が至ってしまった。

技量向上に達成感を抱き――いやいや、俺の目的は不老長寿の秘薬を手にすることだよなと、遅まきながらに我に返ることができた。

とにかく地力を上げることには成功したので、早々と次の区域に行きたいという気持ちが湧きあがる。

でも同時に、どうせ技量が上がったのなら、この中層域で二匹一組のモンスターと戦う体験もしておきたいという、道場の総仕上げをしたいという気持ちにもなった。

結局俺は、二匹一組のモンスターたちと戦うことを選んだ。

やっぱり戦闘経験は積んでおくことに越したことないし、これから先の階層でも戦闘力は必要だし、中層域の未探索な場所に不老長寿の秘薬が眠っている可能性はゼロじゃないし、行かない理由がないよな。

そう決断したのはいいけれども、どうして第三階層からは『ガチの探索』と呼ばれているのか、そして未探索な場所がどうして多く残っているのか、
浅層域では二匹一組が相手でも大丈夫だったからと甘く思わず、俺はもっと良く考えるべきだったんだろうな。

いままさにスケルトンランサーとワイルドドッグの組み合わせと戦ってみたのだけど、俺の防具ツナギと手甲には真新しい傷が何個か刻まれる結果になった。

「ワイルドドッグが手や足に噛みついてくるのに合わせて、スケルトンランサーが素早く槍を突き出してくるの、厄介過ぎる戦い方だよな」

愚痴を言いつつ、深呼吸する。

先ほどの戦いでは、ワイルドドッグに意識を集中すればスケルトンランサーの槍を食らいそうになり、逆にスケルトンランサーに集中しようとすればワイルドドッグの牙が手や足に迫ってきた。

見事な役割分担だと感心したいけど、それをやられる身になると素直に称賛できない。

この戦いで、俺は防具に防御を任せる大切さを再認識した。

一匹の時にやったように、ワイルドドッグが俺の足を噛んで、防具ツナギの装甲板と革に牙が阻まれて動きが止まる瞬間を逃さず、メイスでその頭を砕いた。

スケルトンランサーの突きを、腕にはめた手甲で受け逸らして、その首の骨をメイスで叩き割った。

防具ツナギによって怪我はしてないものの、そんな肉を切らせて骨を断つ戦い方しかできなかったことに、俺の技量はまだまだだと実感する。

一対一の状態なら完璧に倒せる相手のはずなのに、二体一になったらこの有様だ。

まだまだ自分の実力は、先に進むに値するものじゃないことが、骨身に染みて理解させられた。

「この組んだモンスターの連係攻撃の厄介さから、探索者は区域の奥に行くことを止めてしまったに違いない」

階層を先に進むだけなら、モンスターが一匹ずつ現れる順路を辿れば、それで済んでしまう。

モンスタードロップ品で稼ぐつもりでも、一匹ずつ確実に倒せば、危険少なくドロップ品を集めることができる。

つまり、二匹一組でモンスターが現れる場所に行く理由は、俺のように自分の実力を上げるためだったり未探索な場所に眠っている宝箱を探すかになる。

しかし実力を上げるのなら、先の階層に行って、そこの強さが上がったモンスター一匹ずつと戦ったって出来ることだ。二匹一組の場所に踏み込むには理由が乏しい。

宝箱だって、あるかどうかは不明だし、中身は完全にランダムで博打要素が強い。目当てのアイテムのためにランダム性に挑戦するならまだしも、宝箱の中身を売って金を得るつもりなら、モンスターと戦ってドロップ品を集めて売却したほうが収入は安定する。なんなら階層を先に進んで、ドロップ品の換金率の良いモンスターを狙ったって良いんだしな。

つまるところ、戦闘技量上げやアイテム回収の『やり込み要素』以外だと、各区域の奥へ行く意味が薄いことになる。

そんなやる意味が薄い行動だから、ダンジョンが現れて二年も経っているのに、第三階層なんて低階層にすら未探索の場所が残っているんだろうな。

二匹一組のモンスターの厄介さと、未探索な場所がある理由と、この場所で戦う無意味さに納得がいった。

というわけでと、俺はここで次の相手を探すことにした。

無意味さを理解はしたが、それが即ち二匹で組んだモンスターを忌避して良いということにはならない。

組んだモンスターが手強いというのなら、戦い慣れるまで戦い続ければ、より高い実力が身につけることができるに違いない。宝箱だって、万が一の可能性で、不老長寿の秘薬が入っているかもしれない。

なら、挑まないなんて、勿体ないことはできないよな。

俺は意気込んで歩き、次に出会った二匹一組のモンスターは、レッサーオーク二匹の組み合わせ。

同種が二匹なんて、一匹ずつのときと変わらないんじゃないか。

そんな甘い期待を、レッサーオークたちは完璧に裏切ってくれた。

レッサーオークは、一匹のときだと見た目が小兵力士っぽいこともあってか、素手での打ち払いを主体にしていた。

しかし二匹一組になると、片方が壁役として俺の前で防御に徹し、もう片方は俺の隙を窺って突進からの突き飛ばしをやってくる。そして俺が地面に転ぶや、二匹して踏み付けを狙ってきた。

相撲取りのような体型で踏みつけられたら、口から内臓が飛び出てしまいかねない。

俺は、転がされてしまった場合は必死に床の上を転がって踏み付けを避け、少し離れた位置で素早く立ち上がる。

そんな戦いの中で、俺はレッサーオークたちとの上手な戦い方に気付いた。

防御に徹するレッサーオークには、肩を攻撃して腕を持ち上げられなくしてやったり、足の太腿を攻撃して立ち上がれなくしてやれば、防御も攻撃も満足にできなくなる。

突進の突き飛ばしをしてくる方には、その突き飛ばしにカウンター攻撃を合わせる。狙って顔面を攻撃してみたり膝頭を叩いてみたりすれば、その重い体で突進してくる勢いがカウンター攻撃で反射されて、顔面や膝頭の骨を楽に粉砕することが出来た。

こうして戦い方が分かれば、後は着実に実行に移すだけ。

何度か上手くカウンター攻撃を合わせられなくて、突き飛ばされて踏まれそうになったものの、やがては狙い通りの戦い方が出来るようになって二匹のレッサーオークを倒せた。

「こうやって手探りで攻略法を探すの、ゲームでも好きだったな」

ＲＰＧゲームなら強敵の弱点属性を探ったり、裏技的な即死のさせ方を見出したり。ＦＰＳゲームなら強いポジショニングとか、壁反射手榴弾のようなテクニックとか。アクションゲームなら製作者の想定とは違うであろう攻略の仕方だとかだ。

そうやってゲームを楽しんでいた経験が、いま俺がオリジナルチャートでダンジョン探索をやっている原動力になっているのかもな。

そんなことを考えながら、レッサーオークのドロップ品である、レッサーオークの革二枚を次元収納に入れていく。

さてさて、一つ一つ戦闘経験を積み上げていくとしますか。

俺は次のモンスターの二匹組を探しに、ダンジョン通路の奥へと進んでいった。


第三階層中層域にて、二匹一組で活動するモンスターたちとの戦い尽くしで、日々を過ごしていく。

もちろん三勤一休の体制でのダンジョン通いにしている。

でも治癒方術のリジェネレイトをダンジョン内でかけるようになってから、休日が必要なほど筋肉痛や疲労感が溜まることはなくなったんだよなあ。

それでも休日は精神の安定には必要だし、休日明けの方が戦闘の技術や勘所が身体に定着している実感が強いから、休日は意識して取るようにしている。

きっと休日の間に、俺の心と脳と体が戦闘経験を咀嚼して戦闘技術を昇華してくれているんだろうな。

さて、中層域で二匹一組のモンスターとの戦いは、回数と日数を経るごとに熟れてきている。

うっかりすると攻撃を食らってしまうことがまだまだあるが、防具ツナギのお陰で大怪我を負うことはないし、多少の怪我はヒールで治せるし、仮に放置していてもリジェネレイトが時間と共に治してくれるので問題はない。

こうして着実に実力を伸ばしているわけだが、その伸びに比例する形でモンスターを素早く倒せるようになったので、結果的にモンスターを数多く倒すことになる。

モンスターを多く倒せば、その分だけドロップ品も多く収集することになる。

でも、リアカーを入れるほど次元収納の容量に余裕がある今だと、ドロップ品で次元収納の容量が満杯になってから、リアカーにドロップ品を満載にして役所に売りに行った方が手間が少ない。

だから二日か三日に一回のペースで、ドロップ品は役所に売るようにしている。

売る際は一度に大量にドロップ品を売りつけことになるため、買い取り窓口の職員は俺に恨みがましい目つきを送ってくるようになったけどな。

その場面を思い返してみると――

「今日もドロップ品が大量ですね。これだけ持ち込まれる方、珍しいんで助かります」

第三階層は、ライト層が足を踏み入れるには厳しい場所であり、ダンジョン攻略やダンジョンで稼ぐガチ勢には旨味が少ない場所。

そのため、その場所のドロップ品が大量に持ち込まれることは少ない。

だが、レッサーオーク革とボーンアクセサリーは、特定の方面から需要が高い。

しかし入荷が少ないので、その方面から催促でせっつかれていた状況である。

そこに次元収納スキル持ちの俺が、単独行とは思えないほどに大量のドロップ品を持ち込んでくれるようになった。

「需要を満たしてくれる点は有り難く思ってますけど、こまめに持ってきてくれた方が、もっと有り難いんですけど」

「俺の知ったことじゃねえな。おら、少しでも有り難く思うってんなら、買い取り額には色を付けて欲しいだけどなあ？」

イキリ探索者風に要望を告げると、職員はビジネススマイルと共に拒否してきた。

「残念ながら、規定料金でのお取引になります。お嫌でしたら、ご自身で販売路を確保してくださいませ」

「ええー、いいじゃんかよ。少しオマケしてくれたってよお。ダメ？　本当に？　ちぇー。他に売り込みに行くなんて勘弁だし、ここで売ってやるよ、仕方ねえなあ！」

――なんてやり取りもしたっけ。

ちなみにレッサーオークの革は、防具ツナギの補修に使う予定分として、十枚ほどをストック。それ以外のと、スケルトンランサーのボーンアクセサリーとワイルドドッグの牙は、役所へ売却している。

モンスターの数を多く倒しているので、レアドロップ品と出くわす機会も多くなっている。

各レアドロップ品について、レッサーオークからは豚バラ肉に似た肉塊三キロが、スケルトンランサーからは柄に背骨のような模様が彫られた槍が、ワイルドドッグからは鞣し済みの毛革がドロップする。もちろん魔石も、第一階層の一本道で入手できるものよりも、少し小さいものが手に入る。

レッサーオーク肉は、手に入る分は全て俺の食料にした。ボア肉と比べると脂が乗ってコッテリとしていたので、レンジで角煮にしてみたら絶品だった。

スケルトンランサーの槍は、俺が使う予定はないので、手に入った分は全て役所に売却した。すると一本十万円ほどで売れた。職員に理由を聞いてみると、ボーンアクセサリー愛好者たちがインテリアとして購入を希望していて、そのうえ最前線の探索者が強敵相手に投げ槍として使う消耗品でもあるため、値段が吊り上がっていってこの値段で落ち着いているんだとさ。

ワイルドドッグの毛革は、売るか、次元収納に残すか、自宅の敷物にするかで悩んだ。結局はレッサーオークの革と同じく防御ツナギの補修材候補として、数が集まるまで次元収納の肥やしにすることにした。

魔石については、いつもの通りメイスに与えている。

そうした数多くのドロップ品と、少数のレアドロップ品を売るとどうなるか。

数は正義とは良く言ったもので、通常ドロップ品だけでも一度の平均で二十万円の収入になるし、運よく骨槍が複数手に入ったときだと六十万円ほどの収入になった。

数日に一度の頻度で最低二十万円が手に入るなんて、収入の面だけなら勤め人なんてやってられない気分になる。

でも実際に死体が出ているような、本当に命の危険がある仕事だと考えると、この程度の収入じゃ安いような気がしないでもない。

この場所の収入を劇的に上げるためには、宝箱の中身に期待したいところだ。

そんな考えに至り中層域の未探索な場所を巡りに巡って、ようやく見つけた宝箱。

開けて確認した中身は、液体が入ったガラスの小瓶が三本。

ガラス瓶は青色をしていて、形は化学実験室にあった広口試薬瓶のような、口の部分が括れた円筒形でガラスの蓋で口を閉じるタイプ。そして大きさは栄養ドリンクと同程度。

中身の液体は、青色のガラス越しに見ているので色の判別は出来ないが、煌めきを発する微粒子を少量確認することができた。

なにやら怪しげな中身ではあるけど、ダンジョンの宝箱で手に入るガラス瓶に入った液体といえば、RPGゲームでお馴染みな、飲めば傷を瞬く間に癒してくれるポーションだ。

このポーションの存在は、ダンジョンが現れてから二年の間に、既に広く知られている。

最前線を往く探索者には所持必須で、本格的に稼ぎにダンジョンにきている探索者ならもしものお守りにと推奨され、それ以外の探索者が宝箱から得た場合は速やかに売却を求められている、そんな奇跡の怪我治し水薬。

ダンジョンの外でも傷を治す効果は確認されているので需要が高いが、骨折や内臓損傷には複数本必要な程度の回復量のため、現代医療への適用は及び腰だって話だ。

「このポーションの発見報告を聞いてから、俺はダンジョンには不老長寿の秘薬が絶対あると睨んで、ダンジョンの情報収集を開始したんだっけな」

ダンジョンに行くことを決定づけた、ある種の記念物ともいえる、怪我治しのポーション。

三本あるのだからと、俺がダンジョンに入る決め手になった記念の味を確かめるためだけに、俺は一本飲んでみることにした。

ガラス蓋を開け、金属の粉のような煌めきがほのかに見える液体を、ぐっと一気に呷る。

舌に感じる味覚も、喉越しに感じる触覚も、普通の水のように特段なにかを感じることもなく、すっと胃の中に落ちていった。

だけど胃にポーションが到達した瞬間、ふわりと全身を内から撫でられたような感触が走った。

いま俺は怪我をしていないけど、この撫でるような触感が傷を癒してくれるんだろうなという直感がある。

でも、味もなく、体内を撫でられた感触も一瞬だったので、ちょっと感動不足な気持ちになってしまう。

まあ記念の味って、こうした味気ないものだったりするよな。

そう自分を慰めて、俺は残り二本のポーションを次元収納に入れておくことにした。

俺には治癒方術があるので、ポーションは決して必要というわけじゃない。でも身を守るためのお守りとして、そして何かに使えるかもしれないという思惑から、売らずにとっておくことに決めた。

そして、ポーションを入手した日の帰り道のことだ。

第三階層の出入口のある場所で、次元収納からリアカーを出し、その荷台に次元収納に満杯に入ったドロップ品を移していく。

リアカーの荷台が満杯になり、使っていたメイスを次元収納に入れたところで、頭の中でアナウンスが流れた。

『次元収納の容量が上がった』

次元収納LV4へ成長したという突然の報告に、つい驚きが顔にでてしまい、近くにいた探索者に不審がられてしまった。

ともあれ、次元収納からドロップ品を出しているときにレベルアップ報告がきたということは、品物を出し入れする回数がレベルアップするための条件だった可能性が高い。

でもきっと、スキルから品物を取り出す回数だけが、レベルアップの条件じゃないんだろうな。

それが何かを突き止めるのは、俺のやりたいことじゃないから考えないことに決めた。

俺がダンジョンに入っている目的は、ダンジョンの何処かにあるであろう不老長寿の秘薬を手にして自分に使うことだ。

スキルのレベルアップ条件の検証とかは、そういう行動が好きな奴に任せればいい。その検証のために必要な情報については、俺が持っている情報に限っては、俺の目的が果たされた後に公開することにしようかな。まあ俺が気付いたぐらいなんだから、後に続く探索者たちが見つけると思うし、無用な心配りだろうけどな。

はてさて、俺の次元収納スキルはＬＶ４になったわけだ。

どのぐらいの容量があるんだろうか。ＬＶ２からＬＶ３に上がったのと同じ倍率で、ＬＶ３の軽トラの荷台の容量の八倍まで増えているのなら嬉しい。

しかし、そんなに容量があるとしたら、容量を確かめる方法が難しいな。

あと、今までは次元収納の容量を満杯にしてから、リアカーの荷台に移して役所に売りにいっていたけど、容量が増えたのなら同じ方法は使えなくなったな。いままでより容量が増えたのなら、確実にリアカーの荷台よりも多い量が次元収納に入るんだろうし。

まあそういうことは、おいおい判断すればいいよな。

とりあえず俺は、ドロップ品を満載にしたリアカーを牽きながら東京ダンジョンを出て、役所の買い取り窓口へと向かうことにした。


役所でドロップ品を売却して得た、今回の収入は三十万円。

俺はこの金を銀行口座に入れずに手元に残し、一度自宅に帰ってからシャワーを浴びて会社員時代のスーツに着替えると、再び電車に乗った。

東京に来て、探索者として数十万の大金を楽に手にできるようになったら、やってみようと思っていたことがある。

大金を得た探索者がやることといえば、飲む打つ買うの三拍子が有名ではある。

しかし俺は、高い酒を飲むのも、大金を博打に突っ込むのも、入浴料を払って女性に相手をしてもらうことも、趣味じゃない。

では大金を何に投じるのか。

それは、日頃は食べられないような高級な飲食店に行き、美食を堪能するのだ。

美味いは正義。そして食物は自分の血肉になることで、探索者業を手助けしてくれる。

そう美食こそが、探索者にとって最も重要視しなければいけない娯楽なのだ。

なんて意気込んだ状態で辿り着いたのは、日本で有数の高級店街である東京都の中央区にある、銀座。

江戸の時代から銀座として地名が刻まれ、その歴史を証明するかのように古い歴史を持つ老舗の店も多い。

しかし老舗にありがちな歴史に胡坐《あぐら》をかいて客を選ぶような店は少なく、むしろ時流に合わせた客層を取り込むことに貪欲な店が多数だったりもする。

更には探索者向けの情報サイトでは、銀座の高級店なら探索者が訪れても、快く客対応してくれると評判だ。

ちなみに東京には銀座の他にも、高級な飲食店がひしめく区域がいくつかある。だけどそちらは、元々の客層を大事にする場所らしく、ここ二年で始まった職業である探索者は歓迎されないとは、その情報サイトの談である。

その情報サイトが薦める銀座の高級飲食店の中で、俺は一つの店に予約の電話を入れて、空きがあるからと受け入れられた。

次元収納スキルがＬＶ４になったお祝いを兼ねるならここだろうと、俺は江戸前寿司の老舗にやってきた。

大昔にあった三大鮨店。その三つで修行して独立した職人が開き、現代まで代々店を維持して続けてきたという鮨処、奈兵志《なへし》。

看板が建てられた門をくぐり、小さな前庭にある飛び石を渡って、店の戸の前へ。

その引き戸を開けようとすると、その直前に勝手に戸が開いた。

自動ドアではなく、戸の向こうに居た和服美女が、俺の到来を察知して戸を引き開けたようだった。

「いらっしゃいませ。お客様は、本日のご予約を承りました、小田原様でいらっしゃいますか？」

「は、はい。予約した、小田原です」

「お待ちしておりました。どうぞ店内へ」

手で示されるがまま、俺は店内に足を踏み入れる。

歴史ある店とのことで、店内は古ぼけているかと思いきや、逆に新品の木の匂いが充満する近代的で綺麗な内装をしていた。

予想外の光景に俺が驚いてキョロキョロとしていると、先ほどの着物美女がカウンター席の一つを引いて待っていてくれていた。

待たせてしまっていることに慌てながら席に着くと、美女が静かに尋ねてきた。

「小田原様は、当店のような場所はお初でございましょうか？」

「初めてです。こんな歴史がある高級寿司屋なんて、地元にはなかったですし」

「そうなのですね。では初体験を、ご存分にお楽しみくださされば幸いでございます」

静々とした動作で一礼し、和服美女は去っていった。

もう店に入った瞬間から、散々にしてやられてしまっている。

このままじゃ、驚いていたことだけしか記憶に残らない気がする。

しかし、それではいけない。折角の高級寿司屋なのだから、その味を記憶に刻み込むぐらいしないと、堪能したとは言えないだろう。

俺はそう意気込み直し、さっきの和服美女とは別の女性店員からおしぼりを貰って、手を拭った。

俺がおしぼりを置いた直後、カウンターの向こうに立つ、店主と思わしき白い調理白衣を着た細身の男性が声をかけてきた。

「ご注文、どういたしましょう」

耳にするりと入ってくる、聞き心地のよい低めの声。

この人が声優をしたら夢女子を量産しそうだなと、そんな失礼なことを考えてしまう。

って、そうじゃない。注文をする場面だぞと、俺は自分に活を入れる。

お品書きには、料理三万円からとしか書いてなく、どのぐらい払えば良いものかもわからない。

それなら素直に、こちらの状況と要求を伝えるべきだなと、俺は口を開いた。

「こういうお店は初めてなんですが、美味しいお寿司をおまかせで堪能したいと思ってるんです。二十万円ぐらいなら堪能できますか？」

相場が分からないという気持ちで尋ねると、店主は初心者に対する優しい顔で忠告してきた。

「おまかせして頂けるのでしたら、ご提示いただいた値段に見合う寿司をお出しいたしましょう。しかし、ご提示された金額は、ご無理はされておりませんか？」

もっと安い値段を提示してくれても良いんだぞと言外に告げられたが、高い店で食べるからには人生で一番の体験がしたいんだよね。

「今日は良い事があったお祝いで、奮発する気でいるので、二十万円ぐらいでお願いします」

俺が力強く言うと、これ以上は野暮だと判断してくれたのか、店主は大きく頷いた。

「承りました。お酒は、飲まれる方でしょうか？　お好きなお酒などございますか？」

「酒に対する強さはほどほどで、会社の飲み会では種類関係なく飲まされたので好きも嫌いもありません」

「分かりました。では、最高の肴とお酒から始めて、そして握りに入りましょう」

店主の提案をそのまま受け入れることにして、俺は注文できたことで人心地つけた。

和服女性が置いてくれた、江戸切子のグラスに入った水を一口。

冷たすぎず、温すぎず、余計な雑味の一切ないクリアな水の味。

そんな水がするりと喉を通り、胃にまで落ちたところで、切子の杯の見事さに見惚れるぐらいの余裕が俺に戻った。

表面が薄赤色をしたグラスには、魚の鱗を想起させる斜め格子の模様が刻まれている。

赤い皮をした魚といえば、鯛だろうか。

日本古来から縁起が良いとされてきた魚を想起させる器は、寿司屋で配膳する飲み物用のものとして、これ以上に適したグラスはないだろうな。

それだけに考えてしまう。

この江戸切子のグラス。もの凄く高さそうだなって。

俺は手から落としたりしないよう、静かに手のグラスをカウンターテーブルの上に戻した。

そんな独り相撲をやっている間に、一品目が来た。

細やかな絵が入った器で出てきたのは、魚卵と魚の細い切り身を和え、野草の芽と金粉を少量乗せた、二口分ほどの料理。

その料理と共に、白猪口に入れられた日本酒が置かれた。

配膳が終わるとすぐに、店主が俺に声をかけてきた。

「味付けはしてありますので、そのままお召し上がりください。まずは軽く一口食べてから、そして酒を飲んでみてください。そしたら今度は、口に料理を入れたまま酒を含んで、口の中で合わせてみてください」

こういう高級料理店では、使った素材を懇切丁寧に教えてくれるものだと思っていたけど、店主が発した言葉は食べ方だけだった。

そのことを不思議に感じつつも、言われた通りに、まずは料理を少しだけ食べてみた。

この瞬間、高級寿司屋とはどういうものかを、この料理から教えられた気になった。

魚卵も魚の切り身も、単に素材そのままの味ではない。丁寧に下処理をすることで最大限に素材が持つ旨味を引き出し、更に素材同士が最高の組み合わせになるようにと細心の味付けがされている。

単純な見た目とは裏腹な、とても奥深い味のする料理。

ずっと味わっていたいと思うのに、口に入れたのが少量過ぎたからか、いつの間にか口の中から消えていた。

思わず更に料理を口に含もうとしてしまうが、ぐっと欲望を堪え、店主に教えられたように猪口に入った日本酒を飲む。

甘さも酒粕臭さも酸味もない、柔らかなアルコールの刺激だけあるような、透明な味わいの日本酒。

この日本酒は、微量口に含んだだけだというのに、先ほど味わっていた魚卵と魚の味わいを一気に舌から拭い去っていった。

まるで食への未練を断ち切るような、そんな鋭いキレがある日本酒だ。

しかし、この日本酒と先ほどの切り身の魚料理、その二つを口に入れ合わせて大丈夫だろうか。

なんか料理の味わいを日本酒が邪魔しそうなんだけどなと思いながらも、言われた通りに双方を口に入れる方法をやってみた。

その瞬間、俺の浅はかな予想など無意味だと思い知らされる、味の爆弾が口の中で広がった。

料理と日本酒が、お互いにそれぞれの別側面を花開かせて、二つとも先ほど味わったものと同じなのかと疑ってしまうほどに、違った味わいが口の中に顕現している。

もう、味がどうとかいう次元じゃない。

美味い。その一言しか、料理を評価する言葉が出てこない。

あまりの料理の美味しさに呆然としていると、俺が食べ終えた器と猪口が下げられ、また新たな料理と酒が運ばれてきた。

今度は海産物のワタを使ったらしき見た目の料理で、新たな猪口に入った日本酒も少し濁っているような感じがした。

「お客さんは、この店の味を堪能したいと仰せですからね。腕によりをかけて、ありとあらゆる美味い料理をお出しいたしますよ」

店主からの美味しい料理の数々でタコ殴りにするという宣言に、俺は恐ろしさを感じつつも至福の予感に酔いしれる。

その後は、本当に店主の料理手腕と接客話術にハマってしまい、俺は数々の肴と酒と焼き物と吸い物と握り寿司という美味しさの洪水に翻弄されることしかできなかった。

俺の料理の味による打ちのめされっぷりに、店内に居合わせた他の客から軽く笑われたような気もしたけど、そんなことすら気にならないほど頭の中と腹の中は幸福感に満ち満ちて降伏《こうふく》してしまった。

俺は食べた物ではち切れそうになっている腹を抱え、アルコールで浮かれた頭をふらつかせつつ、会計で二十万円を払って店を後にした。

自分で宣言しておいてなんだが、やっぱり二十万円は高い。

そして、その高いお金を支払った分、今まで生きてきた中で一番の料理と時間を堪能することができた。

寿司店一つで、この体験だ。

この場所以外にも高級店は数多あり、その全てで同じような最高の時間を得ることができる。

その最高の時間を堪能するために大金が必要なのだから、そりゃあ世界中の金持ちが金を稼ぐことを止めないわけだよな。

俺はそんな世界の真理を見た気がしながら、夢のようだった体験を反芻しつつ、都内最安値に近い自宅アパートへと電車で戻ることにした。

◇

どんな物にでも歴史というものはある。

古代から土に埋まっている土器であろうと、いままさに組み立てられた車であろうと、誕生した瞬間から歴史は作られていく。

六本木にある高級クラブ麗山《れいさん》は、日本の市外局番が始まった年に東京に開業したことから、東京の市外局番の『03』をモジって店名が付けられた、歴史ある店である。

六本木という日本の富裕層が集まる場所で、長年にわたって生き残ってきただけあり、勤めている女性たちは麗人を取り揃えている。

その美貌が、政財界の大物を店に呼び込み、不況や外貨変動などとは関係のない立ち位置を日本の社会の中で築いていた。

今日も今日とて、政財界で名の知られた家柄正しい富豪たちが店に集まり、美貌と知性を備えた女性たちを横に侍らせながら、目もくらむような高額の酒を供に談笑を繰り返していた。

そんな大物たちの耳に、この瀟洒な店には似合わない怒声が聞こえてきた。

しかし怒声は、ほんの微かに聞こえるだけ――店内ではなく、店の重たい扉を隔てた外から聞こえてくるものだと分かる。

客の一人が、指でボーイを呼びつける。

「何事だ?」

端的な質問に、ボーイは耳と胸元に手を当てる。その部分に仕込んである通信機で、外の様子を尋ねたのだ。

「どうやら、不届き者が外で騒いでいるようでして」

「酔っ払い客か?」

この手の人物が『客』と言い表す場合、それはこの店の常連か否かを尋ねていることが多い。

ボーイは、その質問に、首の横振りで答える。

「一見の、粗野粗野しい、ダンジョン探索者の一団のようです」

「ふぅ。全く困ったものだ。金を得て気が大きくなるのは、どの業界でも一緒だな」

苦情とも冗談とも取れる言葉に、彼の周りにいる同じ経済界の重鎮が苦笑いを向ける。

「会社経営者なら急に大金が転がり込んで羽目を外したがっても、付き合いのある者や先達などが、ここのような会員制の店での振る舞いを教えたものだがね」

「今の時代は人の繋がりすらデジタルだ。人が顔を付き合わせ、他者と面繋ぎをするなんてアナログな手法は消えつつある。外で騒いでいる輩も、この店のことをネット情報で知って、軽い気持ちで訪れようと考えたのだろうさ」

揃って笑ったところで、新たな酒の話題がダンジョン探索者に定まった。

「二年前に唐突に現れたダンジョン。そこに潜り、さまざまな品物を持って帰ってくる探索者たち。あの場所と彼らのお陰で、資源が乏しかった日本は躍進することになった。そのことについてだけは、感謝するしかない」

「鉄もレアアースも乏しかった我が国において、それらが易々と大量に手に入るダンジョンは、まさに現代における金鉱山にも等しい」

「であるなら、探索者とやらは、炭鉱夫というわけだ」

「命懸けで穴倉から物を持って帰ってくるあたり、的を射ているのではないかね」

「ダンジョンの石といえば、魔石と言ったかな。あの謎の石。本当に次世代エネルギーに使えそうなのか？」

「研究所の知り合いによるとだ、現代科学で解明できない謎の力があるらしい。まずはその力がどのようなものなのかの解明が先らしいぞ」

「使えるようになるのは、まだまだ先ということか」

「仕方がないだろう。なにせ魔石とやらに封じられている光とやらを浴びると、物品が全く新しい物に変わるというのだ。どのような科学理論を持ってしても、そんな現象は説明できない」

「分からないものは専門家に任せよう。幸いにして、日本はダンジョン攻略先進国だ。そのお陰で経済は上り調子。実になるかならないか不明の研究にだって、予算は多くつけられる」

「そうとも。ダンジョンから取れるものの中で、理解出来るものの使い道を考えた方が良い」

「そうだな。君たちも、ダンジョンの恩恵に預かっているのだろう？」

一人が会話を向けた先は、店員の綺麗なドレスを来た女性。

彼女は微笑みと共に喋り始める。

「そうですわね。ダンジョンで入手される、美容に使われる類のドロップ品は、私たちのような美を売りにしている子には有り難いものですわね。特にスライムの溶解液を薄めて作っているといわれている、美容液。あれはもう手放せませんわ」

「そのスベスベとした綺麗な肌は、スライムで出来ているというわけかね」

「このドレスに使われている糸も、モンスターのドロップ品から作られておりますわ。この店にあるお酒の何種類かの原材料も、同様ですわよ」

「もう我々の生活から、ダンジョンは切れないというわけだ」

客の一人が酒瓶を掴む。店の女性が慌てて自分が注ごうと身を乗り出す。

酒瓶を持った客はそれを押し止め、同席した仲間のグラスに少量ずつ手酌していく。

そうして全員分を注ぎ終えた後で、手のグラスを掲げた。

「日本経済を潤してくれる、ダンジョンと探索者に」

調子の良い仕草に、同席している連中も付き合うことにした。

「美容と衣服の恩恵を齎してくれる存在に」

「不可解ながらも恩恵がある穴と、粗野なりしも有用な輩たちに」

「「「乾杯！」」」

軽くグラスを合わせ合い、これでダンジョンの話題は終わりになった。

この後はまた違う話題で、客たちは酒と言葉を交わしていったのだった。

五章　新防具は岩珍工房で

俺は一流職人の技を体験して、自分の職人技に対する不見識を反省した。

その反省の気持ちを抱きながら、俺は自宅の壁にかかる防具ツナギを見る。

俺が手作りしてから一ヶ月以上経過して、もう色々な場所がボロボロになってしまっている。

表面に貼られたイボガエルの革には、幾つもの穴や切り傷が刻まれていて、傷のいくつかは内側まで貫通してしまっている。

ドグウ手甲の装甲板も、攻撃を良く受ける場所はヒビ割れや欠けが発生していて、モンスターの攻撃をあとどれぐらい防げるか怪しい。

今まで俺の体を守ってくれた大事な相棒ではあるが、もうそろそろ防具の更新をしなければいけない。

当初のオリジナルチャートでは、ダンジョンで手に入った新たなドロップ品の革に貼り替えて、防具ツナギを着続ける予定でいた。

しかし今の俺は、職人が作ってくれた防具の方が良いと確信していた。

機械握りの回転寿司と老舗の職人の握り寿司とでは美味しさの次元が違ったように、防具作りでも職人技で拵えられたものの方が優秀なことは確実だからだ。

防具という自分の身を守るための安全装置は、これから先のモンスターは今までよりも強さが増していくことを考えたら、いま用意できる最上級を入手した方がいい。

幸い、モンスターを倒しまくってドロップ品を納品しまくったお陰で、銀行口座の貯金額には若干の余裕がある。

探索者として稼いだ金と会社員時代の貯金も合わせれば、二百万円ぐらいまでなら即金で、三百万円ならどうにか払える算段が付けられる。

俺はスマホを取り出すと、TODOリストに割り込みで書き込みを行う。

次の予定は『職人に防具ツナギに似た防具を発注する』だ。

さて問題は、どこに製作を頼むか。

数百万円という大金を費やすからには、日本で一番の工房に製作を頼みたい。

そして俺の防具は、防具ツナギのような、全身を覆うジャケットタイプにしたい。

そういう特殊な防具を作ってくれる工房が日本にあるのか。

まず、そこから調べることにした。

インターネット上の情報を検索してみたところ、意外なことに、日本にはドロップ品の布や革で防具を作る工房が十社以上存在した。

その大半は、アニメのコスプレ衣装を着てダンジョンに潜るような、極めてライトな探索者向けの工房のようだった。

コスプレ工房以外の数件の工房では、海外の探索者向けのちゃんとした防具を製作しているようだ。

それらの工房のホームページにある製作物の画像を確認する。

製作物の多くは、ドロップ品の布を重ねて厚みを持たせた服や、ドロップ品の革で作った革鎧だった。

製作技術は工房によってマチマチで、一件の工房は俺の方が作るのが上手いと思うほど、酷い出来の防具が掲載されている。

この工房に頼むことはないなと候補から消し、他の工房の作品を確認していく。

そうして見つけた工房の一つ。

当工房は革製品専門だとホームページで宣言しているだけあって、革製品の製作物の出来は、他の工房より二つほど頭抜けた技術が窺えた。

特に、コンセプト品として掲載されていた、首から下を覆うライダースーツの出来は、最新ニチアサ特撮に出ていても不思議ではない魅力を放っていた。

俺の心は、もうここに製作を頼むことで固まった。それほどに、革のライダースーツの出来栄えに心打たれてしまっていた。

工房の名前は、岩珍《がんちん》皮革加工工房。

恥ずかしながら耳にしたことのなかった工房だけど、調べてみると、奈良県で長い歴史を持つ老舗の工房のようだ。

火縄銃が現役の時代では鎧の内張りやマタギ用の毛革の加工を請け負い、西洋文化が流れ込んで来た際は牛革の小物の製作を始め、現代では革のジャケットや革手袋を作りつづけ、そしてダンジョンが出現してからは海外の探索者向けに革鎧の製作を開始したと、ホームページに歴史が綴られていた。

ホームページに掲載されている注文者の声という欄に、日本語のもの以外に英語や別の外国語の文章が掲載されていた。

日本語でも外国語でも、丁寧な作りで安心感があると、絶賛の声ばかりだ。

これはもう、俺が防具作りを頼もうと考えていた、日本一の革職人が丁寧に防具を製作してくれる工房に間違いない。

希望する工房が見つかったのだからと、直ぐに俺は連絡を取りつけることにした。

ホームページにはインターネット注文をする場所もあったが、こちらは一時的に予約受付を止めているようだった。

どうしてか情報を探すと、どうやらモンスタードロップ品の革が品薄状態で、いまある製作予約を作り上げる分で在庫がギリギリなのだという文章が、ホームページのお知らせという部分で発見した。

日本語と英語とで書かれたその文章を見て、俺はもしかしたらという期待を持った。

俺はホームページに記載されている、工房の電話番号をスマホに打ち込んで通話を試みる。

数コールの後に、明るい女性の声で応答がきた。

『This is GANCHIN work shop. What can I do for you?』

電話口での突然の英語に面食らった。

だけどスマホに打った電話番号に間違いはないし、電話の向こうの女性も英語でガンチンと言っていたから、岩珍工房であることは間違いないはずだ。

俺は日本語か英語かで話す方を迷ったが、とりあえず日本語で呼びかけてみることにした。

「岩珍工房さんで間違いないですか？　革の防具の製作をお願いしたいんですけれど？」

『あれ、日本の人？　ごめんなさい。外国の人からの電話ばっかりだから、電話取るときに英語で喋るようになっちゃってて』

明るくて快活な性格をしていそうな声での、軽く感じる謝罪。

その後で、なにやらペラペラと紙をめくる音が受話器越しに聞こえてきた。

『防具製作だと、一年先の予約になっちゃいますねー。それで良いですか？』

一年待たされるのは困るが、それより不思議に感じたことがあった。

「ホームページには革不足だって書いてあったんですけど、一年先なら解消されているってことですか？」

『あー、えー、ちょっと違くてですね。うちの工房に割り当てられる革の量を考えると、いま注文してくれた人の分の革が手に入るのが、一年先ぐらいになるなーって感じなんですよ。なので本当は、一年以上待たせることになるかもしれなくてですね』

つまるところ、一年先と言ったのは、角を立てないようにした断り文句だったわけだ。

だが、この革不足という部分に、俺が漬け込む隙があると見た。

「あのー、素材持ち込み――ドロップ品の革を持ち込む場合だと、優先的に作って貰えたりしませんか？　レッサーオークの革とワイルドドッグの毛革なら、多少在庫を持っているんですけど」

防具ツナギの補修材として確保していた分の革は、次元収納の中にある。

それを交渉材料に持ちかけたところ、反応は劇的だった。

『えっ、お客さんは探索者なんですか⁉　何処で活動している人です⁉　地元にある、奈良ダンジョンの探索者なら助かるんですけど！』

鼻息荒く尋ねてくるので、俺は少し狼狽えてしまう。

「えっと、東京ダンジョンに通っている探索者です。いま第三階層の中層域を活動場所にしているんで、レッサーオークの革は通常ドロップ品なので、数を確保しようと思えばできなくはないですけど」

『えっと、その、ちょっと待ってください――おとうちゃーん！　東京の探索者の人から、素材持ち込みの打診！　レッサーオークの革とワイルドドッグの毛革だって！』

電話の保留ボタンを押さないまま受話器を置いたのか、電話の向こうで大声でのやり取りが聞こえてくる。

先ほどの女性の明るい声と、男性の声だと分かる低く落ち着いた声がやり取りされている。

『東京の探索者だあ？　あっちは鎧甲冑どもか、コスプレ衣装だろ。うちはそんなのやってねえぞ』

『でもさ、おとうちゃん！　革を送ってくれるのなら、仕事が捗るでしょ！　このままじゃ、この工房は開店休業になっちゃうんだよ！』

そんな大声でのやり取りが何度かあった後で、受話器が取られる音が聞こえた。

『――電話を代わりました。工房主の岩見珍斎《いわみちんさい》と申します。レッサーオークの革とワイルドドッグの毛革。どれほどの量をお持ちくださるのか、お教え願ってもよろしいでしょうか？』

この声の主が、先ほど電話口に立っていた女性の父親なんだろう。

工房の主という肩書と珍斎という名前の古臭さにしては、意外と声が若い感じがある。もしかしたらダンジョンが現れて革鎧を作るようになったとき、代替わりしたのかもしれないな。

そんな予想を頭の奥へと追いやって、俺は問いかけに返事することにした。

「両方とも自分の防具に使う分は確保してあります。各十枚ずつです。必要なのであればダンジョンでモンスターを倒して、それを納品してもいいですよ。ただワイルドドッグの毛革の方はレアドロップ品なので、数を揃えるのは難しいですね」

『そうですか……』

珍斎と名乗った主は、意味深に黙り込む。

きっと彼の頭の中では、俺に材料集めを頼むメリットとデメリット、そしてドロップ品の革を得られた際に工房の仕事の進捗がどう推移するかを予想しているんだろうな。

しばらくの沈黙の後、決断を未だに迷っている声での問いかけがきた。

『お客様は、探索者なのですよね。東京ダンジョンの？』

「はい。東京ダンジョンの第三階層にしかいけない、弱小ですけどね」

『東京ダンジョンだけでなく、日本の探索者の防具の主流は日本鎧です。ウチに製作を頼むということは、革の防具を欲しているということですよね。それはどうしてか、お伺いしても？』

「今まで俺は、自作の革防具で戦ってきたんです。海外の貧乏探索者はそうやっているって聞いて、それを真似していたんです。それでつい最近、職人技に感銘を受ける出来事があったんです。そして丁度いま、自作の防具がボロボロになって更新が必要になったんです。良い機会なので、凄腕の革職人の方に防具製作を頼もうと思ったんです」

オリジナルチャートのことだけは隠したが、それ以外の情報をつまびらかにすると、珍斎は納得した声を返してきた。

『お気持ち、理解致しました。そういうことでしたら、お客様に対して甚だ不躾なお願いではありますが、レッサーオークの革とワイルドドッグの毛革を可能な限り送ってはいただけないでしょうか。着払いで構いませんし、革の代金は防具製作の代金から差し引く形を取らせていただけたらと考えておりますが、いかがでしょうか？』

急な好感触に、俺はちょっとだけ面食らいつつも、詳しい条件を聞くことにした。

「どの程度の量、革が欲しいんですか？」

『在庫も確保しておきたいので、可能な限り多くが有り難いのですが』

工房としては、確かにその通りだろう。

しかし俺がダンジョンに入っている目的は、不老長寿の秘薬を手にすることだ。

延々と革集めなどさせられては、たまったものじゃない。

「なら、ワイルドドッグの毛革が絶対に必要な数だけ教えてください。ワイルドドッグの毛革はレアドロップ品なので、その必用数が確保できた段階で、レッサーオークの革も含めて、革の納品は一時終了でどうでしょう？」

『一時、とは？』

「俺は、もっと先の階層に行く予定でいます。その先の階層で得たドロップ品の革を、優先的に岩珍工房さんに卸します。だから一時納品終了と言ったんです」

いま俺が、こうして譲歩しているのには理由がある。

今回岩珍工房に製作を依頼しようとしているのは、第三階層で得たドロップ品の革で作る全身ジャケットだ。

これから先、不老長寿の秘薬を手にするまでダンジョン通いをするとなると、今回のジャケットじゃ先々で性能が足りなくなる予想が立つ。

そのときは、新たなジャケットを作ってもらう必要があるので、いまこのときは岩珍工房との間柄が良好であることが望ましい。

良好な関係を築けるのであれば、ダンジョンで得るドロップ品の中で、革だけ役所に換金できなくなるぐらいは受け入れるべきだ。

それに、俺が革を送ることで、珍斎が恩を感じてくれたのなら、防具製作に一切の手抜きはしないだろうという打算もあるしな。

そんな俺の提案を、珍斎は受け入れる気になったようだ。

『そういうことでしたら――えー、ドロップ換算で、ワイルドドッグの毛革は二十個ほど必要なのですが』

その必用数を聞いて、俺は思わず黙ってしまう。

なにせワイルドドッグの毛革は、一日で二つ落ちれば良い方というぐらいのドロップ率だからだ。

単純計算で、まる十日以上は通い詰めないと、必用数は確保できないということ。運が悪ければ一ヶ月を超えて、二ヶ月かかる可能性だってある。

思わず頼むのを止めるかという考えが脳裏をよぎるが、それは有り得ない選択だと、ダメな考えを頭から追いやることにした。

「……分かりました。ワイルドドッグの毛革を二十枚ですね。集めます。それと、とりあえず今日、そちらへ宅急便でレッサーオークの革を十枚送ります。ワイルドドッグの毛革を集める際にレッサーオークの革は大量に集まるはずなので、いま手元に残しておく理由がなくなったので。その後も、随時送らせてもらいます」

『そんなことまでしてくださるのなら大変有難いのですが、宜しいので？』

「その代わり、俺が素材を持ち込んだら、俺の防具を最優先で作ってもらいます。そのぐらいの融通は利かせてくれても良いですよね？」

いま請け負っている予約に割り込む形になるが、岩珍工房にとっても悪い話じゃないはずだ。

珍斎は少し考えるような沈黙の後に、了承の意を伝えてきた。

『分かりました。最優先でお作り致します。それでは、お客様のお名前を控えさせていただいても宜しいでしょうか？』

「小田原旭。漢字は、小さな田んぼの原っぱに、旭日旗の旭です」

『小田原旭さまですね。お名前、控えさせていただきました。では、革の方、宜しくお願いいたします』

「はい。今から準備して送ります」

電話を切り、軽く溜息をつきながら、壁にかけてある防具ツナギに目をやる。

お役御免にして新しい防具を作ろうとしたら、モンスタードロップ品の革を集めることになったので、この相棒にはまだまだ働いて貰わないといけなくなった。

ロートルを引っ張り出す指揮官のような、申し訳ない気持ちになりつつも、防具ツナギを着て東京駅へ。

旧神宮外苑にあるホームセンターにて、オークの革十枚が入りそうな大きさの段ボール箱とガムテープを購入し、東京ダンジョンの中へ。

東京ダンジョン第一階層の出入口の端へ移動すると、段ボール箱を組み立てて底面をガムテープで塞ぎ、その箱の中へと次元収納からレッサーオークの革を出す。

段ボール箱の上面をガムテープで塞ぎ、その箱を持って東京ダンジョンの外へ戻り、再びホームセンターへ。

ホームセンターのサービスカウンターにて宅配便の着払い伝票を貰うと、スマホで岩珍工房の住所を検索し、その住所通りに伝票を書き上げた。伝票の送り主欄には、岩珍工房には俺の名前を伝えてあるしと、俺の住所と名前を書き入れた。そして品名のところには、配送途中で奪われない用心のために、革十枚とだけ記すことにした。

諸々の配送準備を終わらせ、サービスカウンターに伝票を貼り付けた段ボール箱を預けると、ちょうど宅急便の制服を来た人がホームセンターにやってきた。

少し離れた位置で見守っていると、俺が伝票を張り付けた段ボールは、宅急便の職員によって運搬トラックに乗せられて運ばれていったのが確認できた。

これで問題が起こらなければ、明日か明後日には、あの段ボールが岩珍工房に到着するはずだ。

とりあえず俺は、岩珍工房に再び電話をかけ、革を宅急便で送ったことと、着払い伝票の番号を伝えた。

一仕事終えたわけだが、どうせ革を集める必要があるんだからと、俺は東京ダンジョンへとレッサーオークの革を取りに入ることにした。

岩珍工房へ革を送る約束をした日から、俺は東京ダンジョンの第三階層に通い詰めることにした。

少しでも討伐数を稼ぐため、第三階層中層域の二匹一組でモンスターが現れる場所で、ひたすらにレッサーオークとワイルドドッグを探し周って討伐していった。

レッサーオークの革は、通常ドロップ品なので、一日で大量に集めることができた。

しかしワイルドドッグの毛革は、予想していた通りに一日でゼロ枚から二枚までの入手量。岩珍工房が欲する二十枚という量を集めるには、やっぱり時間がかかってしまう。

一日ダンジョンを駆けずり回った後は、第三階層の出入口にて、組み立てた段ボール箱の中に今日集めた分の革を収めて岩珍工房へ発送する準備をする。

このとき、段ボール箱の中にはレッサーオークの革とワイルドドッグの毛革を一緒に入れる。

だから俺が何枚ワイルドドッグの毛革を送ったか間違えないよう、スマホにワイルドドッグの毛革を送った枚数を毎日記録することにした。これで送る量が足りなかったり過剰だったりすることをなくせる。

一日の討伐数を稼ぐために、モンスターを手早く倒すこと優先の少し無茶な戦い方をしているので、俺の防具ツナギは日を追うごとに一層ボロボロになっていく。

表面に貼り付けた革は傷がない部分を探すのが難しいぐらいになり、ドグウ手甲の装甲板も完全に割れたり脱落したものも出てきた。

ボロボロな防具ツナギを酷使し続けること、一ヶ月。

ようやく岩珍工房が望む枚数のワイルドドッグの毛革を送る事ができた。

最後の三日間は、あと一枚というところで一日ゼロ枚という日々が続いて心が折れそうになったが、どうにかやり遂げることができた。

というか、その三日間の中でワイルドドッグを倒して魔石が手に入った際には、今は求めてないって叫びそうになった。毛革を手に入れるよりもレアなので、本来は嬉しいはずなのにな。ちなみに、その魔石はメイスに使用したが、進化はまだしなかった。

ともあれ、これでようやく防具を作る前提条件はクリアされた。

俺はホームセンターで段ボール箱を発送した後で、探索者があまりいない場所まで歩き、縁石に腰を下ろしてからスマホで電話をかける。通信先は、もちろん岩珍工房だ。

季節は夏に差し掛かっていて、夕方だというのに日差しがジリジリと感じられる中、通信相手が出るのを待つ。

五コールぐらいして、ようやく電話が繋がった。

『This is GANCHIN work shop. What can I do for you?』

一月前に聞いたのと同じ調子と英語での言葉に、俺は思わず笑いそうになってしまった。

「えーっと、こちら、小田原旭ですが」

俺が日本語で告げると、電話口の向こう、珍斎の娘であろう声が嬉しそうに跳ねあがる。

『小田原さんですか！　いやー、革をすっごい量送ってくれて、ありがとうございました。お陰で、工房は大助かりで、大忙しですよ！』

「大忙し、ですか？」

『はい！　材料がなくて遊びがちだった人員フル稼働させて、バンバン製品を作ってるんです！』

俺が送ったのは、大量のレッサーオークの革と二十枚までのワイルドドッグの毛革。あとは、たまに行き道で手に入ることがある、イボガエルの革とラージマウスの革が少々だ。

そんな俺一人分の頑張りで工房がフル稼働って、俺が話を持ちかける前は、どれだけ革不足だったんだかな。

「それは良かった。それで、今日送る分でワイルドドッグの毛革は規定量になるんです。なので俺の革防具を依頼したいと思って、こうして電話しているんです」

『はい。小田原さんは、革は持ち込みで、作って欲しいのはライダースーツのような全身ジャケット、で合ってますよね？』

「作って欲しいものはそうですが、確保してあるのはレッサーオークの革とワイルドドッグの毛革を十枚ずつですが、足りますかね？」

『十分足りますよ。少し余るぐらいだと思います』

「足りるようで良かったです。それで、防具を製作してもらうのに、俺の身体データを送ればいいんですかね？」

『そうしてくれたら、防具の製作に——あ、ちょっと待ってください』

電話の言葉が途切れると、受話器を口元から離したであろう声が聞こえてきた。

『そう、革の小田原さん。身体の数値を送ってもらおうって思ってて』

『そうか。ちょっと代わってくれ』

がさがさと受話器が渡される音が聞こえた後に、電話相手が変わった。

『珍斎です。早速で悪いですが、小田原さん。あんた、こっちに来れたりしませんでしょうか？』

「岩珍工房にですか？」

『客の貴方には助けられましたので、最高の防具を作って差し上げたいんです。細かい身体の数値を調べたいので、工房で計測させてほしいのですが』

職人が腕によりをかけて作ってくれるというのなら、こちらが多少の手間を払うことはやむを得ないだろう。

「わかりました。では明日にお伺いするってことで、大丈夫ですか？」

『工房は開いているから来てください。ああそうそう、辺鄙な田舎にある工房なので、奈良市内でレンタカーを借りた方が良いでしょう。バスが来る間隔が広いから、一本乗り遅れると延々と待つ羽目になってしまうので。工房には駐車場があるから、直接乗り付けてくれていいですよ』

「自動車免許持っているので、忠告に従わせてもらいます」

そうして約束を取り付けた俺は、一度自宅に戻って、奈良まで移動する準備をすることにした。

今日の夜に関西でホテルを取り、そして明日の朝に岩珍工房まで移動するつもりで、計画を立てていく。

今日と明日の移動の利便性を考えるのなら、今日は東京駅から新幹線で京都駅へ行き、明日京都から奈良駅へ行き、そこから岩珍工房へ車移動がベストな選択だろう。

となると宿泊場所は、京都駅近くのホテルが良い。俺は特段寝場所に拘りはないので、価格面からカプセルホテルにしよう。

今日の食事は駅弁を買えば良いし、明日の朝食はキオスクでパンと飲み物を買えばいい。

岩珍工房への移動はレンタカーを借りるが――そういえば、次元収納の中にあるレッサーオークの革とワイルドドッグの毛革も出さないといけない。

ダンジョンでしかスキルは使えないけど、幸いにして奈良にはダンジョンがあるんだったな。

正式名称、東大寺大仏殿裏ダンジョン。通称で、奈良ダンジョン。

出現した当初は東大寺ダンジョンを通称にしようとしたらしいが、その名称を聞いて東京大学こと東大にダンジョンができたと誤解する人が多く出たため、奈良ダンジョンという通称に落ち着いたとかいう変遷があるダンジョンだ。

この奈良ダンジョンに寄って二種の革を次元収納から取り出して、岩珍工房へ行くよう道順を組み直す。

こうして、岩珍工房へ移動するためのオリジナルチャートを作り上げることができた。

さて、初めて顔を合わせるのなら、良い印象を持ってもらおう。

そう考えて会社員時代のスーツを着ようとして、上着が着られないことに気付いた。

腹周りが出て前が閉められないという訳じゃない。その点はむしろ逆で、ズボンのベルトがユルユルになっている。

問題があったのは腹じゃなく、ジャケットの胸周りと肩幅だ。

この一か月間、革を求めてモンスターを倒しまくるという、過度な運動をし続けてきた。

加えてレッサーオークの革を集める際の副産物として、レアドロップ品のレッサーオーク肉も数多く手に入った。そのレッサーオーク肉は、食費の節約になるしタダで手に入るのだからと、ふんだんに使って自炊していた。

ダンジョンの道中では、用心のために常にリジェネレイトをかけるように心掛けていた。リジェネレイトには、酷使した筋肉を治して育てる働きが備わっている。

そんな激しい運動と、筋肉を作るタンパク質多めの食事に、筋肉を育てる治癒方術が組み合わさったら、そりゃあ一月で胸やら肩やらに筋肉がついたうえで腰回りの脂肪が消え去るわけだよな。

俺の現状は理解出来たが、これじゃあ着ていく服が、布地に余裕があるツナギしかない。

これはいけないと、移動チャートを少し組み替えてから、出発することにした。

リュックを取り出し、そこに外泊するための日用品を入れると、それを持って近くの衣服の量販店へ。スーツを買いたいところだけど、この手の店にある安っぽい生地のスーツだと逆に商談相手に侮られることになると、俺は会社員時代に学んでいた。

そこで俺は、見苦しくならない程度のライトフォーマルを目指し、タイトめのノータイのシャツと前開けジャケットと綿ズボンを購入して着替えた。ついでに明日に着替える分のシャツと下着と靴下も購入しておいた。

着ていたツナギはリュックの中に押し込め、代えのシャツと靴下も入れて、ようやく電車で東京駅へ。

電車に揺られながら新幹線のチケットをスマホで購入し、着いた東京駅では構内で駅弁を買い求め、時間が来たので新幹線の中へ。

連休や学生休みからは遠いオフシーズンだし、指定席じゃなくても座れるだろうと読んだ通り、自由席でも座席はガラガラの状態だった。

俺は出入口に近い席の窓際に座り、リュックから出した充電器を新幹線のソケットに差して、スマホの充電を開始。そのスマホで、Ｗｅｂ小説を読みながら時間を潰していく。

名古屋駅を過ぎた辺りで駅弁を食べ始め、腹が満たされたので仮眠を取り、目を覚ますと琵琶湖の大半を通り過ぎて、もう少しで京都駅という場所まで来ていた。

京都駅に到着すると、調べていたカプセルホテルに入り、部屋を確保。一人が横で寝られる、まさにウナギの寝床といった感じの、カプセルホテルらしい部屋だ。

俺はアメニティのシャンプーとボディーソープを使ってシャワーを浴び、早々に就寝して明日の移動に備えることにした。

早朝に起床し、朝シャンの後にシャツと下着を新品に替え、カプセルホテルを出立した。

朝食はどうしようかと考えながら京都駅に向かって歩いていると、その道中で京都らしい木造の店構えをしている、コーヒーの匂いがする飲食店に出くわした。

店内を見ると、客が朝食《モーニング》を取っている姿が見えた。

普段なら朝食はコンビニで適当なものを買うんだけど、せっかく京都まで来たんだしと、この店に入ってみることにした。

席につき、注文すると、すぐにモーニングセットがやってきた。

セットの内訳は、トースト一枚とバターが三片、小皿のキャベツサラダ、ミニオムレツと揚げ焼きベーコン、コーヒーとオレンジジュース。

まあモーニングといえば、こんな感じだよなと納得して、料理に手を付けていく。

正直、料理に関しては予想通りの味なので感動はない。可もなく不可もなくだ。

けれど店内の静かな曲調のＢＧＭが、ゆったりとした心地よさを俺に与えてくれて、この雰囲気を味わうために再来しても良いなと思わせる。

ゆっくりと朝食を取り、モーニングを全て食べ終えて、コーヒーを一啜り。

こちらはモーニングセットとは違い、豊かな香りとあっさりとした口当たりという、独自ブレンドの拘りを感じさせる味だった。

コーヒーの苦味が寝起きの気だるさが残る体に喝を入れ、しかしコーヒーの香りは心をリラックスさせてくれる。

まさに、身体に活力を心に平穏を、と言った感じの味わいだった。

コーヒーを最後の一滴まで堪能して、俺は会計を済ませて店を後にした。

京都駅に着いたら、奈良線みやこ路快速に乗り、小一時間ほどかけて奈良駅へと向かう。暇つぶしにWeb小説を読んでいれば、このぐらいの時間は直ぐに過ぎてしまう。

奈良駅に到着後は、駅近くのレンタカー屋で荷物を多く載せられる軽ワゴン車を借り、一路奈良ダンジョンへ。

東大寺の中にある駐車場にレンタカーを停め、奈良ダンジョンの出入口へと向かう。

東京ダンジョンは皇居、奈良ダンジョンは寺の中。その風景の違いを見ていると、少し気になった点があった。

現在時刻が朝だとはいえ、東京ダンジョンに比べて、奈良ダンジョンの出入口にいる探索者の数が少ないように見える。

東京ダンジョンではダンジョンに入るための待機列があったが、奈良ダンジョンでは探索者たちがパラパラと出入口へと向かっていくだけだ。

どうしてだろうかと考えていると、すぐにその答えを見つけた。

奈良ダンジョンの出入口である黒い渦の前に、デンと置かれた賽銭箱と立札。そして立札には大きな文字で『仏教関係者以外には喜捨にご協力いただいております』と書かれてあった。

つまり、ダンジョンに入りたきゃ金を払えというわけだ。

そう理解して改めてダンジョンに入っていく人達を見れば、法衣に頭巾姿で薙刀を持っているという、戦国時代の僧兵姿の人ばかり。

その僧兵姿も、よく確認すると法衣はオーバーサイズで、内側に鎧を着こんでいるのが分かる。頭巾も防具のようで、頭周りの布がズレて内の鉄兜がチラリと見えている。

わざわざ鎧を隠すように法衣を着ているからには、あの探索者たちは仏教関係者ってことなんだろうな。賽銭箱にお金を投入しないで、ダンジョンに入っているし。

俺は、自分の格好を見下ろして仏教関係者を偽るのは無理があるなと判断し、賽銭箱に百円を投入してから奈良ダンジョンの中へ入った。

奈良ダンジョンの中は、東京ダンジョンと同じ石の回廊だ。それこそ、間違えて東京ダンジョンに戻ってきてしまったのではないかと思うほど、そっくりな見た目だった。

そんな出入口で俺は、次元収納から大きめの段ボール箱を取り出して組み立て、中にレッサーオークの革とワイルドドッグの毛革を入れていく。

その作業をしながら、どうして奈良ダンジョンが仏教関係者ばかりなのかを、遅まきながらに思い出した。

一年以上前にチラリと見ただけの、攻略とは関係ないと放置した情報なので、うろ覚えだ。

ダンジョンが現れた最初期に、東大寺を経営する宗派の宗主が表明を出したんだった。『ダンジョンは現代に現れた地獄であり、それを調伏せしめることこそが仏心に従うことになる』って。その表明と共に、日本中の仏教関係者に向けて、手を取り合ってダンジョンを攻略すべきであると発破をかけた。

そうして奈良ダンジョンでは、宗派関係なく雇われ先の寺がなくて食い詰めていた僧侶が探索者となり、奈良ダンジョンの攻略を目指しているとかなんとかだったはず。

まあ、俺が奈良ダンジョンに入ることは今日以外はないだろうから、仏教関係のアレコレを覚えておく必要もないな。

俺は思い出したばかりの情報を頭の隅に追いやると、革を詰めた段ボール箱を抱え上げて、奈良ダンジョンの外へと出る。

レンタカーの荷台に段ボール箱を置き、運転席に乗り込んで、奈良ダンジョンから岩珍工房へと向かった。


小一時間ほどのドライブの後、無事に岩珍工房に到着した。

奈良ダンジョンに寄ったことで、良い感じに開業時間が過ぎた時間に到着できたようだ。

俺はワゴン車から下りると、荷台の段ボール箱を抱え上げ、岩珍工房の中へと向かうことにした。

工房内に入ると、改装したと分かる真新しい受付があった。未だに真新しい木の匂いを放つカウンターには、誰も立っていなかった。

周囲を確認するが、従業員らしき気配はない。

けれど工房の奥の方では、なにやら作業をしている物音が聞こえてきている。

「すみません！　連絡してあった、小田原旭ですが！」

少し声を大きくしながら呼びかけると、工房の奥からパタパタと足音がして、十代半ばの少女が受付に現れた。

茶髪ボブヘアでスレンダー体型なその少女は、パッと顔を明るくすると、俺に親しげに話しかけてきた。

「ｗｅｌｃｏｍｅ！　小田原さん！　お待ちしておりましたよ！」

初っ端に英語で歓迎する態度に、俺は彼女が誰かすぐに分かった。

「面と向かっては、始めまして。珍斎さんのお嬢さんですよね」

「あっ、わかっちゃいます～。電話で感じた想像通りって、よく言われるんですよね！」

明らかに陽の者の雰囲気をまき散らす少女に、これは学校で人気者だろうなという印象を受けた。

「それで、自分の防具の分の革――レッサーオークの革とワイルドドッグの毛革を持ってきたんですけど」

「はい、そうでした！　じゃあ、人手を呼びますね。おとうちゃーん！　小田原さんきたよー！」

少女が声を張り上げると、工房の奥から「おーう」と返事があり、数秒して二人の男性がやってきた。

片方の男性は俺から段ボール箱を受け取り、さっさと店の中へと引き上げていってしまった。

そして残った方の男性が、俺に対し頭を下げてきた。

「岩見珍斎です。電話口での勝手なお願いを聞き入れて下さり、大変ありがたく思っております。貴重なワイルドドッグの毛革、そして大量のレッサーオークの革を搬入下さり、感謝の念に絶えません」

深々と頭を下げてから、珍斎は身体を起こした。

珍斎の見た目は、身長は百六十センチメートル半ばで、巌のような顔つきと刈り上げた頭をしていた。体格はがっしりとしていて、腕周りと手には、筋肉の筋が深く刻まれている、手を良く動かす手工芸の職人といった腕をしていた。

けれど、俺に一礼してから身体に作業用の前掛けをしていたことに気付き、慌てて外している姿を晒しているのを見るに、可愛い性格をしている雰囲気のある中年男性だった。

俺は笑顔で礼を受け取り、早速防具作りの話を詰めようと持ち掛けた。

「それで、先ほど別の男性に手渡したのが、俺の防具に使う分のレッサーオークの革とワイルドドッグの毛革です。事前に伝えていた通り、各十枚ずつあります」

「それだけあれば、ご要望のライダースーツ型の防具を作っても、余りがでるぐらいですよ。ちゃんと防具を製作することは確約いたしますが、それでも余った革はどうしましょうか？」

「余った分は買い取ってください。もともと売るしかないものですし」

「ドロップ品の革で、自作の防具をお作りになられたのでは？」

「ツナギに革を貼り付けただけの、素人仕事ですよ。褒められたものじゃないです」

俺の返答に、珍斎はなるほどと頷いた。

「今まで使っていた防具と同じ種類のものと考えて、当工房にライダースーツ型をご依頼くださるわけですね。恩人のためでもありますし、腕によりをかけて作らせていただきますよ」

珍斎は製作を受け負うと、受付の戸棚を漁って一冊のカタログを取り出した。

そのカタログの中には、今まで工房が作ってきた作品の写真と、未製作品のイメージイラストが載っていた。

そしてカタログの写真のうち、一つを指す。

「こういう感じの、全身を覆うライダースーツで、構いませんか？」

真っ黒で身体の線が出るタイプのライダースーツの写真に、俺は少し考えてしまう。

「モンスターの攻撃を受けることも考えると、腕や脚や胴体、あと背中に革の厚みが欲しいんですが。もしくは装甲板みたいなものとか」

「なるほど。では、こちらのような感じでしょうか」

珍斎が示したのは、イメージイラストのページにあった、一つのイラスト。

全身を覆うライダースーツに、腕や足に硬そうな革を組み着けたような、強化服って感じのデザイン。ニチアサ特撮のヒーローの姿を参考にして、工房で作る革製品で構成できるようリデザインしたような感じだ。

サブカル好きとしては、この手の衣装は、とても見逃すことができない。

「そうです。まさにこんな感じで」

「了解です。では、レッサーオークの革とワイルドドッグの毛革を用いて作るとしたら、こんな風に変わりますが、宜しいでしょうか？」

珍斎は腕組みして考え込むと、やおらコピー紙と鉛筆を受付の戸棚から取り出し、ささっとイメージ図を描き上げ、そして注釈をも書き込んでみせた。

先ほどのデザインと、全身を覆うボディースーツと硬革処理した革を装甲板として貼り付ける部分は同じだ。

しかし、肩と肘と膝に新たに硬革を貼り付けていて、動きを阻害しないような形にすること注釈として書かれてある。

注釈にはボディースーツはレッサーオークの革で、硬革処理する部分にはワイルドドッグの毛革を用いるとも書いてある。

「硬革にするワイルドドッグの毛革には毛がないようですけど？」

「毛がないのではなく、毛ごと天然物の溶液で固めてしまうんです。すると革だけよりも防御力が高くなるんですよ。この技術は、奈良ダンジョンで実証済みです」

なるほどと頷きつつ、デザイン画を注視する。

「それにしても。ニチアサ特撮っぽい見た目ですね」

黒革の全身ボディースーツに、前腕、肘、肩、胴体部、背中、膝、脛に茶色の堅革を貼り付けたデザインは、特撮の特殊戦闘服といった感じが強い。これで特徴的なベルトとヘッドマスクがあったら、完璧にソレだろうな。

俺のそんな評価に、珍斎は少し不満そうな顔になる。

「このデザインは、お嫌でしょうか？　海外のお客様には、大変に人気があるんですが？」

「いえいえ。俺はサブカル作品好きなので、この手のデザインは大歓迎ですよ。ただ、俺は正義の味方じゃないので、着ることに気後れするんですよ、どうしてもね」

「好きであるからこそ、ヒーローの姿を真似ることは恐れ多いというわけですね。特撮作品好きとして、気持ちはわかります」

お互いに特撮好きだと分かると、俺と珍斎は防具製作とは関係ない、好きな作品とシーンについて語り合った。

それが十分ほど続いたところで、珍斎の娘さんが大きな咳払いをして睨んできた。その目は、俺に対しては防具作りの注文をしろと、岩見珍斎に対しては仕事をしろと、雄弁に語っていた。

俺と珍斎は一度口を噤むと、防具製作の会話に戻った。

「それで、このデザインで仕上げていいか？」

特撮を語り合ったことで、珍斎の口調が砕けたものに変わっているが、それは御愛嬌《ごあいきょう》というものだろう。

「気後れはするだろうけど、お願いします」

「じゃあ、寸法を測るぞ。ピッタリでいいかな？」

「探索者になってから筋肉がついてきたし、これからも成長するだろうから、余裕がある感じにして欲しいです」

珍斎は巻尺で俺の身体を測り、先ほど書いたデザイン画の横に数値を書き込んでいく。そうして一通りの計測を終えると、満足げな顔をした後で、気後れしたような表情に変わる。

「不躾なお願いになるんだが、防具スーツだけじゃなく、ブーツも作ってはどうかな？」

変な提案に、俺は首を傾げる。

すると珍斎は、恥を語るような口調で事情を話し始めた。

「革が足りてないのは、この工房だけじゃなんだ。長年懇意にしている革靴の工房があってね。そちらが、私どもが大量にモンスタードロップ品の革を入手したと知って、革の在庫を回して欲しいと言ってきてね」

「革を融通する理由付けに、俺に靴の注文をして欲しいわけですか？」

「もちろん、その靴工房の物がかなりの良品だからこそ、お勧めしているんだ。あちらの工房の作品もダンジョンに通用するものだから、モンスターを蹴りつけてダメージを与えることだって可能だ」

ここまで工房を構える職人が推すからには、本当に良いものに違いない。

一方で革不足という苦境を味わっている仲間の職人を、革を供給することで助けたいという気持ちも、本当なんだろう。

俺に革の横流しの話を持ちかけているのだって、黙って渡したって俺は知りようがないのに、こうして職人の矜持《きょうじ》として素材提供者である俺に筋を通しているぐらいだものな。

つまり珍斎という人物は一本気な性格で、職人としては好感が持てる人物というわけだ。

それに俺としては、自分の防具だけ作ってもらえればいいので、渡した革をどうするかまで言う気は最初から全くなかったしね。

「構いませんよ。じゃあ、その靴工房とやらに、俺が出向けばいいんですかね？」

「足の計測は、こっちでできる。革を渡しに行くついでに、計測値を伝えておくよ」

では早速と、俺は靴と靴下を脱がされて、巻尺と定規で色々と足回りを計測された。

土踏まずの高さや、親指と人差し指の間の幅など、普通の靴屋でも計らなさそうな部分まで調べられたので驚いてしまう。

最後に、俺の足が紙の上に乗せられ、鉛筆の先を足に沿わせて一周させることで、紙に足の概要図ができあがった。

その紙に俺の足の各種計測値を書き入れてから、珍斎は工房の奥へと声をかけた。

「おい。頼まれた革を配達しに行ってくれ。この紙もつけてな！」

工房の従業員であろう、俺と同年代の青年が珍斎から紙を受け取ると、レッサーオークの革をパンパンに詰めたビニール袋二つと共に、工房から出ていった。すぐに自動車が走り去る音がしたので、件の靴工房へと届けに行ったんだろうな。

その音を聞き届けてから、俺は珍斎に向き直る。

「俺の体のデータは取り終えたようですし、これで注文は本決まりですよね。それで、代金の方はどのぐらいで？」

俺が問いかけると、岩見珍斎は電卓を打ってから見せてきた。

「これが防具用の全身ジャケットスーツと靴を合算した代金になる」

予想していたとはいえ、帯つきの札束三つ分を超える、新車が買えるような値段に目を丸くする。

予算は大幅に超えているけど、銀行口座にあるお金でどうにか足りる範囲。もし足りなくても、クレジットカードで分割決済にすることだってできる。

俺が決断しようという様子を見せると、岩見珍斎は「気が早い」と告げて電卓を引き戻した。

「この代金から、納品してくださった革の末端価格分を引き、さらに不躾なお願いを何度も叶えてくださったお礼分の値引きを致して、最終的にこの値段になる」

提示された金額は、元の三分の一以下になっていた。

「これは、値引きし過ぎでは？」

俺が驚いて尋ねると、珍斎は笑顔で否定した。

「これが正しい値付けだよ。ちゃんと技術料は入ってるし、工房の利益も確保してある」

本当なのかと思わず疑ってしまい、俺の目は自然と珍斎の娘さんに向かった。

娘さんは珍斎の手元を覗き込んで、電卓に現れている金額を見ると、途端に呆れた顔になった。

父親の商売っ気のなさに困っている顔つきではあるが、しかし商売を捨てているとは怒り出したりはしない。

それらの事実を踏まえるに、ギリギリ許容範囲の値引きなんだろうな、きっと。

工房の主とその娘が納得した値段ならと、俺はその値段で注文することにした。

防具は特急で作ってくれて、出来上がり次第に自宅に送ってくれるらしいが、それでも完成まで一か月かかるという。

どうやら自宅で引退を告げたはずの防具ツナギは、一ヶ月後まで現役続行してもらうことになりそうだ。


奈良の岩珍工房から東京都内の自宅まで、寄り道せずに帰った。

移動疲れから、シャワーを浴びたら就寝するため、マットに体を投げ出した。

「ダンジョンの外でもスキルが使えたら、治癒方術のリフレッシュをかけられるのに」

なんて愚痴を零した直後、俺が瞬きをしたら外が朝になっていた。

これは、自分が眠っていたと気づかないほどに熟睡していただけだろうな。なにせ身体の疲れはスッキリとなくなって、体調もすこぶるいいぐらいだし。

俺はボロボロの防具ツナギを着て鉢金を頭に巻くと、東京ダンジョンへと向かった。

俺は東京駅へ向かう電車の中で、岩珍工房に依頼した防具用の革の全身ジャケットに似合う頭防具がないか、ネット上で探していく。

希望としてはフルフェイスのヘルメットが良いんだけど、残念なことにダンジョンに対応しているヘルメットの取り扱いはなかった。

むしろ、当社のヘルメットはバイク用ですので、用途外の使用はしないようにと注意書きがされていた。

きっと探索者がヘルメットを着けてダンジョンに入り、ヘルメットが防具として役に立たなかったんだろうな。

そうなるとダンジョン用として作られている、日本鎧の兜や三度笠や虚無僧笠が候補になるけど、それらは絶望的に革のジャケットには合わない見た目だ。

折角大金を払って防具を購入するからには、統一感ある見た目にしたい。

俺は第三階層から先のモンスタードロップ品も含めて、良いものがないかを探っていく。

そんな探し者の中で見つけたのは、海外の探索者が投稿した動画。

その探索者がいる国のダンジョンは、第五階層を突破できていないようで、一から四階層までのドロップ品が市場に溢れているらしい。

特に使い道のないドロップ品は、超低価格で売買されているらしく、ゴブリンのミサンガは簡単に山のような数を手に入れられるようだ。

そんな前提知識を語った後で、探索者は市場に溢れるゴブリンミサンガで、頭防具を作るのだという。

どうやるのか見ていると、使い古されたヘルメットの上に、ゴブリンミサンガを重ねるようにして接着剤で貼り付けていくだけ。

そうして出来上がったのは、緑色のミサンガでこんもりと膨れた不格好なヘルメット。

こんなので大丈夫かと思って見ていたんだけど、なんとこのヘルメットはコボルドが振るったナイフをちゃんと防いだのだ。

動画の終わりには、コボルドのナイフで切られた場所が大写しになっていたが、薄い傷が入っただけで済んでいた。

「これは使えそうだな」

思わず独り言を零してしまったぐらいに、この動画は俺にとって光明だった。

そうだよ。無いなら作ればいいんだ。

動画から分かった、ダンジョンで通じるヘルメットを作る要点は二つ。

モンスターのドロップ品を使う事と、そしてちゃんとした見た目になるようにヘルメットを手作りする方法を学ぶことだ。

これは良い情報を仕入れることができたなと満足し、俺は東京駅で電車を降りて東京ダンジョンへと向かった。


新防具が出来るまで一ヶ月ある。

その間はボロボロの防具ツナギで凌ぐしかないので、無理をする気はさらさらない。

しかし第三階層中層域は、ここ一ヶ月間通い続けた場所なので、ここ以外の場所で活動したいという気持ちもある。

だから俺は、少し冒険心を出して、第三階層の深層域へと踏み入ってみることにした。

中層域で戦い慣れたから、深層域でも大丈夫だろうという判断で行ってみたのだけど、モンスターの怖さを味わうことになった。

俺の先を進んでいた探索者パーティーが、モンスターに会敵した。

そのモンスターは、片手剣を両手持ちで構えるゴブリンこと、ゴブリンソードマン。

探索者パーティーは装備した日本刀と日本鎧で終始優勢に立ち回っていたが、最後の最後でヘマをした。

戦っていた一人が、ゴブリンソードマンの腹部を日本刀で差し貫いた瞬間、明らかに止めを刺したと思って油断して動きを止めてしまった。

その隙を、ゴブリンソードマンは的確に突いた。自分の腹を貫いている日本刀を持つ探索者の太腿、その装甲がない場所へ目掛け、手にしていた片手剣を深々と突き刺したのだ。

この攻撃の直後、ゴブリンソードマンは絶命したんだろう、薄黒い煙に変わって消えてしまった。

でもゴブリンソードマンが煙に変わって困ったのが、足を刺されてしまった探索者だ。

太腿を刺していた片手剣も煙になって消えてしまったので、刺し傷が開いて足から大量出血が始まったからだ。

「うわっ⁉　ちくしょう、血が、血が止まらねえ！」

「急いで座れ、圧迫止血だ！」

パーティー全員が大慌てで、太腿から血を流し続ける一人を押さえつけ、刺し傷にタオルを当てて止血を始めている。

しかし、みるみる間にタオルが赤く染まっていくのを見て、彼らは周囲に助けを求め始めた。

「誰か！　傷治しのポーションを持ってないか！　このままだと、コイツ、死んじまう！」

「いま手元に魔石が一つある！　これでポーションを売ってくれ！」

この場に居合わせた探索者たちは残念そうな顔をすると、怪我をした人など見えないといった態度で、彼らの横を通り過ぎていく。

「待ってくれ、助けてくれよ！」

「……悪い。ポーションはないんだ」

罪悪感からか通り過ぎようとした一人が、弁明するように零す。

その他に通り過ぎていく人達も、申し訳ないという顔をしながら、そして助けられる手段がないのだから仕方がないと諦めた表情で、怪我人を見捨てて先へ進んでいく。

そんな光景を見ていて、俺はどうしようかと悩む。

次元収納の中には二本のポーションがある。しかし俺は表向きイキリ探索者で通している。

ここでポーションを渡すことは、イキリ探索者に相応しい行動だろうか。

俺は一秒考え、イキリ探索者らしく見える行動をすれば良いなと結論付けた。

「おーい。欲しいポーションてのは、コイツでいいのかよ？」

俺は次元収納からポーションを一本出すと、手元で振りながら怪我人を介抱する人たちに声をかけた。

地獄に仏という顔をする彼らに、俺はポーションを引っ込める手つきをする。

「なあ、本当に魔石は一つしか持ってないのか？　二つなら、迷いなく渡すんだけどなあ？」

代金が足りないと告げたところ、彼らは怒り出した。

「人の命がかかってんだぞ！　なに言ってやがる！」

「魔石一つでも、ポーション一本分の代金は十分にあるはずだ！」

俺は聞くに堪えないという顔を作ると、ポーションを次元収納の中に入れてしまう。

「別に俺は渡さなくたっていいんだぜ。そいつが死のうと、どうでもいいし」

邪魔したなと通り過ぎるフリをすると、唐突に俺の足元に何かが投げつけられた。なんだろうと見ると、親指の先ほどの魔石が二つ転がっていた。

「魔石二つだ。ポーションを渡せ、早く！」

「話が早くて助かる。ほれ、ポーションだ」

次元収納から再びポーションを出してやれば、一人が奪うようにして持って行った。

俺はゆっくりと魔石を拾い上げつつ、傷がポーションでどうやって治るのかを観察する。

ポーションの蓋が開けられ、中身を怪我人が一気飲みした。すると飲んで一秒後に、深々とした傷口のあたりに淡い光が発生する。

あれは治癒方術のヒールと同じ光だなと感想を抱いていると、怪我人の刺し傷から出続けていた血がピタリと止まった。

しかし傷からタオルが離されると、痛々しい傷口は開いたまま。たぶん破れた血管を治すだけで、ポーションの回復量を使い切ったんだろうな。

でも、失血死の危険からは脱出できたようだ。

そして彼らは、怪我をした仲間に肩を貸して、ダンジョンから脱出することにしたようだ。

立ち去る際に、彼らの一人が俺に向かって悪態を吐く。

「チッ。金の亡者がよ。お前もゴブリンに刺されればいいんだ」

「生憎、そんな間抜けはさらさねえよ、バーカ」

俺が悪口を返すと、思いっきり憎々しげに睨まれてしまった。しかし他の仲間が行くぞと腕を引っ張って、悪態を吐いた一人も去っていった。

俺はポーションと引き換えに手にした魔石をメイスに使ってしまおうと考えて、ちょっと待てよと思い直した。

俺がメイスを進化させようと魔石を与えているのは、いままで他の人には見られていない。

それならこれから先も、人に見られないようにするべきじゃないだろうか。

そんな思惑から、俺は第三階層深層域の順路から外れて、人気のない場所を目指した。

ゴブリンソードマンを殴り倒し、自転車大のビッグアントを叩き壊し、肉切包丁を持つゾンビブッチャーの頭をホームランする。

それぞれのドロップ品の、ゴブリンソードマンの羽根飾りも、ビッグアントの硬い殻も、ゾンビブッチャーの謎肉も、ヘルメット作りには使えそうにない素材なのが残念だな。

ともあれ一匹ずつ現れるモンスターたちを倒して回りながら、人気のない場所へとやってきた。

これで安心してメイスに魔石を使えると、早速二個の魔石を与えてみることにした。

岩珍工房のための革集めの際にも、何個か魔石を入手してメイスに与えはしていたけど、鉄パイプからメイスに進化するまでに与えた魔石の量を考えると、この二個じゃ進化なんてしないだろう。

そんな風に期待していない時こそ、得てして機会は来るもの。

二個目の魔石を砕いた直後、メイスがまばゆく光り輝き始めた。

「進化⁉　進化、なんで‼」

思わず困惑してしまっている間にも、俺の手の中で光り輝きながらメイスの形状が変化していく。

やがて光が落ち着き、変化し終わったメイスを改めて確認してみることにした。

柄が伸びて俺の身長と同程度になった。ヘッド部分も大型化して、円形の台座の上にレンガぐらいの厚みと俺の顔以上もある大きな十字架が乗った形状へ。

柄とヘッドが共に大型化したことで、遠心力と重量とで一発の攻撃力が上がった感じだな。

このメイスの変化について、俺はちょっとした予想を抱いた。

俺の基本的な戦い方は、メイスでも戦槌でも、可能な限り一撃でモンスターを殴り倒すものだ。

メイスの柄とヘッドの大型化は、この俺の戦い方に見事に合っている。

もしかして、使用者の戦いに合わせて、進化の方向性が決まるんじゃないだろうか。

そんな予想が立つが、他にも武器の進化について謎はある。

鉄パイプからメイスへの進化には、多量の魔石が必要だった。それに比べると、メイスが更に進化した際は、魔石の量が少なく済んだように感じる。

この違いについて考察すると、もしかして武器の進化もスキルのレベルアップと同様に、何らかの条件を満たすことで起こるんじゃないだろうか。

もしくは、俺はメイスでかなりの数のモンスターを倒してきたことを考えると、その数によって進化するために必要な魔石の量が減ったんじゃないだろうか。

果たして、これらの俺の予想は合っているのか否か。

真実はどうあれ、メイスの大型化によって、俺の戦闘力が向上したことは間違いない。

物は試しと、次に出くわしたゴブリンソードマンと新メイスを用いて戦ってみたところ、相手の片手剣を叩き折った上でゴブリンの頭まで粉砕することが出来た。

これは良い進化だなと評価しつつも、もう少し使い慣れる必要があると判断し、俺は第三階層深層域を少し巡ってみることにした。

武器の進化に浮かれて第三階層深層域の奥を目指したのだけど、あることを切っ掛けに、俺はダンジョンから撤退することにした。

その理由とは、第三階層深層域の奥で、モンスターと三匹一度に出くわしたから。

今までは二匹一組が最多だったのに、深層域の奥で急に三匹一組でモンスターが現れたのを見て、尻尾を巻いて帰ってきたわけだ。

なにせ俺の現在の防具は、ボロボロの防具ツナギだ。

初めてのモンスター三匹を相手に戦うには、この防具では心許なさ過ぎた。

あそこの三匹一組のモンスターと戦うのは、岩珍工房に頼んでいる革防具の全身ジャケットが届いた後にすると決めた。

だから俺は、岩珍工房の防具が自宅に届くまで、無理ない範囲でダンジョン探索をすることにした。

防具が出来上がる予定の日までの期間、第三階層中層域でレッサーオークの革を集めて岩珍工房へ送ったり、深層域のモンスターが二匹までしか出ない場所で戦闘技量を磨いたりして過ごしていく。

この時間のお陰で、俺は進化したメイスを使い慣れてきたし、予備武器の戦槌の扱いも上手になった。

モンスタードロップ品についても、深層域のモンスターからも、幾つかレアドロップ品を入手した。

ゴブリンソードマンからは片手剣が、ビッグアントからは甘い蜜が詰まったソフトボール大の球が、ゾンビブッチャーからは肉切り包丁、そして魔石三つが手に入った。これら、片手剣は役所に売り払い、蜜球と肉切り包丁は自宅で料理に使い、魔石は戦槌に与えておいた。

いまのメイスになるまで二段階進化したし、次の進化は戦槌に譲ろうって魂胆だ。

戦槌の一段階目の進化が、鉄パイプからメイスに進化したときのように大量の魔石が必要なのか、それともメイスが進化したときのように魔石が少なく済むのか、楽しみだ。

そうした日々を経ていって、俺の肉体はより筋肉質になっていっている。

洗面所の鏡に映る俺の体つきは、一ヶ月前よりも更に皮下脂肪が薄くなり、腕や肩や胸元の筋力がもっと発達してきている。

試しに自分のお腹を摘んでみると、皮膚だけを摘まんだとわかる薄い膜を触っているような感触があり、皮下脂肪特有の柔らかな弾力はなかった。

今度は指で腹を押してみると、皮膚の下にある腹筋が押し返してくる手応えがある。どうやら腹筋も、以前に比べて分厚くなっているようだ。腕や肩回りを触って確認しても、筋肉の良いハリを感じた。

次に背中を鏡に映してみると、発達して大きくなった広背筋が見えた。それこそ身体の前面より、背筋の方が発達しているような感じさえある。

太腿や脹脛も、毎日長時間歩くうえに、戦闘中は激しく跳んだり走ったりしているからか、引き締まった感じになっているな。

そんな調子で鏡に映る自分の身体を確認していると、チャイムが鳴った。

慌てて上に肌着を着て、玄関扉の魚眼レンズで相手を確認すると、大きな段ボール箱を抱えた配達員が立っていた。

「はい」

俺が返事をしながら扉を開けると、配達員がビジネススマイルで伝票を渡してきた。

「お届けものです。ハンコかサイン、頂けますでしょうか？」

俺は伝票を見て、配達元が岩珍工房であることが分かった。

中身が何かをすぐに察し、俺は配達員が差し出していたペンで素早くサインを書くと、伝票とペンを返却して、段ボール箱を受け取った。

「お疲れ様です」

と労いの言葉をかけて配達員を見送った後、俺は扉を閉めて鍵をかけ、さっそく荷物の開封の儀を執り行うことにした。

自分の希望通りに出来ていますようにと念じながら、段ボール箱のガムテープを剥がして開封。

中には梱包材と、折りたたまれた状態でビニール袋に入った全身レザージャケット型の防具があり、その下には製作を薦められた革のブーツがあった。あと、なぜかブラシ、固形油、洗浄剤も入っていた。

内容物に疑問を持ちながらも、とりあえず全て出してみることにした。

すると段ボールの底面に貼りつくようにして、茶封筒に入れられた手紙が入っていた。

手紙を開いてみると、俺がレッサーオークの革を続けて送ってくれる事へのお礼と、レザージャケットの手入れの仕方が書かれていた。

どうやらブラシ、固形油、洗浄剤は、この手入れに使うためのもののようだ。

防具を脱いだら、防具内の水分をタオルでざっと拭い、ブラシで全体を綺麗にする必要がある。ブラシ掛けは、襟元や袖元や裾などの汚れが付きやすいところは重点的にしておくこと。動きが悪いところや油分が抜けてそうなところには薄く油を塗って染み込ませること、洗浄剤は酷い汚れがついたときにだけ使うことという助言が書いてある。

そして、手入れをサボるとカビや臭いが発生するし、下手にクリーニング店に持ち込んだら傷んで使い物にならなくなるという注意も。

最後には、このジャケットは防具で攻撃を受けることが使命だから傷つけることを恐れるな、と締めくくられていた。

この手紙からは、珍斎の自身の作品は大事に使って欲しいという気持ちと、それはそれとして役割を全うして欲しいという願いが見えた。

「有り難く使わせてもらいます」

俺は祈りに似た気持ちで珍斎への礼を呟いてから、改めてライダースーツ型といえる革の全身ジャケットをビニール袋から取り出して広げてみた。

その全貌を一目見て、俺はとても気に入った。

「おー！　カッコイイ！」

全身の基本《ベース》の革は、元が薄ピンク色のレッサーオークの革とは思えないほど、艶やかな黒色に着色されていた。胸部、肩、肘、腕、膝、脛、そして背中の部分に、拳で叩いてみると鉄並みの硬さに加工された、ワイルドドッグの毛を固めて茶色く色付けした毛革がついていた。

岩珍工房で見たデザイン通りではあるんだけど、実物で見ると言葉で表せない魅力があった。

前チャックを開け、着てみて、更に感動する。

サイズには余裕を持たせてもらったけど、着心地は抜群で伸縮性もあり、まるでジャケットが自分の皮膚になったかのように動きに追従してくれる。

硬革の装甲部も、人間工学的に動きを邪魔しないよう配置してあるようで、身体をどう動かしても違和感がない。

流石はプロの仕事だと感心していると、ビニール袋の中にライダースーツジャケット以外の物があることに気付く。

手に取ってみると、それは手の甲に茶色の硬革を縫い付けた、真っ黒なグローブだった。

それを手に嵌めてみると、俺の手にピッタリ。握り込んでも、硬革で引きつる感触がない。

俺は着心地に満足し、改めて鏡にジャケットを着た自分の姿を映してみた。

「硬革部分の色がもう少し派手目のものなら、平成ぐらいのニチアサ変身ヒーローにいても不思議じゃないな」

段ボール箱に同梱されていたブーツも黒色なので、トータルコーディネートは完璧だろう。

試しに歴代の変身ポーズを幾つか試してみると、驚くほどポーズがジャケットに似合っていた。

惜しむらくは、頭の防具がなく俺の顔そのままという点だ。

頭防具としてヘルメットをモンスタードロップ品を用いて自作する気でいるが、その素材になるドロップ品は第四階層で手に入るので、しばらくは鉢金装備でどうにかするしかない。

画竜点睛《がりょうてんせい》を欠く感じが否めないが、このジャケットを着てダンジョンを探索するのが楽しみだ。

◇

物事には何事にも、壁や試練と表現する、乗り超えなければならない困難が存在する。

現代に現れたダンジョンであっても、それは同じ。

第三階層という、急にモンスターの危険度が上がる場所も、その一つと言えるだろう。

しかし第三階層は、真っ当な人間ならば誰もが乗り超えられる、容易い壁でしかない。

だから探索者たちにとって、乗り超えた者と乗り超えられなかった者とに振り分ける最初の試練とは、第五階層のことである。

第五階層。通称、中ボスの間。

この階層は今までの階層とは違い、ワンフロアしかない。加えて、フロアの中に出てくるモンスターは、たったの一匹だけという特徴があった。

そう聞くだけなら、そんな場所の何処が試練なのかと、誰もが首を傾げることだろう。

しかし、ゲーム用語にある中ボスという仇名で呼ばれていることから推察できるように、このたった一匹のモンスターが強敵なのだ。

探索者たちは、第四階層までだと数人でパーティーを組んでいる関係で、頑張ってダンジョンで稼ごうとしても一日一人頭数万円が稼げる上限。より多く稼ぐためにも、より先の階層でドロップ品が旨いモンスターを狙いたいと考える。

だが、そんな探索者の欲望塗れの考えを打ち砕く存在が、この第五階層の中ボスであるトレントだった。

今日もまた一組の探索者パーティーが、トレントによって探索の足を止められていた。

「くそっ！　切っても切っても根が生えてきやがる！」

「横から枝！　避けろ！」

「上からも蔓《つる》がくるぞ！」

フロアの奥に鎮座する、大樹のような見た目のトレント。

樹木のモンスターだけあり、その場から動くことはできない。

だが、探索者たちの足元の床を貫通して出てくる根だったり、振り回して攻撃してくる枝だったり、まるで蛇かのように探索者たちに絡みつこうとする枝から垂れる蔓だったりと、移動できなくても十分に驚異的な攻撃を繰り出してくる。

探索者たちは、根を枝を蔓を日本刀で切って、どうにかトレントの本体に辿り着こうとする。

しかし斬っても斬っても、トレントの根も枝も蔓も尽きないため、延々と刀を振るい続けることになってしまう。

このままではジリ貧。状況を打開するには、思い切った手段が必要だ。

探索者の一人が、いよいよ我慢ならないといった態度で、日本刀を構えてトレントへ突撃していく。

「うおおおおおおおおお！」

雄叫びを上げ、足元からくる根を走り避け、横から振られ来る枝を転がり避け、上から迫ってくる蔓を日本刀で切り裂いて進む。

その快進撃は、いよいよ日本刀の刃がトレントの幹へと届き得る場所にまで辿り着いた。

「身体強化ああああああああ！」

身体強化スキルを使った、渾身の一撃による斬撃。

第四階層までのモンスターなら、これで倒せない敵はいなかった。

しかし悲しいかな、中ボスであるトレントは、これまでのモンスターとは一線を画す強敵だ。

探索者の渾身の一撃は、日本刀の刃の身幅を全て斬り入る成果を叩きだした。でもそれは、トレントの幹の太さに対して十分の一にも満たない、僅かな傷にしかならなかった。

渾身の一撃のあんまりな結果に、攻撃を行った探索者は唖然としてしまう。

「そん――」

なにかを言おうとしていた探索者の顔を、幹近くの太い根が動いて打ち払った。

その探索者の頭兜が吹っ飛び、探索者自身の身体も刀を手放して後ろへと飛ばされていく。

トレントの幹から離れた位置に落下した探索者は、先ほどの一撃で意識まで飛ばしてしまったようで、動かない。

仲間が助けに向こうとするが、それより先にトレントの追撃が行われた。

失神した探索者に、蔓を巻きつけて締め上げ、複数の枝と根を鞭のように使って滅多打ちにしていく。

殴られても気絶したままの探索者の日本鎧は、持ち主を守ろうと頑張るが、トレントの攻撃によって傷やへこみが作られていく。

どうにか探索者仲間たちが時間をかけて助け出したときには、気絶している探索者は全身打撲に陥っていた。特に兜を失って守られていなかった頭や顔からは、少なくない血が流れている状態だ。

「くそっ。撤退だ！」

パーティーの一人が号令し、他の面々は反対することなく怪我人を連れて逃げ、第五階層の入口にあたる白い渦へと飛び込んで東京ダンジョンから脱出した。

トレントは探索者たちが居なくなったことを確認すると、動かしていた根を止める。そして枝を伸ばして、自身の幹に刺さったままの日本刀に蔓を巻き付かせると、その蔓がある枝を動かして引き抜いた。そして蔓は日本刀を締め上げ、傷のお返しだとばかりにグニャグニャに捻り曲げてから投げ捨てた。

そうして静かな場所を取り戻したトレントは、本物の樹木のように動きを止めた。

こうしてトレントは、探索者たちを稼げる者と稼げない者とに振り分ける強敵として、今日も変わらず君臨している。

ORIGINAL CHART

書き下ろし番外編

合衆国大統領

つい先日、世界中で異常現象が確認された。

黒い渦と、その先にあるモンスターが闊歩するダンジョン。

そんなファンタジーの中にしかなかったはずの存在が、現実に突如として現れたのだ。

アメリカ合衆国大統領ウォレン・バーンレイトは、即座にダンジョンの封鎖と中の全容解明を命令した。

しかしダンジョンの調査を始めて一週間後、防衛省ペンタゴンからの情報は芳しくないものだった。

防衛省長官が報告書片手に、ウォレンに告げる。

「世界中で発生したダンジョン。我が合衆国には、合計十個が発見されました。アラスカ州のデナリ山。アリゾナ州のレッドロック。ミシガン州ビーバー島。ミシシッピ川中央のモウスゼンザイン島。イエローストーン国立公園のイエローストーンの滝の前。フロリダ州ケネディ宇宙センター。ペンシルベニア州の独立記念館。ラスベガスのカジノ街とニューヨークシティのど真ん中。そして――」

「いま目の前にある、ワシントンDCホワイトハウスの前というわけだ」

ウォレンの不機嫌そうな声に、防衛省長官は身を竦ませる。

どうして叱責を怖がる態度なのかと言えば、報告できることがダンジョンの発生場所しかないからだ。

ウォレンは大統領として、聞かねばならないことを質問する。

「突如空間に出現したダンジョン。その安全性は未知数だ。だから国軍や州軍を派遣して、ダンジョン全てを封鎖する命令を出した。しかし何時までも封鎖はしておけない。国軍及び州軍は国防の要だ。兵士たちに給料を払っているのは、ダンジョンを封鎖するためではない。それは分かっているね？」

大統領の問いかけに、防衛省長官は「はい」と答えるしかなかった。

「分かっているのならよろしい。それで、ダンジョンの中を調査したのだろう？　その結果を話したまえよ」

大統領の要求に、防衛省長官は口をハクハクと動かしてから声を絞り出した。

「アメリカ陸軍特殊部隊のコマンド部隊に調査させました。結果、第二の階層があることまでしか、判明しませんでした」

「どうしてかね。特殊部隊というからには、戦闘のスペシャリストたちなのだろう？」

「それが、モンスターには銃火器が効かないようでして、逆に最新式ボディーアーマーが易々と壊されてしまい、戦闘継続は困難という状況判断から撤退しました」

その説明に、大統領が一瞬だけ黙り込む。しかしすぐに口を開いた。

「銃器とは、どのような？　拳銃かい？　それともライフル？　ロケット砲は使ったのかな？」

「手で持てる全ての銃火器が、第二の階層のモンスターに通用しなかったと、報告にはあります」

「全てとは？」

「拳銃から狙撃銃、果ては手榴弾までです」

それほどまでに、ありとあらゆる銃火器が効かないと知って、ウォレンは頭を抱えた。

「本当に通用する武器はないのか。実験中の新兵器だって構わない。合衆国は軍事力を背景に世界で足場を築いてきたんだ。モンスター相手に手も足も出ませんでしたでは、面子が立たないんだよ！」

最後の方には怒声になってしまったのを、ウォレンは恥じるように態度を改める。

「済まない。感情的になってしまったようだ。それで悪いニュースの後には良いニュースがあるものだろう。報告してくれたまえ」

ウォレンが求めると、防衛省長官は厳しい顔で報告書を最後のページまで捲った。

「未確認情報ですが、日本の自衛隊員が銃火器が効かなかったモンスターを倒してみせたそうです」

「なんだ、倒せるんじゃないか。それで、何で倒したんだい？　サムライソードかい？　それともニンジャのジツかな？」

大統領の軽口に、防衛省長官は重々しい口調で告げる。

「サムライソードです。その隊員の祖父がスミスマスターで、彼の作品の一本を予備の武器として持ち込んでいたとか」

「……冗談ではないんだね。銃弾も爆弾も効かないモンスターが、サムライソードの攻撃で死んだと、そう言いたいのかね？　道理に合わないと思わないのか？」

銃火器の登場で、刀剣の類は美術品や趣味の道具にまで立場を落としている。

真っ当に考えれば、銃火器が効かない相手に、刃物が通用するとは思えない。

「ですから、未確認情報なのです。ですが日本政府が、日本各地から日本刀を集めて試そうとしていると、スパイからの情報もありますので」

「ふーむ。銃は効かなくて、刃物は効くと、そういうことかい？」

「それが。我が国の特殊部隊員にも、ナイフを好んで使う者がおりまして。しかし彼が振るったナイフは、モンスターを倒せなかったそうで」

「不合理だ！　サムライソードが効いて、なぜナイフが効かない！」

「目下、原因を究明中です」

その場しのぎのような防衛省長官の言葉に、ウォレンは怒声をぶつける。

「何者がダンジョンを作ったのかは知らないが、我々はコケにされているんだぞ！　見ろ、窓の外を！　忌々しい黒い渦が、二十四時間そこにある！　合衆国の政治の象徴たる、ホワイトハウスにだ！」

「他の国でも、首都や政治中枢に近い場所に、ダンジョンは現れているようで――」

「なにかね。他の国でも同じだから仕方ないとでも言いたいのか。それこそが、その状況こそが、人類全てがコケにされているって証明だろうが！」

ウォレンはバンッと手で机を叩いた後で、力を失ったように椅子に座り込んだ。そして落ち込んだ様子で語り始める。

「僕はね、人の可能性を信じているんだ。どんな困難が起こっても、絶対に乗り超えられるってね。だから未知のダンジョンだって、どうにかできるはずなんだ」

インターネット会社を立ち上げ、それを一流企業にのし上げ、そして政治に参加し始めて、大統領まで上り詰めた。

そんな男が語る困難は打倒出来るという言葉には、重い説得力があった。

ウォレンは、力のない瞳のままだが、その奥底に諦めない輝きが残っていた。

「ダンジョンを封鎖して一週間。もうそろそろ国民に、ダンジョンについて説明をしないといけない。安心材料を与えないと、暴動が起きかねないからだ。ダンジョンに入らせろっていう、開拓精神の持ち主の要望にも応えないと、勝手に入りそうで困るんだ。なにか良い情報はないのか？」

ウォレンの訴えに、しかし防衛省長官は首を横に振る。

「我々の武器では、モンスターを倒すことはできませんし、ダンジョンの調査を進めることはできません」

残酷な現実を突きつけられて、ウォレンは椅子に座ったまま真っ白な天井を見上げる。

そのまま一分ほど動かずにいたが、顔の位置を戻すと表情に生気が戻っていた。

「悪いニュースしかないのなら仕方がない。現代兵器が通用しないということを、国民に周知させるしかないな。それでホワイトハウスに戦車や戦闘車両を持ち込むことはできるのかな？」

自暴自棄になったとしか思えない言葉。

防衛省長官は正気を問おうとしたが、ウォレンの意志の光がある瞳に居抜かれて、口から違う言葉がでていた。

「ホワイトハウス周辺も陸軍に封鎖させてます。封鎖に使っている分の戦車と戦闘車両だけなら、即日でも動かせます」

「よろしい。その戦車と戦闘車両。ダンジョンの中で壊れる予定だから、新規購入の予算を付ける。大統領令でだ」

「はっ？　戦車を、ダンジョンにですか？」

「当然だとも。現代戦力の地上の雄たる戦車がモンスターに壊されでもしないかぎり、国民はダンジョンが危険な場所であると正しく認識できないはずだからな」

ウォレンの正気を失ったとしか思えない要求は、大統領の強権で叶えられることになった。

そして、思い立ったが吉日とばかりに、ウォレンはこの日に会見を行った。

全国に配信されている映像の中で、ウォレンは演説する。

『アメリカ合衆国に十個出現し、世界中にはさらに多く出現している、黒い渦。この渦の先には、ファンタジー作品に出てくるようなモンスターが、石の回廊状の通路を闊歩していることが判明しました。それ故にこの渦のことを、我々はファンタジー作品への敬意を込めて、現代ダンジョンと呼称することにしました』

演説の触りとして、ウォレンは黒い渦の真実を告げた。

演説するウォレンの姿を映すカメラ。その画角には、ホワイトハウス、そして近くに駐留している戦車数台の姿が映り込んでいる。

その意図的な演出に、映像を見ている合衆国の国民は何を感じたのか。

それを知る方法はないままに、ウォレンの演説は続く。

『悪いニュースがあります。合衆国が誇る陸軍特殊部隊ワンユニットが、現代ダンジョンに調査に入りました。しかし調査途中で撤退する判断を下したのです。ダンジョンにいるモンスターに弾丸や爆発物が一切効かないと分かり、戦闘継続不能と判断して撤退したのです』

衝撃的なニュースの連続に、会見の場にいる記者たちが驚きで騒めく。

アメリカ合衆国の国民は、大なり小なり銃器が至上の武器であるという共通神話を抱いている。

その神話が崩れる情報に、驚かないわけがなかった。

ウォレンもまた、その神話を抱く人物として——そのような人物だと見えるように演技しながら——大仰に告げる。

『この撤退を受けて、合衆国当代大統領たる私は決断しました。更なる火砲をもって、ダンジョンを攻略することを！　戦車および支援歩兵を、ダンジョンへ進出させることをです！』

銃器が効かないのなら、より強い砲塔を持ち出す。

大衆が受け入れやすい、デカいものは強い理論だ。

『この会見の直後から、戦車と兵士たちはダンジョンに挑みます。国民の皆様においては、朗報をお待ちくだされればと思っております。そして、戦車を投入した結果が出るまで、ダンジョンの封鎖は継続させていただくことをご了承願いたい』

大統領がそう言葉を締めくくった直後、戦車のエンジンが始動する音が響き、無限軌道が地面を進む音がし始める。

ホワイトハウス前に駐留していた戦車が動きだし、その横に自信を漲《みなぎ》らせる兵士複数人を伴わせた状態で一台ずつ黒い渦へと突き進み、渦に入った瞬間に消え去った。

まるで手品のような光景に、カメラマンも記者も初めて理解した。

あの黒い渦は、確かに超常現象であることを。

戦車の投入が終われば、次は重機関銃を車体の上に取りつけた戦闘車両たち。それらもまた渦の中に消えていった。

この時点では、ウォレンは大統領として正しいことを行っていると、映像を見ていた国民は評価していた。

会見後の記者会見でも、記者の質問に大統領として堂々と答えていて、好感が持てる様子を披露していた。

小一時間ほど続いた質疑応答が終わりになりかけ、さあ会見を締めくくろうとしたところで、異変が起こった。

黒い渦から何かが飛び出てきたのだ。

カメラが大統領を映すことを止め、出てきたものに画面を合わせる。

それは先ほど現代ダンジョンに入っていったはずの、戦闘車両。

しかも異常なことに、その車体はボコボコになっていて、さらには大穴が開いている場所もある。

そんな壊れかけの戦闘車両の登場から間を置かず、次々に黒い渦から車両が出てくる。最後に出てきた車両になると、再使用不能なほどに壊れていて、動いているのが奇跡と言いたくなる有様だった。

その最後の車両から、兵士が必死の顔つきで、まろび出てきた。

顔は恐怖に引きつっており、先ほど自信満々にダンジョンに入っていった面影は一切残ってなかった。

その兵士に、いつの間にかウォレンが近寄っていた。ご丁寧に手にマイクを握りながら。

『報告をしてくれたまえ。投入した戦車はどうなったのかね？』

『ほ、報告します！　戦車は、全両大破しました！　モンスターたちに、なす術なく破壊されたんです！』

『戦車砲は効かなかったのかね？』

『当初は効きました！　しかし直撃させても効かないモンスターが出てきたんです！』

その兵士の恐怖に染まった声に、映像を見ていた国民は理解させられた。

ダンジョンの中のモンスターには、一切の銃器が効かないことを。

こうして、ウォレン最大の失態として、ダンジョンへ戦車を投入する作戦は合衆国の歴史に刻まれることになった。

ウォレンが、自身の評判と引き換えに国民にダンジョンに対する正しい認知を広げると、企んだ思惑のままに。

ORIGINAL CHART

書き下ろし番外編

稼げる探索者の振舞い方

現代ダンジョン。

それは現代に蘇った金鉱脈とも、今までにないゴールドラッシュの震源地ともよばれる、一攫千金を夢見られる場所だ。

一般にダンジョンが開放されている国においては、命知らず達が大金を掴むために武器と鎧と仲間を供にして入っていくことが日常と化していた。

そして世界各国のダンジョン攻略状況で、最先端を進んでいるのは日本である。

更に日本の中でも政府の支援が厚いことを理由に、東京ダンジョンが最も先の階層にまで到達しているダンジョンとなっている。

今日もまた、探索者の一団が背中の大型リュックにドロップ品を詰め込んで、東京ダンジョンの外に出てきた。

傷のある日本鎧と、使い込まれた大小一つずつの刀に、草臥れてヨレヨレな大型のリュック。

見るからに探索者としてベテランだと分かる容姿の探索者たち。

その探索者パーティーのリーダーがメンバーに向き直り、今日のダンジョン探索の締めくくりの言葉を放つ。

「役所でドロップ品を売って、収入を頭割りしたら解散だ。明後日の朝に役所に集まるまでは自由行動だ、酒を飲むでも女を抱くでも、好きに過ごせ」

「「いやほーい!」」

歓声を上げながら、一団は役所のドロップ品の買い取り窓口へ。リュックの中身を全て売り、売却代金を受け取る窓口でリーダーが代表して数帯の札束と小銭を手にする。

リーダーはメンバー一人ずつに数十万円を手渡しで配る。

収入は人数で頭割にする決まりだ。しかし割り切れる収入ばかりではないこともある。

その際はリーダーが自分の取り分が減るよう率先して調整して配るため、メンバーから不満が出ることはない。

パーティーメンバーたちは、一回のダンジョン探索で平社員一ヶ月分の給料を手にできて、ホクホク顔で使い道を話し合っている。

「良い儲けだ。これで愛しのあの子にブランドバッグを買ってやれる」

「まだ、あのキャバ嬢に入れ上げてんのかよ。カモにされているって気づけよな」

「うるせえ。知ってて渡してんだよ。そっちは古臭いバイクの部品を買うんだろう、どうせよお」

「アンティークバイクって言え。仕方ないだろ、メーカーに在庫がないから、町工場に部品を加工してもらう必要があるんだから」

お互いの趣味を貶《けな》し合う仲がある一方で、私生活を話題にする仲もある。

「うちは子供が可愛い盛りでね、休みが多くとれるのに収入も良い探索者業は、子供の世話をするのに凄くいいんだ」

「それ子供の写真っすか。うっわ、マジ可愛いっすね。そっかー、結婚かー。ちょっと考えてみようかなあ」

「彼女さんがいたでしょ。その子と結婚する気はないのかい？」

「あの子は、間を空けて付き合う分には良いんっすけど、結婚して毎日顔を会わせるにはキツい部分があるんす。マジでワガママで、もう別れちまおうって思ってるぐらいで」

ワイワイと会話しながら、メンバーたちは役所の外へ出て、思い思いの方向へと進んでいく。

リーダーはその光景を見やって、頭の兜を外しながら一息入れる。

「苦楽を共にした仲間と飲み会にいく、っていう考えは古いんだろうなあ」

中年を過ぎつつある顔には、苦労を経て刻まれた皺が眉間や額に刻み込まれている。

メンバーも居なくなったしと、リーダーも自宅へ帰る道を進もうとして、鎧の内側に入れていたスマホが鳴った。

リーダーが取り出したスマホは、天然貝殻を使った螺鈿細工《らでんざいく》のカバーが付いていた。これは見た目が気に入っただけでなく、もしモンスターの攻撃を受けてもスマホが破損しないようにするため、ダンジョンで防御力を発揮する手仕事で製作されたカバーを欲したためだった。

その一見すると豪華でありながら、実は実用一点張りなスマホ。その画面に、リーダは指を這わせて通知を確認する。

画面に現れたメールの通信相手は『×××領事館』で、件名は『定期報告』。

リーダーは画面の文字を見て、兜を脱いでいた頭を籠手がついた手で掻く。

思わず無視して家に帰ろうと考えたが、そうもいかないと思い返した。

「仕方がない。行くとしよう」

リーダーは頭に兜を被り直すと、二重橋前駅で地下鉄に乗り、メールの送り主のとある国の領事館まで移動した。

件の領事館の門前には、リーダーのような格好の探索者が何人か立っていて、門番に武器を渡してから中へと入っていく。

その内の一人か二人を、リーダーは見知っていたが、知らないことにした。あちら側もそういう配慮をするだろうと、そう理解して。

リーダーは領事館の中に入ると、他の探索者が案内されている待合室に通されることなく、とある人物の執務室に向かわされた。

リーダーは扉をノックして、入室の許可を受けてから、執務室の中へと足を踏み入れた。

その瞬間、全身に甘い臭いの香水をふんだんに吹きかけられた。

リーダーは思わず咳き込みそうになるが、それを堪えて対面の人物を見る。

パンツスーツを綺麗に着こなした、年若く見える西洋人の女性。その手には、庭木に与える霧吹きのような形をした、大きな香水瓶が握られている。その香水瓶の中身を、先ほどいきなり吹きかけられたのだと分かった。

西洋人の女性は、軽く鼻を一吸いすると、満足したように執務机の向こうに戻って椅子に腰を掛け、そして日本語で喋り始める。

「まったく、これだから東洋のオスは躾がなってないって言われるのよ。レディに会いに行く際は、シャワーを浴びて香水をつけるのは最低基準のエチケットでしょうに」

女性は怒っている様子はないものの、冷たい詰り口調を放ってくる。

それに対し、リーダーは無表情で言い返す。

「急なメールが来ましたので、少しでも早く報告に行った方が良いと判断したのですが」

「それがダメなのよ。貴方は私の手駒なの。貴方がエレガンスを理解してくれないと、雇い主である私の品性が疑われてしまうのよ」

「身繕いするためなら、お待たせしてもよいと？」

「日本人は時間に厳格すぎるわ。少しぐらい遅れても、会う人に相応しい格好をしてくるのがマナーよ」

「下町生まれの身に、そこまで求められても困るんですけどね」

「生まれと振舞いは関係ないわ。尊き生まれでも狼に育てられれば、それは人間ではなく狼よ」

女性のプライドの高さから来る言葉。

リーダーは心の中で、生まれが違うからプライドが高いのだろうと考えていたが、顔には一切出さない。

そしてここで、女性が手を大きくパンッと鳴らした。

「雑談はここまでにしましょう。それで、東京ダンジョンの最前線にいる探索者の一人として、なにか面白い情報はあるのかしら？」

どうして外国の領事館の人が、東京ダンジョンの情報を欲しがっているのか。

それは、ダンジョンからは様々な有用な物品が出てくるゆえに、世界中の金持ちたちが、東京ダンジョンの情報と、そこに入る探索者たちに注目しているから。

世界の金持ちの中には、わざわざ東京に出張所を設けてまで、東京ダンジョンから出てくる物品と探索者たちの情報を集めている物好きまでいる。

この領事館の一室も、その手の金持ちの手先の出張所の一つというわけである。

そして、この女性が出張所の取りまとめをやっている。

リーダーは、この女性がやんごとなき海外貴族の生まれだろうと睨んでいるのと同時に、古き家柄ゆえに女性だからと下に見られて極東の島国にお使いに出されたんだろうなとも考えていた。

では、このリーダーは、どの立場の人間なのか。

金を持つものがいるのなら、その人物に雇われる者も現れるもの。

出張所の運営を任せる者や、情報収集を担当する者や、ダンジョンからの物品を収集するもの等々。

そんな人達と同様に、リーダーはこの女性に雇われていて、役割は東京ダンジョンの最前線で活動している間に知り得た情報の提供だ。

その情報とて、東京ダンジョン近くの役所に報告しているようなことを喋るだけで、後に日本国政府が世界各国に向けて教えてしまうような他愛ないものばかりだ。

しかし、リーダーの目の前にいる女性は、その僅かな時間差こそが勝ち組と負け組を分ける差だと語り、リーダーからの情報を重要視していた。

「最前線は停滞しているので、特に目新しい情報はないですよ」

リーダーは、そう断りを入れてから、喋り始める。

女性は椅子に座り腕組みしながら、東京ダンジョンの最前線の様子や最前線の探索者たちが口の端に上らせた噂を聞き集めていった。

リーダーがひとしきり語り終えると、女性は話の内容ではない質問をし始める。

「最前線の階層にある、ダンジョンの宝箱。その中身を入手する機会はあるかしら？」

「なにか欲しいものがおありで？」

「どんな物でも、良い取引材料になりそうだもの。確保しておきたいわ」

「……残念ですが、宝箱を開ける順番は、なかなか来ません。それに前回宝箱を開ける機会を得たとき、中身については報告しましたよね？」

「下の階層でも出てくるような、ごく普通の傷治しのポーションが大量に手に入ったんだったわね。そしてそれらは、貴方のチームメンバーに配ってしまったとか」

「あんなもの、貴女は欲しくはないでしょう？」

「そうね。本数についての報告だけは目を見張ったけど、モノ自体は手に入りやすいものだものね」

傷治しのポーションは、十数万円で取り引きされているような高級品だ。

しかしこの女性にしたら、彼女の身の回りにある日用品の類と同程度の、手頃に買える値段でしかない。

だから女性は、リーダーに問いかける。

「握ると炎が出る剣とか、念じると刃先から毒が滴る槍とか、欠損した体を治せる薬とか、本当に手にしたことがないの？」

嘘は許さないと睨みつけられて、リーダーは肩をすくめる。

「どうやら俺とメンバーは宝箱と相性が悪いみたいでしてね。宝箱を見つけて開けても、ずっとロクなもんが入ってないんですよ。いまじゃあ、俺と仲間たちの間じゃ、宝箱を開ける順番を金で譲ろうって話が出てくるぐらいでしてね」

「その話は初耳よ。どうして報告しなかったの？」

「貴女が許さないと思って、宝箱を開ける権利を売る話を止めさせたからですよ。やらない話をしても仕方がないでしょう」

「ふむっ、まあそうね。ちなみに、どれぐらいの値段で売れそうなものなのかしら、その順番は？」

「交渉を持ちかけている探索者を見かけたことがありますが、三百万とか五百万とか言っていたような」

「そのお金を払えば、宝箱は開け放題になるのかしら？　もしそうなら、お金を融通するわよ？」

「きっと何組かは同意するかもしれませんけど、攻略を重視している探索者は絶対に順番を譲りませんよ。それに順番を譲ってもらったところで、宝箱に嫌われているらしい俺たちじゃあ、良いもんが手に入らなくて無駄な投資になるでしょうね」

「それもそうね。はぁ、どうして貴方って、そんなに運が悪いのかしら」

リーダーは心の中で、運が悪いからこそ情報料に釣られてスパイの真似事をさせられている今があるんじゃないか、と毒づいた。

しかし表面上は、慇懃な態度を保ち続けている。

「以上が、こちらから渡せる情報になりますが、なにか他に聞きたいことは？」

「そうね。気になることはあるけど、それはまた次の機会で良いわ。帰り際、執事から報酬を受け取りなさいな」

女性は手振りで退出していいと告げ、リーダーは受け入れて執務室から出ていった。

領事館を出るため廊下を歩いていると、領事館を出る扉の前に一人の老紳士が立っていた。

老紳士は、二つの帯がある日本円の札束を載せた銀盆を差し出す。

リーダーは無言で銀盆から札束を拾い上げると、鎧の収納スペースに押し込んでから、扉を開けて外に出た。

リーダーが歩きだし、扉が閉まりかける。その扉の隙間から、先ほどの老紳士がクロスを使って銀盆を拭き上げる姿が見えた。

「……こっちを東洋の猿だと蔑んでいるのなら、手駒から解放しろってての」

リーダーは口から愚痴を零してから領事館での扱いを忘れることにした上で、情報料と引き換えに受け取った謝礼金二百万円をどう使うかに思考を割くことにした。

あとがき

『オリジナルチャート発動！　俺が現代ダンジョンで求めるは不老長寿の薬!!』をお手に取っていただき、ありがとうございます。

この物語は、ダンジョンが現れた現代社会で、主人公の小田原旭が個人的な目的のために、独自の攻略方法で頑張っていくお話です。

そんな小田原のように、ここをお読みの皆々様は、自分独自のやり方や、独自のこだわりが、ございますでしょうか？

私には、いくつかあります。

小説の執筆などのパソコン作業をするときは、アニメやゲームのサウンドトラックを流す。たまに御経だったりもしますが、テレビやラジオなどの会話があるものは気が散るのでダメ。

ラノベにする物語は、私が読みたいと感じた、私好みの物語です。夢で見た内容を切り出して題材にすることもありますね。

どこかへ行くときには、必ずラノベを一冊は持っていく。各種の待ち時間を有意義に過ごすためと、スマホの電池の節約するための工夫です。

初めて用事で訪れた場所では、用事が全て終わった後で、気が向くままに寄り道をする。たまに迷子になるので、スマホの地図に助けられています。

三ツ矢サイダーの新フレーバーは、見かけたら必ず試す。初夏限定のクエン酸増しのヤツが一番のお気に入りです。

その他にも色々とありますが、一番重視していることは、これらのやり方やこだわりに『固執し過ぎない』ことですね。

所詮は、やり方やこだわりは目的のための手段ですから、目的の邪魔になるのなら捨てるべきものです。一番いい方法とも限りませんしね。

新たに見つけた独自の視点と見解から手順に変化を加えることも、オリジナルチャートです。

なので色々と試してみるのも良いかもしれませんよ？

さて、あとがきの紙面も限られてますので、ここからは謝意を。

書籍化を打診してくださったTOブックス編集部、および各種の書籍作業に関わってくださった方々。

イラストを請け負ってくださいましたニシカワ様。

なによりも、WEB版で評価してくださった読者様たちと、こうして本を手に取ってくださった皆々様。

こうして書籍として出版できるのは、そうした全員の助けがあってのことです。

大変ありがとうございます。

またの機会がありますことを祈りつつ。中文字でした。

ボス攻略の鍵はスキルと魔石と科学!?
独立独歩ダンジョン譚第二弾!
新スキル&新防具
ぞくぞく解禁!

発見と知恵で初のボス《トレント》を打倒せよ!
オリジナルチャート発動！2
俺が現代ダンジョンで求めるのは
不老長寿の秘薬!!
中文字
ILLUST. ニシカワエイト
2025年夏発売予定！

オリジナルチャート発動！
俺が現代ダンジョンで求めるのは不老長寿の秘薬!!

2025年4月1日　第1刷発行

著　者　中文字

発行者　本田武市

発行所　TOブックス
〒150-6238
東京都渋谷区桜丘町1番1号
渋谷サクラステージSHIBUYAタワー38階
TEL 0120-933-772（営業フリーダイヤル）
FAX 050-3156-0508

印刷・製本　中央精版印刷株式会社

ISBN978-4-86794-514-8

Printed in Japan